見習い警官殺し 下

レイフ・GW・ペーション

JN091227

若い女性の強姦殺人、しかも被害者は警察官の卵。伝説の国家犯罪捜査局の面子《メンツ》にかけて、絶対に迷宮入りは許されない。だが、有力な容疑者は挙がらず、事件の捜査は遅々として進まず、センセーショナルな見出しを掲げるマスコミの餌食になるばかり。そこに乗り出したのは新たに国家犯罪捜査局長官に任命された“角の向こう側を見通せる男”ヨハンソン。危機感を覚えたベックストレーム率いる捜査チームは、被害者リンダの男性関係を洗い直す。そして浮かんだのは……。英国ペトローナ賞受賞、スウェーデン・ミステリの重鎮による新シリーズ開幕。

登場人物

エーヴェルト・ベックストレーム……国家犯罪捜査局殺人捜査特別班の警部
ヤン・ローゲション……同、警部補
ヤン・レヴィン……同、警部
エリック・クヌートソン
ピエテル・トリエン……}同、巡査部長
スティエン・ニィランデル……同、長官
アンナ・ホルト……同、警視正
リサ・マッテイ……同、警部代理
エヴァ・スヴァンストレーム……同、行政職員
ベングト・オルソン……県警犯罪捜査部の警部
エノクソン……ヴェクシェー署の鑑識課長、警部
ニルス・サロモンソン……同、警部補
グスタフ・フォン＝エッセン……同、生活安全部の警部補代理
アンナ・サンドベリィ……同、巡査部長
パトリック・アドルフソン……同、生活安全部の巡査

ラーシュ・マッティン・ヨハンソン……元公安警察の実行部隊責任者
カーリン・オーグリエン……ヴェクシェーのラジオ局の記者
リンダ・ヴァッリン……殺害された警察大学の学生
リセロット・エリクソン……リンダの母
ヘニング・ヴァッリン……リンダの父
マルガリエータ・エリクソン……｝リンダと同じマンションの住人
マリアン・グロス……｝
エリック・ローランド・レーフグリエン……リンダのクラスメート
ベングト・アクセル・モーンソン……市の文化芸術振興課のプロジェクト担当者
ベングト・カールソン……〈ヴェクシェーの女性に対する暴力に立ち向かう男たちの会〉の理事

見習い警官殺し 下

レイフ・GW・ペーション
久　山　葉　子　訳

創元推理文庫

見習い警官殺し　下

39

土曜日と日曜日の間の夜、ベックストレームがベッドメーキングされなかったベッドで眠っている間に、ヴェクシェーの中心部でまた新たに女性が襲われる事件が起きた。それもホテルからほんの二、三百メートルのところで。被害者は十九歳の女性で、パーティーから独りで帰ってきたところだった。夜中の三時ごろに北《ノル》通りの自宅のドアを開けたところ、見知らぬ男が後ろから飛びかかってきて、彼女を玄関に押しこみ、床に押し倒してレイプしようとした。被害者は悲鳴を上げ、必死で暴れた。その音に近所の人たちが目を覚まし、犯人は現場から逃走した。

十五分後には警察がフル稼働していた。被害者はすでに病院に搬送され、現場は封鎖され、捜査官や鑑識官が目撃者に話を聞いたり、証拠を捜したりしている。生活安全部から合計三台のパトカーが町に出て、周辺に怪しい男がいないかを捜した。さらに応援を向かわせる予定で、リンダ事件の捜査官たちにも電話がかかり始めていた。オルソン警部は別荘で耳に携帯を押し付けていた。もう片方の手でズボンを引き上げようとしながら、車のキーはどこへやっただろうかとせわしく考えていた。ベックストレーム警部だけは、のんびりと睡眠を貪っていた。過去の経験から携帯の電源は切っておいたし、部屋の電話のジャックも抜いておいたのだ。

翌朝、朝食を食べに下り、ローゲションから何があったかを聞かされたときには、基本的にはすべてが終わっていた。そして、詳細は非常に不明瞭だということも判明していた。

「ついさっきサンドベリィと話したんだが」ローゲションが言う。

「サンドベリィはなんだって?」

「なんだか被害者が怪しいようだ。サンドベリィは全部作り話だと思っている」

サンドベリィよ――。まったく、耳が腐って落ちる前に、色々なことを聞くはめになるものだな。

夜には地元ラジオ局の記者に電話をかけてみたが、前々週末と同じく、また留守番電話の声を聞くはめになった。なんだ、またママに会いにいったのか? 他に何も思いつかなかったので、ベックストレームは夕食とピルスナーを部屋に持ってこさせ、夜じゅう寝そべったままテレビのチャンネルを変え続け、それからやっと眠りに落ちた。

ヤン・レヴィンはまた夢を見るようになった。

五〇年代半ばのスウェーデン。ヤンが七歳を迎えた夏の夢だ。秋には小学校に上がるところで、初めての本物の自転車をもらった夏。赤いクレセント・ヴァリアント。

ストックホルム群島のブリーデ島にある父方の祖父母の別荘だった。雲ひとつない空から、連日のように太陽が輝いていた。本物のインディアン・サマーだな——とパパが言い、この夏にかぎっては、パパの夏の休暇も永遠に終わらないみたいだった。

「パパ、どうしてインディアン・サマーって言うの?」少年は尋ねた。

「そう言うものなのさ。すごく暑くて長い夏のことをね」

「でも、それとインディアンがどう関係あるの?」少年はしつこく尋ねた。「なぜインディアン・サマーだなんていうの」

「向こうはここよりもずっといい天気だからじゃないかな」パパはそう言って笑い、息子の髪をくしゃっとやった。答えとしてはそれで充分だった。パパが自転車の乗り方を教えてくれたあの夏。

砂利道、密生したイラクサ、道脇の溝。クレオソート油の香り。パパが後ろから走って荷台を支え、少年は小さな汗まみれの手でしっかりハンドルを握り、よく日に焼けた細い脚に出せるかぎりの力でペダルを踏んだ。

「離すぞ!」パパが叫び、少年はしっかりハンドルを握って、それと同時にペダルを踏まないといけないのに、どうしてもそれができない。踏むか握るかのどちらかしかできなくて、パパでもヤンを受け止められないことがあった。膝をすりむき、むこうずねに青あざができ、イラクサでかぶれ、あざみの棘《とげ》が刺さった。

「ヤン、さあもう一度だ」パパがそう言って、ヤンの髪をくしゃっとやる。そして少年はまたサドルにまたがった。

ハンドルとペダル。ハンドルとペダル。そしてパパが手を離し、今度も間に合わずに少年は自転車から落ちた。

ヤンが振り向くと、そこには髪をくしゃっとやってくれるはずのパパの姿はなかった。代わりにベックストレームが立っていて、にやにや笑っている。

「お前はどれだけバカなんだ、レヴィン。おれが押さないからって、ペダルを踏むのをやめちゃだめだろう」

そこで目が覚めた。レヴィンはこっそりバスルームへ行くと、冷たい水を浴びながら、目とこめかみをこすり続けた。

40

七月二十八日（月曜日）から八月四日（月曜日）、ヴェクシェー

この週最初の朝の会議では、捜査責任者ベングト・オルソン警部がスウェーデンの新記録を塗り替えたことを報告する栄誉に与った。ヴェクシェー周辺におけるＤＮＡ採取活動は快進撃を続け、週末の間に五百件を超えることとなった。それ以外にも嚙みタバコ、血のついたティ

ッシュ、なんの変哲もないリンゴの芯など、DNAの出どころがいくらか不透明なものもあった。それに一件、過去のDNA分析結果が身元を伏せて貸し出されていた。

未来の同僚レーフグリエン巡査見習いについては普通の綿棒によって除外されたが、精神的に弱っているほうの同僚は、本人はまったく気づいていなかったが、健康的なおやつによって除外された。なぜか今日にかぎってはレヴィンまでが饒舌《じょうぜつ》になって、自分たちによってたった今打ち破られた過去の最高記録について語りだした。そのときも、レヴィンや国家犯罪捜査局の殺人捜査特別班が捜査に関わっていたのだ。ダーラナ地方で起きた女性殺害事件、ペトラ殺害事件。もう数年も前になるのに、まだ五百人分のDNAしか採取できていなかった。いまだ未解決で、基本的にはあきらめたも同然だ。それからレヴィンは、同様のテーマで長すぎるほどの余談を続けた。

「自分が初めて捜査した殺人事件のことはよく覚えているよ。被害者は若い女性だった」レヴィンは独り言のようにそう言った。「もう三十年近く前のことだ。ここに座っているきみたちの多くはまだ生まれてもいない。新聞ではカタリーナ殺害事件と呼ばれた。あの頃はDNAなんて聞いたこともなくて、事件を解決したければ、当然昔ながらの普通のやりかたで、自分たちでやらなければいけなかった。鑑識や科学捜査の手は借りずにだ。当時の科学捜査というのは、裁判所で持ち出すことであって、まずは我々普通の警察官が犯人をみつけてからの話だった」

「失礼、レヴィン」ベックストレームが遮《さえぎ》り、自分の腕時計を指さした。「昼食の前には結論に達してもらえるかな？　きみ以外は色々やることがあるんだ」

「まあ間もなくだ」レヴィンは顔色ひとつ変えずに言った。「当時の警察は七十パーセント以上の解決率を誇っていた。今ではその半分にも満たない。これだけ新しい捜査方法や技術が開発されたのにだ。わたし自身は事件が昔よりも難しくなったとは思わない」レヴィンは考えこんだような顔でうなずいた。

「じゃあ何が原因なんです？」そこでサンドベリィが急に質問を投げかけた。「そのことについては、ずいぶん考えたんでしょう？」

「ああ、かなり考えたよ。例えばこのDNAの話。それでうまくいけば、もちろん素晴らしい助けになる。この事件のような、いいDNAなら。それに、持ち主をみつけることができればだ」

「じゃあ何が問題なんです」サンドベリィが畳みかけた。

「とてもいいDNAの場合、それ以外のことを軽んじてしまい、捜査が秩序を失ってしまうリスクがあるんだ」レヴィンはため息をついた。そして頭を振りながら、弱々しい笑顔を浮かべた。「古き良き、秩序だった捜査をね」

「捜しているものをみつけたければ、雌鶏みたいに走り回ってちゃいけないってことですね」サンドベリィがにやりと笑った。

「そうだな。そう言えるかもしれない」レヴィンは軽く咳ばらいをした。

朝の会議の最後に、サンドベリィが日曜の明け方に起きた強姦未遂事件についてわかっていることを報告した。

「あまりにも不明瞭な点が多すぎて、女性の狂言なんじゃないかと思うほどなんです」

「だがなぜ狂言なんか？」オルソンが反論した。「そんなこと、嘘をつくようなことじゃないだろう」

「今それを説明しますね」サンドベリィはそう言って、急に自分より二十歳も年上の犯罪捜査官ヤン・レヴィン警部のような顔つきになった。


被害者が玄関で襲われた場面を見た者も、犯人の姿もちらりとでも見た者はいない。エノクソンとその部下たちが犯行現場だとされる場所とその周辺を、文字どおり掃除機をかけるようにくまなく調べたというのに、科学捜査に使えるような痕跡は一切みつからなかった。あるのは被害者の証言だけ。襲われたが、激しく抵抗して追い払うことができた。噛みつき、ひっかき……。あとは被害者による犯人の描写。

「だが、人相書きにおかしな点はないだろう？」オルソンが反論した。「かなりいい描写だと思うが。ええと、なんて言ったかな……単独犯、二十歳くらい、かなり大柄、よく鍛えた身体、身長約百八十センチ、黒の野球帽、黒のTシャツ、緩いジャージのズボン、平凡な白いジョギングシューズ、それに両腕の刺青《いれずみ》。黒い蛇か龍が絡み合ったような幅の広い柄で、二の腕から手首まで続いていた。英語で脅されたが、かなり訛っていたので、イギリス人やアメリカ人ではは絶対にない。おそらくユーゴスラヴィア人あたり。あのへんの若者がそういう見た目なのは、警察内では秘密でもなんでもないだろう？ ここに座っている皆が知っていることだ。大きな社会問題になりつつある」

「ええ、見事な描写ですよね」サンドベリィが同意した。「どんな目に遭ったかを考えると、すごい観察力だわ」

「わたしも同感だ、オルソン」ベックストレームまで割って入った。「ずいぶん行動的で頭の冴《さ》えた子のようだ。犯人は、我々が手に入れたプロファイリングとまさに一致する。おまけにその子はタブロイド紙とテレビにネタを貢献する余裕まであったようだね。間もなくTV3でお天気のお姉さんになっているか、農場が舞台のリアリティ番組でおっぱいを見せてるんじゃないか？」

「助かります、ベックストレーム」意外にもサンドベリィが礼を言った。「わたしもまさにそう思ったんです。こういう目に遭った女性は通常、鏡に自分の姿が映るのも耐えられないような状態になる。家族と話すのも辛い。独りになりたいはずなんです」

ベックストレームはレーフグリエン巡査見習いの捜査の灰の中から不死鳥の如く甦《よみがえ》り、すでに次の獲物を定め、再び炎に飛びこんだところだった。会議のあとすぐに若いトリエンを脇へ連れていき、カールソン理事の件はどうなったかと尋ねた。

「あなたの予感はまったく正しかったですよ、ベックストレーム。カールソン氏はちっとも善良な人間なんかじゃない」トリエンはそう言って、自分の調査の結果を素早く総括した。

「そいつのDNAだ」ベックストレームは嬉しそうに言った。

「手配済みです」トリエンも同じくらい軽い口調で、マルメの同僚たちがすでにDNAをもっていたことを話した。

「なぜそのことを報告しなかったんだ」ベックストレームは不機嫌になった。「秘密だったのか?」

「時間がなくて」トリエンがにこやかに言った。「だから今報告してるんです」

天才的なバカ者めが。まるで使えない。理性を失った雌鶏が走り回っているみたいじゃないか。

「レヴィン、座りたまえ」ベックストレームが愛想よく、自分のデスクの前にある訪問者用の椅子を指した。「きみの小さな秩序とやらはどうなってる。うまく行き始めたか?」

「きっとうまくいくはずだ」レヴィンは顔色ひとつ変えずに言った。

正しい方向に一歩踏み出すために、レヴィンには具体的な提案が二点あった。まずはリンダの母親に話を聞くこと。すでに行われた二度の聴取は、レヴィンにしてみれば内容が充分ではない。厳しい言い方をすれば、なんの成果もなかった。どれも、話を聞かずとも推測がつくようなことばかりで。そして第二に、レーフグリエンにもう一度協力を仰ぎたい。

「わたしがいつだってきみの話を聞くのはわかっているだろう」ベックストレームが明るい声で言った。あのニガーのために人員をどれだけ無駄に動かしたのかわかっているのか？

「ローゲションにリンダの母親の聴取をさせてはどうだろうか。ローゲションはそういうことにかけては誰よりも入念だ」

「いや確かに不思議だな」ベックストレームが同意した。「ロシア人みたいに酔っぱらっては、トイレに駆けこんでばかりいるのに」

「それについては知らなかったが」レヴィンが冷たく言った。「そのあたりはベックストレーム、きみのほうがよく情報を摑んでいるんだろうな」

「まあ噂は色々聞いている」ベックストレームが笑みを浮かべた。「ニガーは？　誰がやるんだ」

「それがレーフグリエン巡査見習いのことであれば、実は自分でやろうかと思っている。容疑者ではないとわかった今、もっと気軽に話をしてくれるんじゃないかと思ってね」

「確かにな。今度も連れてくるのにすごい経費がかかるだろうがな」ベックストレームが同意した。レヴィン、遅かれ早かれノーベル賞はお前のものだな――。

41

リンダの母親はヴェクシェーの南数十キロのオースネン湖ぞいのシルク島の別荘にいた。付き添っている女友達の話では、その日一日をやり過ごすのがやっとだという。しかし警察が話を聞きたがっていることは理解し、できるかぎり協力すると申し出た。

「よろしくお伝えください」ローゲションが言った。「わたしと同僚が一時間ほどでお邪魔します」

「道順はわかります?」女友達が尋ねた。

「大丈夫でしょう。最悪の場合また電話します。ご了承くださって、ありがとうございます」

ベックストレームはローゲションに同行することに決めた。外に出て身体を動かしたい気分だったのだ。それも冷房のよく効いた警察の車で、ローゲションと静かに落ち着いて、その場にいないバカ全員の悪口を言うために。彼の存在意義に影を落としているやつらのことだ。それに、リンダの母親を見てみたいというのもあった。

「そこの左手に湖が見えるだろう」三十分後にローゲションがうなずきかけたあたりには、白樺の間にきらめく青い湖があった。「シルク島まであと二十キロほどだ。ベックストレーム、おれやお前にとっては馴染みの土地だな」

「ブレンヴィーンならスコーネ地方で造られているとばかり思っていたが」ここ最近踏んだり蹴ったりだったというのに、ベックストレームは驚くほど元気になっていた。

「スウェーデンの犯罪史に残る事件だよ」ローゲションが説明を補足した。「ここ百年でもっとも注目された失踪事件だ。一九四八年のヴィオラ・ヴィーデグリエンと同レベルだ。十三歳のアルヴァル・ラーションが一九六七年の冷たい風の吹く四月の朝に自宅からいなくなったのは、ここなんだ」ローゲションの声は厳かだった。「その事件について、数年前の『北欧犯罪録』に面白い記事が載っていた。あれは殺人じゃないという結論でね。おそらく外で遊んでいて、湖に落ちて溺れたんだろうと」

「そんなわけないだろう。もちろん殺されたに決まってる。どっかのペド野郎にだ。このあたりにはそういうやつがうようよしているんだ。可愛い赤い小屋に籠って、ネットで児童ポルノをダウンロードしているはずだ」

「だが一九六七年にはそれは無理だろう。つまり、ダウンロードは」

「なら別のことをやらかしてたんだろ。別荘の汲み取り式便所に座って、自慰行為でもしてたんじゃないか？　湖で裸で泳ぐボーイスカウトの写真が載った古い新聞なんかを見ながら。そんなこと、おれが知るわけないだろう」

「お前ならなんでも知ってそうだけどな。だが何よりも、今回はお前の人の扱いに感心したよ。本当は心の温かい人間なんだな」

おいおい、ローゲションはいったいどうしてしまったんだ。二日酔いで前後不覚のようだ。あとはリンダのママが父親と同じくらい気前よくピルスナーをふるまってくれるといいが――。

それはスウェーデンらしい白い柱の赤い小屋だった。二人が車を停めた小さな砂利の前庭では、立派なシンボルツリーが影を落としている。国旗のポール、ライラックのあずまや、外に汲み取り式便所がついた離れ、桟橋、サウナつきのボート小屋、それに湖ぎわに砂浜まであった。広い敷地内は砂利の小道がきれいに掃き清められ、刈りこまれた芝生との境目には、湖岸で丁寧《ていねい》に選んで持ち帰ったような石が並んでいる。

つまり、スウェーデンの夏の理想を形にしたような場所だった。彼らは庭のあずまやのテーブルに座った。もちろんピルスナーなんて出てこない。当然のように、たっぷりの氷と自家製のクロスグリのジュースが大きなカラフに入っている。脚のついた背の高いグラスは、確実にこのあたりのガラス工房で購入したもので、平凡なピルスナー何ケース分もの値段がすることだろう。それに、きみの目ときみ自身がどこか遠くに行ってしまっていなければ、ものすごくいい女なのに――ベックストレームはそう思いながら、リンダの母親へ神妙にうなずきかけた。ロッタ・エリクソン、四十五歳。普段なら、それよりずっと若く見えただろう。

「少しでも辛くなったら言ってください」ベックストレームは自分のいちばん優しい声を出し

た。

「大丈夫だと思います」リンダの母親はそう答えた。目の表情がそんなでなければ、その声はまるで陽気に聞こえるくらいだった。

かわいそうに――。今朝起きてから、精神安定剤を何錠飲んだのだろうか。

それから三時間、犯罪捜査官ヤン・ローゲションは同僚のレヴィン警部にも評価された入念さを遺憾なく発揮した。

まずはリンダのことを尋ねた。子供の頃のこと、育った環境のこと。アメリカに住んでいたときのこと。離婚、そして二人だけでスウェーデンに戻ったときのこと。

「元気で明るい子だった。みんなと仲が良くて、みんなから好かれていた。昔からずっとそうだったの。大人になってからもね……」

「辛い時期だったわ……」「新しい環境に適応しなくてはいけなくて……」

「リンダには新しい友達ができて、新しい学校にも通い始めて……」「わたし自身は学校で教師として働き始め、同時に大学の教職課程にも通って……」「夫と出会ったときには秘書として働いていたの……職場で出会ったんです」「それから結婚して、リンダが生まれ、アメリカに住んでいたときは優雅な専業主婦だったわけ……」「でもとてもつまらなくてね。ヘニングは水を得た魚よろしくアメリカの生活を楽しんでいたけれど。リンダとわたしがいちばん会わなかったのはリンダの父親ですよ」「滅多に姿を見かけなかったのよ、ほんとに……」

「でも、ええ。経済的な意味では恵まれていた。もちろん婚前契約はしたけれど、リンダとわたしがスウェーデンに戻る前に彼がまずやったのは、あのマンションをわたしに譲ること。恐ろしいことが起きてしまったあのマンション。帰国以来ずっとそこに二人で住んでいたんだけど、突然……リンダが高校生になった頃だったかしらね。父親がスウェーデンに戻ってくることになって、リンダは郊外にある父親の家に住むことにしたの。でももちろん、町にいるときはいつもわたしのところに泊まっていたけれど……」

彼氏は？

「初めての彼氏は、アメリカに住んでいた頃同じクラスにいた黒人の男の子です……リンダはあの頃まだ七歳で、男の子のほうも同い年だった。リロイという名前で、本当に、食べちゃいたいくらい可愛かった。あれがリンダの初恋だったのよね……」

その後は？　肉体関係のあった彼氏は？

母親によれば、それほど数はいないはずだった。リンダはそういうことに関してはあまり話さなかったとはいえ。いちばん長く付き合ったのは一年程度で、その彼とは半年前に別れたという。

「家族ぐるみで付き合いのある家の息子でね。わたしが離婚してからも付き合いが続いている数少ない家族よ。その子もすごく可愛い子でね。ノッペって呼ばれてて。本名はカール・フレドリックなんだけれど。リンダは単に飽きたんでしょうね。警察大学に入ってからは初めてのことばかりだったから」

リンダはトラブルを起こすような性格ではなかったですか？　喧嘩をしたり、敵がいたりした？　恨みをかっていたなんてことは？

母親の世界では、それはありえない。あの子にかぎって。反抗期のいちばんひどいときでも、他のティーンエージャーと変わらない程度だった。同じ年頃の娘をもつ女友達が何人もいるから知っているけど。でもリンダが反抗的になることはあまりなかった。短所？　とても頑固な面があったわね。それにちょっと純粋すぎるところも。あまりにも正直なのよ。相手を実際よりもいい人だと信じこんでしまうようなところもあった。

殺人事件捜査官としての二十年、ローゲションは殺された被害者の遺族に何百回となく話を聞いてきた。だからリンダの母親自身のことを最後に質問したのは、決して偶然ではない。そして相手はやはり、今まで彼がその質問を投げかけた人々とまったく同じ反応を示した。なぜわたしのことなんか訊くの？　リンダが殺されたことと関係ないでしょう。わたしも一人娘を奪われた被害者なのよ。残りの人生、ずっと悲しみだけを仲間に生きていかなければいけない。

ローゲションはいつものように答えた。この質問はリンダを殺した犯人をみつけるためのものなんです。もちろんあなたが事件に関わっているとは夢にも思いません。しかしわたしがこういう質問をするのは、娘を殺された母親には見えていないものがあるからです。悲しみが母親の目を曇らせる。リンダの母親はローゲションの答えを、それまでの人々よりもずっと冷静に受け取った。

離婚以来、恋人はいましたか？　その中で娘さんに興味を示した男は？　娘を攻撃してあなたを傷つけようとするような人は思いつきませんか？

もちろん恋人はいました。それも複数。でもどれも短い交際か一時的な関係で、最後は数年前の話です。同僚、女友達の同僚、あとは仕事関係で出会った相手もいました――昔の生徒のバツイチの父親というのもあったわね。それ以外の男性とも短期間付き合ったことはあるけれど、たいていはバカンスで訪れた海外での話。そのうちの一人にはかなり夢中になり、しばらく連絡を取っていた。でも結局は電話やメールにとどまり、それも次第に途絶えてしまった。

そいつらはホモか⁉　おまけに目の見えないホモなんじゃないか――。

そのうちの誰かが娘を殺したなんて、想像もできない。その理由は単純で、そんな人たちじゃなかったから。そもそもそんな人と交際するはずがない。リンダとは会ったことのない人も何人もいるし、娘がいることも知らないままだった男性も少なくとも二人いた。

「あの子は変質者に出くわしてしまったのよ」リンダの母親は言った。「言ったでしょう。リンダは世間に悪い人なんていないと思っていた。あまりにも純粋すぎたのよ」

「ここにいったい何をしにきたんだ」車に座ったとたんにベックストレームが言った。「おれの耳には、なんの手がかりも聞こえなかったが」おい、聞こえたか、この入念な悪魔め。

「自家製ジュースは悪くなかったぞ。ジュースにしてはだ」ローゲションが言い返した。「一瞬、彼女が何かに気づいたか思い出したような顔をしたんだが……。何かが頭をよぎったみたいだった」

「で、それはなんなんだ？」ロッゲはただのアル中じゃない。千里眼でもあるらしい。

「まったくわからない。直感みたいなもんだ。だがおれが間違っていたこともある」ローゲシヨンは肩をすくめた。「今現在、彼女の頭の中は錯乱《さくらん》状態だろう。いったいどれだけ精神安定剤を飲まされたんだろうか」

「おれが見たかぎり、心ここにあらずという感じだった」まあ女ってのはだいたいそうだが。とはいえ女の大半より、かなりいけてる女だ。

「だからこそ、また来て話したほうがいいだろうな」

「とにかくいい女だな。まともな状態になればだが。つまり普通の女に」そしてベックストレームは付け足した。「またここに来るときは教えてくれ。付き合うよ」

42

レーフグリエン巡査見習いは手のひらを返したように愛想がよくなった。そのおかげで事情聴取は一時間で終わったし、基本的にはすべて真実を話したようだったのに、それでもレヴィンはずっとやりあっていた初回のほうがまだレーフグリエンに好感が持てたと感じた。

エリック・〝ロナウド〟・レーフグリエンは、殺人事件の容疑者から外れると同時に、リンダとの肉体関係の報告においても紳士的な慎み深さから卒業したようだった。一度目に関係をもったのは、五月の中頃、郊外にあるリンダの父親の邸宅で。最初は、テレビでサッカーの試合を一緒に観るという予定だった。はたしてそれ以上のことが起きたわけだが、その関係はそこから一カ月、警察大学の終業式まで続いてから終わった。二人きりで会ったのは四、五回。一度目以外はヴェクシェーのレーフグリエンの下宿部屋でだった。一度映画を観にいき、また別のときにカフェでお茶をしたこともあるが、基本的にはテレビやDVDを観たり、ただ一緒にのんびりしたり、セックスをしたりしていた。

「別れを切り出したのはどちらのほうなんだ？」レヴィンが尋ねた。

はっきりはわからない――と若きレーフグリエンは答えた。なんとなく自然消滅したが、どちらの主導だったかと訊かれれば、彼のほうだった。

「いまいち燃えなかったんだよね」レーフグリエンは肩をすくめた。「リンダはいい子だし一緒にいて楽しかった。それにかなり美人だったけど。セックスも何が悪いってわけじゃないけど……すごいってわけでもなかった。会えないときに恋しくてのたうち回るってほどじゃなかったんだ。だからテープを巻き戻して、友達に戻ろうと提案した。セックスフレンドでもなくね」

どういうセックスをしていたんだ？　リンダはどんなセックスを好んだ？　二人のうちどちらが主導権を握っていた？　主従関係のようなものがあったなら。

ごく普通のセックス。まともなセックス。やりすぎでも、やらなすぎでもなく——レーフグリエンはそう評価した。結果が出るように取り計らったのは、もちろん彼のほうだった。

「リンダは確かに身体はよく鍛えていたよ。おれとのセックスにも満足していたみたいだし。でも毎回仕事をしたのはおれだけだっていうか……。おれがバイクのハンドルを握り、彼女は後ろに乗っているだけみたいな。それが悪いってわけじゃないけど、燃えるわけでもない。死んだ人のことを悪く言うもんじゃないのはわかってる、でも警察にとって大事なようだから言うけど……六点か、六点半ってとこかな？　十点満点でね。リンダがかなり美人だったことを加味してもだ。だって、なにしろあまり経験がないみたいだったし、それに……こんなこと言って何様かと思われるのはわかってるけど……いまいち光るものがなかったんだよな」

「きみが女性経験豊かだというのはよくわかった。だからこの質問をするんだが」レヴィンは考えに沈んだような顔でレーフグリエンにうなずきかけた。本当なら座っている椅子を取り上げて、頭から振り下ろしてやりたかったが。

「リンダが、本当はもうちょっとハードなセックスをやりたがっていたという印象は受けなかったか？　そうじゃなきゃ本気で燃えないとか」

「まさか」レーフグリエンは驚いた顔になった。「それなら気づいたよ。そうしたいなら、いくらでもやってあげたさ。だけどリンダが普通のスタンダードなプログラムを望んでいたことには確信がある。だからいつもそういうセックスをしてあげていたんだ」

リンダの過去の恋人については？　両親や友人、女友達との関係は？　女友達以外の友達は？

そういうことはあまり話していない。前の彼氏のことは口にしていたけれど。災難みたいな男だった――エリック・ローランド・レーフグリエンによれば、リンダは元彼のことをそう形容したという。友人については基本的に女友達の話ばかりだった。別におかしなことでもない。彼のクラスメートでもあるわけだし。おまけにそのうちの二人とは寝たこともあった。

「リンダはそのことを知っていたのか？」

「まさか。レヴィン、頭は大丈夫か？　誰も知らないよ。そんなの常識だろう。女にはそんなこと絶対に喋っちゃいけない。女ってのはそういう生き物なんだから」レーフグリエンがレヴィンに語り聞かせた。「そういう話を友達にするのは女同士だけだ。だって、自分の友達の彼女と寝たとしても、それを友達本人に言うわけないだろ？　そんなことしたら、新しい膝の皿を注文しなきゃいけない」

「じゃあつまりリンダは、自分の女友達二人もお前と寝たことがあるのを知っていた可能性が高いわけだな」

「何も言ってはいなかったが、まあそういうことだな」レーフグリエンはしぶしぶ認めた。そして肩をすくめた。「女ってのはなんでも喋るからな」

レーフグリエンいわく、リンダにはとても大切な人が一人いたという。それ以外の全員を足してもかなわないほど大切な人。それは彼女のパパだった。

「ファザコンってやつだな。何もかもがパパを中心に回ってた。父親のおかげでほしいものはなんでも手に入ったし、ねだる必要すらなかった。ここはビバリーヒルズかよ？　あんたが彼に会ったことがあるかどうか知らないが、あの二人は本当によく似ている……めちゃくちゃ似てたんだ。同い年なら、双子だと思っただろうな。父親はしょっちゅうリンダに電話してきて、ある晩うちに来てたときなんて、三回も携帯に電話してきた。用事なんか別に何もないのに、話してるんだ。もしもし、リンダかい？　あら、パパ！　リンダ、ひとつ言い忘れていたことがあってね……そんな調子で」レーフグリエンは耳に携帯を当てるふりをして、二人の声色を真似た。

「きみはリンダの父親のことが気に入らないようだな」

「問題はおれじゃない」レーフグリエンが笑った。「むしろあっちだ」

「一度しか会ったことがないのかと思っていたが」

「それで充分さ。おれのことをどう思っているかは瞬時にわかった。おれみたいな人間のことを」

「どういう意味だい？」

「おれが有色人種だからだ。あの男はその部分しか見ていない。おれみたいなのは最初からだめなんだ。アメリカに何年も住んでいたのは偶然じゃないだろうな。あの父親はひどい人種差別主義者だ」

「だが、リンダはそんな子じゃなかっただろう」

「ああ。むしろおれみたいなのが好みだった。それには百パー確信があるよ。黒人が好みだから、おれに近づいた。それでおれが嬉しいとでも思うか？」

「リンダとはそのことについては話し合ったのか？」レヴィンが訊いた。それが本当だとしたら、確かに嬉しくはないな。

一度だけ――とレーフグリエンが認めた。そのときに、彼女の父親のことをどう思っているかを告げた。確実に人種差別主義者だろうと。

「リンダはめちゃくちゃ機嫌を損ねたよ。その事実は認めたが、とにかくそれはパパのせいじゃないの一点張りだった。そういう世代なんだとか、本当は世界いち優しい人で、大事なのはその人個人であって……みたいなことをね」

「母親のほうは？」レヴィンが尋ねた。「リンダは母親のことはなんと言ってた？」

「あんまり好きじゃなかったみたいだ」エリック・ローランド・レーフグリエンが皮肉な笑みを浮かべた。「あの二人はバカみたいに喧嘩ばかりしていて、おれも一度、電話中に口論になったのを聞いてたんだが、あれは本物のキャットファイトだな」

「よく母親のところに泊まっていたのかと思ったが？」

「町にいるときはね。そして母親が留守だとわかっているときだけ。それ以外は大好きなパパの家に帰ってたはずだ。クラブからタクシーで郊外の家まで帰ることもあったんだぞ。五百クローネくらいかかるのに」レーフグリエンはあきれたように頭を振った。

「なぜそんなに母親に腹を立ててたんだ?」

「父親の影響が大きかったんじゃないかな。神様みたいに崇めてたから。リンダは母親が父親を捨てたとよく文句を言っていた。金目当てで結婚して……ってね。母親が気の毒なパパを裏切ったせいで、心臓発作を起こしたのなんだのって」

「きみはリンダの母親と会ったことはあるのか?」

「一度だけ」レーフグリエンは笑みを浮かべた。「リンダや他の大勢のクラスメートと町で夜遊びをしていたときに、ばったり会って挨拶したんだ。この春のことで、リンダと付き合う前だ。おれ、彼女にだけ挨拶したんだ。リンダの母親にだけ」

「どういう印象を受けた?」

「いい人そうだったよ。確か先生として働いているんだろ」レーフグリエンがうなずいた。

「他に気づいたことは?」まだ言いたいことがあるんだろう?

「わかったよ」若きレーフグリエンはにやりと笑った。「めちゃくちゃいい女だったんだ。だって、少なくとも四十はいってるはずだろ?」

「老人に、もう少し詳しく説明してくれないか」

「さっき光るものがあるかどうかという話をしただろう。おれに言わせれば、リンダの母親は誰の目から見ても十点満点だ。おれの言う意味がわかるか? はっきり誘われたら、おれは怖気づいたりしない」

「なるほど。意味はわかったと思う」

「そこがちょっとややこしかったんじゃないかな。リンダと母親は。母娘なのにちっとも似てなかった。リンダは可愛らしくていい子だったよ、いい友達。だがあの母親は——。いけてる女の典型みたいな存在だ。行ったことのない場所に連れていってくれそうな」

「そう思うのか……」レヴィンが考え深げにうなずいた。

43

〈ヴェクシェーの女性に対する暴力に立ち向かう男たちの会〉は地元メディアに非常に好意的に受け入れられ、夏の休暇の時期にもかかわらず、五十余名の男性が参加を申しこんできた。実際のところ、それは必要よりずっと多い数だった。ヴェクシェーの娯楽産業は、とりわけこの夏の時期、控えめに言っても盛り上がっているとは言い難い。需要と供給のバランスを取るために、ボランティアメンバーを週ごとに分けることになった。そして、隣男二人一組で町の通りや広場をパトロールする。それにはスケジュールのことだけではなく、別の利点もあった。隣男自身の安全対策にもなるし、万が一、密な網の目をくぐって潜りこんできた不謹慎な輩《やから》がいた場合に備えて、内部監視的な意味合いもあった。

現在の気候を考慮した上で、白いTシャツの胸と背中に赤い字で〝隣男〟とプリントを入れた。よく目につくことは、犯罪を予防することにもなる。同時に、彼らを頼りにする女性にとっても、安心の目印となる。状況が逼迫《ひっぱく》したさいには、ポケットから取り出す必要のない身分証の役割も兼ねている。

連絡手段はもっとも簡単な方法を選び、同じ夜にパトロールを行うメンバーが町に出る前にお互いの携帯番号を交換することになった。緊急事態が起きた場合に備えて、警察につながる緊急番号も。会としてはこの先の活動を見据えてもいた。秋に向けて、その頃には気候も変化しつつあるだろうから、すでに市内の縫製工場に同じロゴのついたライナー取り外しタイプのウインタージャケットの注文を入れてあった。最後に注記しておきたいのは、スポンサー企業からの関心が非常に高かったことで、全社のロゴを入れるためには、いっそつなぎを着て歩き回ってもいいくらいだった。

そのような背景を考えると、活動の第一週目にすでに残念な出来事が起きてしまったことがなおさら悔やまれる。最悪の場合、大惨事になっていてもおかしくない出来事だったのだ。火曜日の真夜中、理事会の理事二人がもう二人のボランティアと組んで、テグニエル教会墓地から診療所、消防署、大聖堂の間の地区をパトロールしていた。大通りがリエドベリィ通りと交差する角を通りかかると、マクドナルドの前で半ダースほどの若者たちが喧嘩をしていて、隣男たちはその仲裁に入った。

若者は全員が移民で、喧嘩の原因である二人の少女以外は少年もしくは青年だった。理事会のベングト・カールソン理事は最初、話し合いという手段で興奮を鎮めようとした。それが、若者支援活動における〈トラブル解決のための三段階〉、つまり〝会話→能動的な仲裁→肉体的な拘束〟における第一段階だからだ。

それなのに、少年二人が取っ組み合いの喧嘩を始め、残りのメンバーは性別にかかわらず応援を惜しまなかった。そのためカールソンと仲間はただちに〈トラブル解決の〜〉の三段階目に進むことを余儀なくされ、喧嘩をしている二人を引き離そうとした。隣男の介入は、若者たちに多大なる好影響を与えた。二人の闘争者はただちに和解し、そこに応援者も加わって、今度は結束して二人の隣男に立ち向かったのだ。カールソンの隣男仲間が一段階目ですでに携帯で助けを呼んでいなかったら、かなり最悪なことになっていただろう。

数分後には、鉄道駅のほうからもう一組の隣男チームが駆けつけ、ガイドラインに載っているとおりの方法で全力を尽くして手を貸そうとした。ほぼ同じ頃、フォン＝エッセンとアドルフソンの乗ったパトカーも到着した。ヴェクシェー署では人員が逼迫しているせいで、二人は夜になると制服をまとい、生活安全部の機動捜査隊として働いていたのだ。最初にパトカーから現れたのはアドルフソン巡査で、彼とその同僚がどのように振る舞ったのかは不明だが、とにかく三十秒後には関係者全員を引き離し、その中でももっとも活動的だった二人をアドルフソンが地面に転がしていた。

「いいから黙れ」アドルフソンが言った。「そして他の皆はじっと立ってろ。同僚が人数を数えるから」

さらに十五分の談合ののち、アドルフソンは移民の若者六人全員と四人の隣男の名前をメモし終わり、大きく手をふりかざしてグループを解散させた。

「お前たちは向こうに行け」アドルフソンが若者たちに向かって北を示した。方向としてはダルボーだと考えるのが無難だろう。そこがヴェクシェーのローセンゴード（サッカー選手イブラヒモヴィッチが生まれ育ったことでも有名な、マルメの移民の多い地区）なのだから。

「そして残りは向こうに」フォン＝エッセンがヴェクシェーの隣男たちに、病院の方向を指し示した。

「だけど、わたしたちは町の中心部をパトロールすることになっているんです」隣男の一人が言った。「南で何をしろと？」

「わかった。じゃあ南に進んでから、ぐるりと町を回ってください」フォン＝エッセンが穏便にとりなした。「ところで、鼻は大丈夫ですか？」

幸いなことに、関係者一同の怪我は、仲裁に入った隣男が少年に鼻を殴られて鼻血を出しただけにとどまった。さらに、混乱のさなかでうっかりアドルフソンの手にもかかってしまい、その直後に地面に横たわっていた。今もまだ首と背中が痛むという。

「もしよければ病院か自宅まで送りますよ」アドルフソンが提案した。「でなければ車に救急セットがある。頭を後ろに倒して、ゆっくりした呼吸を心がけて」

「おわかりのとおり、簡単なことじゃないんですよ」フォン＝エッセンが申し訳なさそうに止血包帯を差し出した。「戦《いくさ》の最中に悪人と善人を見分けるのはね。わかるでしょう、ひと塊になって取っ組み合いをしてるんだから」

被害に遭った隣男はもちろん理解を示した。誰にも文句をつけるつもりはない。うっかり彼の鼻を殴ってしまった少年を訴えるつもりもさらさらない。ましてや自分を助けようとしてくれたアドルフソン巡査に苦情を呈するなんて。

「鼻血くらい、どうってことありません」隣男はそう言って、弱々しく微笑んだ。「ちょっと不運な誤解があっただけで」

44

捜査は予定どおり進んでいた。とりわけＤＮＡに関しては目覚ましいほどの進展があり、かのベックストレームでも度重なる苦境を耐え抜くことができたほどだった。使用済みの嚙みタバコも血のついたティッシュも、犯人のDNAとは一致しなかった。こうなるとあとは、司法医学的な喜びというアブサンの一滴をもたらしてくれるのは、名前を伏せたベングト・カールソンの鑑定結果だけだ。それはSKLからファックスでの返信という形で届いた。過剰な残業のせいで不機嫌な鑑識官からの、〝リンダ事件担当の捜査官は、書いてあることも読めないのか〟という問いとともに。〝すでにSKLから送ってある結果からわかるとおり、このDNAは該当の捜査のDNA型とは一致しない〟

タイミングの悪いことに、その返信が来たときファックスの前に立っていたのはオルソンで、アドルフソンにそのファックス用紙を渡し、他の結果と一緒にパソコンのデータベースに入力するように頼んだ。

「名前が匿名になっているようだが、アドルフソン、きみはこれが誰のことだか知っているかね?」オルソンは好奇心でそう尋ねた。自分自身が遂行した隠密捜査がまだ記憶に新しかったのだ。クラーソンのリンゴの芯を入手したのはオルソンだった。

「ああ、それはたぶん、歩く災難のようなベングト・カールソンでしょうね。ほら、隣男の会の理事を務めている男ですよ」

「なんだって⁉ いったい誰が彼を捜査に巻きこんだんだ」オルソンが憤った。

「ベックストレームと話してみてくださいよ。きっと知ってるから」アドルフソンが肩をすくめた。「自分はとにかく、これをアルファベット順にファイリングしておきます」

オルソンはその足でベックストレームの部屋に向かい、アドルフソンにしたのと同じ質問を投げかけた。いったいなぜベングト・カールソンのDNAを鑑定しようなんて思ったんだ。ベックストレームによれば答えは単純明快だった——警察のデータベースを覗けば一目瞭然だ。カールソンのような男の調査をしないなんて、不祥事に値する。そんなこと、一般市民でもわかることだ。ベックストレームはいつになく外交的な気分で、田舎の保安官に対して、田舎の保安官という微妙な表現を使うことをあえて避けたのだった。オルソンのような田舎の保安官でも、幸いなことに一般市民が——もちろん田舎の保安官とは一線を画して——本物の警察の仕事に口を挟めないことを認識すべきなのだ。

しかしそのときは、オルソンまで粘り強さを見せた。カールソンに関しては、まったくの見当違いだ。最後の有罪判決を受けたあと、ベングト・カールソンは自主的かつ能動的に、聖シクフリード精神科病院の外来病棟で高く評価されているプロジェクトに参加した。行動変容の最新技術を駆使したプロジェクトで、女性への暴行を繰り返す悪しき習性を断ち切るのが目的だった。カールソンはそのプロジェクトにおいて、これまでもっとも成功した例だという。頭のてっぺんから足のつま先まで心を入れ替え、現在のカールソンはまさしく別人なのである。つまり、握られた拳《こぶし》が広げた両腕に変貌したと言っていい。それ以来、暴行を受けた男性が元の人生に戻るための支援に携わり、仲間内でももっとも熱心な闘士となっている。

「これが受け入れ難い事実であるというのは認めるよ、ベックストレーム。だが現在のベングト・カールソンは世界いち善良な人間だ。世界じゅうを抱きしめたいだけなんだ」オルソンはそう締めくくった。

「オルソン、きみの話はわかった」だが、リンダのことは抱きしめ損ねたのだとしたら？

「きみの気持ちが知りたいんだ、ベックストレーム」オルソンが真剣な顔で言った。「どう思う？　腹の内では」

「シマウマのシマは雨に流れて消えたりしない」ベックストレームはそう言って、にやりと笑った。


遺憾なことに、同僚のレヴィンまでもが奇妙な行動をとり始めた。彼のほうは国家犯罪捜査局の殺人捜査特別班の所属で、もう少し良識があってもよさそうなのに、同僚に奇妙な質問をして回っているのだ。そういう個人行動はどう考えても組織体系的な問題を引き起こすのに——とベックストレームは疎ましく思った。

レヴィンはまずローゲションのところに行って、長いこと話しこんでいた。おまけに内容はリンダの母親のことで、被害者のことですらなかった。〝母娘は十年前にアメリカから帰ってきて以来、本当はどこに住んでいたのか〟なんていうおかしな質問までしたのだ。

「聴取のときの母親の話では、同じ住所にずっと住んでいたということだが」ローゲションが答えた。「なぜそんなことを訊くんだ？」

「スヴァンストレームに確認してみるよ」自分のプライベートについては決して口外しないレ

ヴィンが言った。エヴァ本人がその場にいないときに、他の男性の前でエヴァと呼ぼうとは夢にも思っていないのだ。

「ああ、そうしてみろ」ローゲションはなぜかにやりと笑った。「スヴァンストレーム嬢に頼んでみるといい。他に何か？」ローゲションはそう言って、わざとらしく自分の腕時計を見つめた。

もう一点だけあった。忙しいところ申し訳ないが、リンダの母親に電話して、いくつか補足的な質問をしてもらえないだろうか。

「きみに電話してもらうのがいちばんいいと思うんだ。きみは彼女に会っているからな」レヴィンが言った。

「で、質問ってのは？」ローゲションが話を元に戻した。「何を知りたいんだ？」

「犬を飼っていたことがあるかどうか訊いてほしいんだ」

「犬？　リンダの母親が犬を飼っていたかどうかだって？　それは特定の種類の犬でなきゃいけないのか？　それとも種類は自由選択でいいのか？」

「ちょっと思いついただけなんだ」レヴィンがはぐらかすように言った。「電話して、犬を飼っていたかどうかだけ質問してくれれば」

「なぜそんなことを知りたがるんだろうか」

ベックストレームは友人とともに、自分のホテルの部屋にいた。今や恒例となった、週末を迎える儀式のために。

「仕事で燃え尽きてしまったのか？　いや、レヴィンはいつだっておかしなやつだった。こんなに長く知っているのに、ピルスナーの缶を握っている姿を見たことがない。なのに犬畜生がどうしたっていうんだ」ベックストレームはそう言いながらも、心の中ではまあどうでもいいかと思っていた。

「どうせスヴァンストレーム嬢に飛び乗ろうとして、ベッドのヘッドボードに頭をぶつけたんだろうよ」ローゲションがにやりとして、あきれたように頭を振った。

「で、犬は飼ってたのか？」ベックストレームはその小さな論点を思い出した。「リンダのおふくろさんだよ」

「いいや。犬なんて飼ったことないってさ。犬は嫌いなんだと。そういう意味では猫も。リンダのほうは馬を飼っていたが、それは郊外のパパのおうちで、町中のマンションで飼ってたわけじゃない。それ以上は話題が続かなかった」

田舎の保安官ベングト・オルソンがひっきりなしに口出しをしてくるし、同僚のヤン・レヴィンは組織的に見ても意味不明な行動を取っているし、偉大なる女性暴行家ベングト・カールソンは、数年前にオルソンのような人間を簡単に懐柔する術を身につけた。とはいえベックストレームは週末じゅう非常に機嫌がよかった。そして月曜の朝にシャワーの下に立ったときには、なんと歌が口をついて出てきたほどだった。

「ねえママ、世界じゅうのDNAを手に入れるわ〜　あなたとわたし、ふたりのために〜」冷たいシャワーの水が彼の豊満な肉体を流れる間、ベックストレームは口ずさんでいた。そして脇の下やその他の隅っこや隠れ家に丹念に石鹸をすりこんで、のちのち芳《かんば》しくない香りを漂わせないための予防を行った。

今年度最高にセクシーな警官——バスルームの鏡に映った姿を最終査定したとき、ベックストレームは満足気にため息をついた。

45

八月四日（月曜日）、ストックホルム

月曜の午前中、国家特殊部隊がストックホルムのクングスホルメン島のクロノベリィにある警察本部で大規模な演習を行った。そのために警察本部の建物周辺を封鎖したが、〝利便性と周辺住民への配慮〟と称して、住人やすでにその地区にいる人々を避難させることはしなかった。そのため、その光景を眺めていた観衆は大勢いて、数分後には大手のテレビ局の取材チームも到着した。

特殊部隊の総勢四名が、黒い覆面と黒いジャンプスーツに身を包み、普段どおりの武装で、道路に面した建物の屋根から外壁づたいに降下を始めた。十階まで来ると、鈍い爆音から察するに、窓の周りに小型の爆弾を仕掛けたようで、窓が割れ、隊員たちは窓から建物の中に侵入した。国家警察委員会の代表電話は鳴りやまず、各メディアには警察の広報官から、これは〈9・11〉プロジェクト内の通常テロ演習だということが通知された。

特殊部隊は、スウェーデン警察本部を狙ったテロを想定して演習を行った。それ以上の詳細は洩らすことができない。誰でもわかるとおり、そのような情報を公開することは特殊部隊の活動の本質に反する。

それでメディアも一応は満足したようだった。どのテレビ局も演習の様子を流したが、それは見栄えがいいというのと、他にたいしたニュースがなかったからだった。隊員の一人が代表でインタビューにも答えたが、広報官よりは大衆的な表現を選んで、演習を行った理由についてこのように述べた。

「演習は常時行われている。演習の目的によっては、一般市民の目から隠しようのない人物や物が目標の場合もある。残念ながらそれは避けようがないが、市民を怯えさせたことは当然遺憾に思う。一時は近隣の住民を避難させることも検討したが、これはそういう類《たぐい》の演習ではなく、基本的には警察の通常業務の一環であり、その必要はないと判断した」

それでカタがついた。市の道路管理課が、特殊部隊ではない普通の警察の監視の下、警察本部の建物の前の芝生や道路からガラスの破片を取り除き、同じく普通の警察が道路管理課の助けは借りずに封鎖テープを除去し、すべては普段どおりの状態に戻った。天気も、この不思議な夏の他の日と変わらぬものだった。早朝から夜遅くまで、日陰でも二十度から三十度の間だったのだから。

46

八月四日（月曜日）、ヴェクシェー

捜査班にとっての新たな一週間が穏やかなスタートを切った。朝の会議でエノクソンがSKLやその他の専門家から届いた科学捜査の結果を報告したときには、まるで大学の教室に座っているような感覚だった。

犯行現場で採取された指紋の分析が終わり、身元のわからない指紋が五人分あったという。そのうちのひとつが犯人のものであると考えるのが妥当で、どれがもっとも確からしいかという予測もちゃんとあった。ただ確実なことは言えないため、五種類とも警察の指紋データベースにかけたが、ひとつもマッチしなかった。最悪の場合、どれも犯人の指紋ではないが、犯人はデータベースに存在するという可能性もある。それがひとつめの報告だった。

もうひとつは、これも現場で発見された毛髪と繊維についてだった。陰毛が十本、体毛が二本、それに複数の頭髪が犯人のものだった。その点についてはＤＮＡ鑑定で明らかになり、それ以外の可能性はありえなかった。毛髪、血液、精液の法医学的分析から、犯人に関する新しい情報がわかった。

「色々なクスリを摂取してるんじゃないかという意見が出たが、悪くない推測だったぞ」エノクソンはあえてレヴィンではなく、ベックストレームにうなずきかけた。

犯人の頭髪からは大麻が検出された。数カ月は散髪をしていなかったようで、ちょっと長めの濃い金髪、白髪の気配はなし。それ自体は、ヴェクシェー周辺に住む歳を取りすぎていない男性の中でいちばんありふれた特徴かもしれないが、少なくとも犯人の薬物摂取状況を明らかにしてくれた。

「お得意様というわけではないようだ。ＳＫＬの担当者によれば、ときどき摂取する程度。一カ月に一回くらいか、多くても二週間に一度。お得意様には程遠い」エノクソンは肩をすくめながらも、我ながらうまいことを言ったという顔をしていた。

「おまけに、趣味が多彩なようだ。というのも、犯人の残した血痕からは中枢神経刺激薬も検出された。それほど多量の血液ではなかったのに、上出来だ」

「ときどきマリファナを吸い、アンフェタミンを飲むような人間。それで理解は正しいかな？」レヴィンが尋ねた。

「ああ。ただし〝摂取〟というのが正しい表現だな。マリファナなら吸ったり、アンフェタミンなら吸引したり錠剤を飲んだりする以外の摂取方法もあるから。医者が言うところの〝投与〟だ。こう言えばいいだろうか。一カ月、場合によっては一週間に一回程度、大麻を摂取している。おそらくマリファナ吸引によって。それがもっとも一般的な摂取方法であり、とりわけこういう一時的な使用者に多い。だがもちろん皆知ってのとおり、他の方法もある」

「アンフェタミンについては？」レヴィンが話を戻した。

「同じことが言える。アンフェタミンもしくはその他の中枢神経刺激薬だ。市場には複数の類似薬が出回っている。それを注射したか、錠剤もしくは液体を経口摂取した。SKLによれば、アンフェタミンのほうもお得意様ではない。推測の範囲内ではあるが、犯人は大麻と同じような頻度でアンフェタミンを摂取していた。つまり、たまにだけ——そしてこういった使用者の場合、たいていは錠剤を飲むか水に溶かしたものを飲む」

「そのへんによくいるヤク中とはちがうようだな」ベックストレームが満足そうに言った。

「まだ警察に指紋を残す機会がなかったというわけか。たまにだけ薬をやって、まともな人間のように髪も切る」

「そう、そのとおり。つまり、大麻と中枢神経刺激薬を使っているわけだ。指紋については、そうは思えないが我々が見逃したという可能性もゼロではない。すると最終的に大きな問題が残る。リンダに対してやった行為のことだ。どこにでもいるような平凡な男だとは言えない」

「魚でも鳥でもない、その中間物というわけか……」オルソンが聡明な表情を浮かべてうなずいた。

「あえて言えば、どちらでもないね」エノクソンが冷たく言い返した。「ところで、いちばん興味深い点を最後にとっておいたんだよ、実はね」エノクソンはそう言って、観衆の反応を心から満喫しているようだった。「では、始めようか」


寝室の窓枠と桟《さん》から繊維が採取された。水色の布の繊維で、ＳＫＬの繊維専門家によれば、薄手のセーターからきたものだろうということだ。繊維の太さ、構造、その他の特徴からして、現在ヴェクシェーおよびスウェーデン全土を覆っている高気圧の中でも、まあ夜間なら着ていても平気なほど薄手だった。おまけに、そんじょそこらの繊維ではなかった。

「これは平凡なセーターじゃない。繊維はカシミアが五十パーセント、残りの五十パーセントは相当に高品質なウールだった。ＳＫＬによれば、小売価格で数千クローネはするセーター。有名ブランドのものであれば、もっとするだろう」

「それ……リンダが父親からもらいそうな服ですけど」サンドベリィがためらいがちに言った。

「だからそこに付着していたということはないですか？　その繊維が」

「そのセーターを窓辺で乾かしたり、風を通そうと思って干したということか？」エノクソンが尋ねた。

「そうです。典型的な女の発想ですよね。ねえ、あなたたちなら思いついた？」サンドベリィはそう言って、テーブルを見回した。

「とりあえず、そんなセーターはマンション内ではみつからなかった。それに窓辺で発見された繊維の何本かは血液を吸収していたんだ。残るは、犯人がそのセーターをリンダや母親から勝手に拝借したという可能性だが、それなら犯人が着てきたセーターはどこへいったのか。上半身裸でマンションに現れたわけじゃないだろう。基本中の基本だ、ワトソンくん」エノクソンはそう言うと、オルソンのほうにうなずきかけた。

「それは調べればわかるだろう」ベックストレームはそう言って、ローゲションにうなずきかけた。「もしそれが犯人のセーターだとしたら、追跡できそうだな」

「犯人が買ったんだとしたらだ」オルソンは同意見ではないようだった。「GMPグループが送ってきたプロファイリングのような犯人なら、おそらくセーターは盗んだんだろう」

「そのとおりだ、オルソン。全面的にきみに同意するよ。盗んだり、物干しから失敬したりしたんじゃなければ、バカンスでタイに行ったときにビーチで目に留まったんだろうよ。本物の殺人事件を捜査するなら、状況を受け入れるしかない」

「よくわかるよ、ベックストレーム。あとはきみに任せよう」オルソンはそう言って微笑んだ。

腰巾着《こしぎんちゃく》のくせに、謙虚だな——とベックストレームは思った。

高級セーターの捜索はまず電話で行われた。まずはローゲションがリンダの母親に電話をかけた。すると母親は確信をもって答えた。そんなセーターはもっていない、水色はわたしの色じゃないから。

娘さんのほうは？　リンダはカシミア製の水色のセーターをもっていませんでしたか？　リンダはすごくたくさん服をもっていたけれど、そんなセーターは記憶にない。念のため、リンダの父親にも問い合わせてみては？　プレゼントにもらったセーターだとしたら、それをあげたのは父親だろうから。

「カシミア製の水色のセーターだって？」ヘニング・ヴァッリンが答えた。「記憶にあるかぎり、わたしがプレゼントしたものではないな。ブルーはリンダの好きな色だったが、水色は……」

ヘニング・ヴァッリンは家政婦にも訊いてみようと申し出て、それで通話は終わった。答えがイエスでもノーでも、すぐに連絡をくれるという。

「重要なことなのかね？」ヘニング・ヴァッリンは訊いた。

「かもしれません」ローゲションが答えた。「今の段階では、たいていのことが重要ですから」

「あのセーターだが」その一時間後、ローゲションが言った。

「どうなった？」ベックストレームが答えた。よく冷えたピルスナーがほしいくらいなのに、誰がこの暑さでセーターの話をする気力がある？

「とにかく、リンダのものではなさそうだ。父親に訊いて、父親が家政婦に訊いて、家政婦から直接電話があった。リンダと父親のためにこの十年間どれだけ縫い、かがり、洗い、アイロンをかけ、畳み、クローゼットに吊るし、ブラッシングをしてきたかという愚痴《ぐち》を聞かされたよ」

「で？」

「その中で、彼女の目の前を通り過ぎた水色のカシミアのセーターはなかったと。それ以外には、洗濯をしなければいけないセーターがいくらでもあったようだが」

「母親のほうは？」

「好みの色じゃないんだとさ。水色のカシミアのセーターなんて、家には一切ないと。だからそこは忘れていい」

好みの色じゃない？　まったく、女ってのは信じられない。ベックストレーム自身は、青と赤と緑の縞のセーターがいちばんお気に入りだ。数年前、スウェーデン北部エステシュンに殺人捜査で訪れたときに出会ったものだ。どこかの金持ちがうっかりホテルの食堂に忘れたようだった。ベックストレームは一目でそのセーターを気に入った。それに、エステシュンはエスキモーの尻の穴みたいに寒かったのだ。まだ八月の頭だったのに。

レヴィンはその水色のセーターのことなどまったく考えていなかった。そんなふうに捜し回るには歳を取りすぎているのだ。事の本質を理解している者なら、大事なことと大事じゃないこと、それに大きいことと小さいことの見分けがつかなければいけないし、何がどうなっているかを見極めるためによく目をこらさなければいけない。例えば、リンダの母親がどこに住んでいたかということなんかに。それに事務捜査をしたければ、彼にはこれ以上ない助っ人がいた。

「あなたの言うことは逐一よくわかるわ、ヤンネ」エヴァ・スヴァンストレームが言った。「ベックストレームたちがリンダ本人のことばかりにこだわる理由がまったくわからない。わたしもずっとそう感じていたの。犯人は母親に会うつもりだったんじゃないかって。単なる好奇心で母親のパスポート写真を見てみたけれど、現実があの写真のとおりだとすれば、男に困ることはないでしょうね」

「おいおいちょっと待ってくれ、エヴァ」レヴィンがそう呼びかけた。レヴィン自身は、二人きりのときも皆と一緒にいるときも、エヴァに自分のことをヤンネではなくヤンと呼んでほしいと願っていたが。


それでも基本的にはリンダの話だ——というのがレヴィンの見解だった。被害者はリンダであり、リンダに対する残虐な所業はリンダだけに向けられたように見える。それに、犯人の行為には非常に私的で内省的な感情が見え隠れしていた。殺したあとにリンダをシーツにくるんで、顔と身体をきちんと隠した。その行為には、大きな不安と罪悪感が感じられる。リンダのそんな姿を見るのに耐えられなかったのだ。

レヴィンが生きる世界では、それは非常にはっきりした兆候だった。今まで捜査してきた普通のセックス狂はそんなことはしなかった。彼らは被害者をいかに侮辱するか、その限界に挑戦しているようなものだ。死んでなお屈辱を与え、発見者そして自分を捜す人間に衝撃を与える。しかし何よりも、その思い出を自分の妄想の糧《かて》にして、今後犯行の合間に必要になったときのためにとっておくのだ。また、夫や元夫、その他思いつくかぎりの種類の彼氏ともちがった。嫉妬、深酒、もしくは単に精神的におかしくなったせいで理性を失い、妻や恋人を殴ったり刺したり切り刻んだりして、犯行現場を血の海にしたようなやつらとも。

他にも色々な点が気になった。些細《ささい》だが、ちっぽけとは言い難い点――それがリンダというよりも、母親のほうを向いている。母親は最後の一カ月、あのマンションでは暮らしていなかった。夏休みが始まってすぐに、別荘に引きこもったのだから。町に戻ってきたのはほんの数回で、用事を済ませるためだった。その代わりにリンダが独りで母親のマンションに泊まっていたのだ。三週間ほぼずっと。その間に色々な人と会っただろうし、連絡しただろうし、様々な偶然が起きる余地もあったはずだ。

「あなたはまず母親の存在が無関係であることをはっきりさせたいんでしょう?」エヴァ・スヴァンストレームはそう言って、なぜかレヴィンが子供の頃に母親が慰めてくれたときのような微笑みを浮かべた。

「そうなんだ。そこが判明すれば非常にすっきりするんだが」

「わかったわ。つまりこういうことだったの」

約十年前、両親の離婚を機に、リンダは母親とともにアメリカからヴェクシェーに戻ってきた。リンダの母親はヴェクシェーで生まれ育ち、アメリカでの四年間を除けば、ずっとその町に暮らしてきた。同じことが娘にも言える。ヴェクシェーの病院で生まれ、六歳で両親とともにアメリカに引っ越した。その四年後、秋に学校が始まるのに合わせて母親とヴェクシェーに戻り、ペール・ラーゲルクヴィスト通りのマンションに住み始めた。離婚のさいの財産分与で母親が受け取った建物だ。

リンダの母親がそれ以来ずっと住民登録されているのはそこの住所だ。それ以外の場所に住んだことを示唆する点はない。もちろんシルク島の別荘を別とすればだが。その別荘はスウェーデンに戻ったあとに購入し、夏の休暇や普通の週末やその他の休みをそこで過ごしている。

同じ住所にリンダも、ヴェクシェー市内の高校に通っていた十七歳のときまで登録されていた。その頃に父親もスウェーデンに戻ってきて、ヴェクシェーの南にある大きな荘園を購入し、数カ月後には一人娘もそこに住み始めた。一年目はそれでも流動的な生活で、町中の母親のマンションにも、住民登録されている郊外の父親の家にも、自分の部屋があった。高校卒業、車の免許取得、それに父親から車をプレゼントされたことで、リンダは町よりも郊外を選び、母親のところに泊まることは稀になったという。

スヴァンストレームは、母親の住所に男の影はみつけられなかった。少なくとも住民登録上は。これまでその住所に登録されてきたのは、リンダの母親とリンダだけだった。

「そうか……」レヴィンはため息をついた。

「でもまだ納得していないようね」スヴァンストレームが言う。「なぜだか教えてもらえない？　そのほうがわたしも楽だから。つまり、何を捜せばいいのか」

「自分でもわからないんだ」レヴィンが答えた。「同じマンションに住んでいる人たちは？　彼らの住居の動向という意味だ」

スヴァンストレームによれば、一人を除き全員が、同じくらい前から住んでいるか、リンダたちよりも前から住んでいる。この十年で新しく住み始めたのは例の司書マリアン・グロスだけで、数年前に不動産が管理組合の所有になったときに一部屋購入している。

「でもマリアン・グロスについてはすでに綿密に調査したでしょう。それにDNAは一致しなかったから、除外したと理解しているけれど」

「グロスが一部屋買ったということは、誰かがその部屋を売ったわけだろう。そして引っ越した」

「そういうわけじゃないの。実は、その点についてはかなり時間をかけて調べたのよ。グロスに部屋を売った住人は、リンダたちが引っ越してくる前から住んでいて、今も住んでいる。だから、二部屋所有していたんでしょうね。その女性は会計事務所の経営者として登録されているから、事務所として使っていた部屋をグロスに売ったとか？　分譲マンションの部屋を事務所として使うのは法的に微妙だけれど。とりわけこういった小規模な管理組合運営のマンションの場合はね。きっとかなりの額が懐に転がりこんだと思うわ」

「それはマルガリエータ・エリクソンのことか」レヴィンが急に言った。

「ああ、そういう名前だったわね。ねえ、ヤンネ、あなた、わたしのことなんて必要ないんじゃない？　そうよ、そういえば、新聞のインタビューを受けたマルガリエータ・エリクソンよね。リンダが殺された夜に、犯人が彼女の家にも押し入ろうとしたって……」

「そうだ、その彼女だ」レヴィンはやっと自分の思考が形になってきたのを感じた。少しは状況がまとまり始めた。

「それでも、あなたが何を知りたがっているのかよくわからないわ」

「わたしもだ。正直言って」レヴィンも言った。「なあ、エヴァ。こうしよう。マルガリエータ・エリクソンに電話をかけて質問をしてくれないか」

「でも、なぜそうするのかはやっぱりわからないのね？」

「闇に向かって一発ぶっぱなそうじゃないか」レヴィンがかすかに微笑んだ。「やみくもにね」

「それであなたが満足なら」エヴァは肩をすくめた。

47

昼過ぎに、思いがけず平和が破られた。水色のセーターやら意義のある秩序の探求やらは、突如としてまったく別のものへと変貌した。怒声が響き、廊下を走る足音が聞こえ、ドアがバタンと乱暴に閉まった。ショルダーホルスターと銃としかめっ面を下げたフォン＝エッセンとアドルフソンが捜査班の部屋からだしぬけに現れ、サンドベリィとサロモンソンを従えてガレージの覆面パトカーに乗りこむと、道に出たとたんに屋根の青い回転灯のスイッチを入れ、飛ぶような勢いでカルマルへと向かって走りだした。

その二時間前に、カルマルの北十キロにあるビョーン島で強姦事件が発生していた。それより一週間古い強姦未遂事件とのちがいは、今回は正真正銘の第一級強姦事件だという点だ。被害者は十四歳の少女だった。少女は朝ご飯のあとにはもうビーチへ向かった。二歳上の姉と、その姉の同い年の友人と一緒に、泳いだり日光浴をしたりするためだった。

数時間ビーチで過ごしたあと、十四歳の被害者は近くの売店にアイスクリームとジュースを買いに出かけた。いちばん年下の少女がその役を任されたのは、自然な成り行きだろう。ビーチぞいの林を横切っているときに、不意に男が背後から襲いかかり、少女を藪《やぶ》の中へと引きずりこみ、意識がほとんどなくなるまで殴り、強姦した。三十分経っても妹が帰ってこないのを心配した姉と友人が、妹を捜しにやってきた。林に入って百メートルもしないうちに、二人は妹をみつけた。上に男が馬乗りになった状態で二人は大声を出し、男はその場から逃亡した。

その三十分後、被害者はカルマルの病院へと搬送され、警察が現場に到着し、現場を封鎖し、目撃者の事情聴取を行った。警察犬も向かっていて、十五分以内には到着するはずだ。つまり警察はフル稼働で、周辺を捜索するパトカーの手には良質な人相書きがあった。姉と友人の話では、一週間前にヴェクシェー市内で強姦未遂をやった犯人と嘘みたいによく似ているという。とりわけ二人の目を惹いたのは、男の刺青《いれずみ》だった。蛇か龍が絡み合ったような獰猛な柄、それが両腕の肩から手の甲まで伸びていたのだ。

「すごく嫌な予感がする」同僚とともにカルマル署へ足を踏み入れたとき、アンナ・サンドベリィがつぶやいた。彼女が考えていたのは、自分が担当しているヴェクシェーの強姦未遂事件で、ちょうど今朝、被害者の狂言だとして捜査の打ち切りを決定したところだった。

「刺青のことか?」サロモンソンが訊いた。

「ええ。すごく嫌な予感がするわ」

「細かいことにこだわる必要ないですよ」アドルフソンが慰めようとした。「今どき、プライドのあるチンピラなら誰だってそういう刺青を入れている。全身が中国の絨毯《じゅうたん》みたいな柄なんだから」

「さあ終わったわ。だから少しはリラックスしなさいな、ヤンネ」スヴァンストレームが励ますように手にもった書類の束を振ってみせた。レヴィンは自分のデスクの椅子に腰かけていて、目の前にはまた別の書類の山があった。

「わくわくするよ」レヴィンは椅子の背にもたれた。

「思ったより複雑だったわ。でもとにかくこういうことだった。今マルガリエータ・エリクソンと話したんだけど、あのおばさんはかなりきっちりした性格みたいね。それに管理組合の理事長ときた」

約三年前、あのマンションが管理組合の所有になったのとほぼ時を同じくして、マルガリエータ・エリクソンは自分の部屋をマリアン・グロスに売った。同時に彼女は今住んでいる最上階の部屋を、同じマンションに住むロッタ・エリクソン——つまりリンダの母親から購入した。リンダの母親は一階へと引っ越し、それ以来、つい一カ月前にそこで娘が殺されるまで暮らしていた。その部屋はもともと事務所として使われており、そのあとは貸し出されていたが、そのときはちょうど空き部屋になっていたのだ。その部屋の所有者はリンダの母親だった。

「マルガリエータ・エリクソンは独り暮らしだったけど、もう少し大きな部屋が必要になったんですって。経理作業のための部屋がふたつ、それに別荘を売った直後だったから、古い家具を置くスペースも必要だった」

「一方で、ロッタ・エリクソンのほうは娘が家を出て、小さな部屋で充分だったというわけか」

「そう。だからやっぱり、あなたはわたしのことなんか必要ないわね」スヴァンストレームが微笑んだ。

「実はあともう何点かあって」

「そう言うと思った。基本に立ち返って、マルガリエータ・エリクソンとロッタ・エリクソンが親戚かどうかを知りたいなら、答えはノーよ。マルガリエータの苗字はEriksson で、ロッタのほうはEricsonなの」

「そうか、そこまで気づいていたのか」

「そんなに難しいことじゃないでしょう。二人の経歴を考えればすぐにわかること。マルガリエータ・エリクソンのクはKで、ソはSS。普通の綴り——少なくともスウェーデンではもっとも一般的な綴りよね。結婚して以来その苗字よ。一方でロッタ・エリクソンのほうはもともとリセロット・エリクソンという名前で、そのときはマルガリエータと同じErikssonというスウェーデン風の綴りだった。フルネームは、リセロット・シャネット・エリクソン。結婚してリセロット・ヴァッリン・エリクソンになり、アメリカに引っ越したときに綴りをEricsonに変えた。ロッタという名前は、昔から皆にそう呼ばれてきたから。子供の頃からね。離婚してスウェーデンに戻ると、まずはヴァッリンという苗字を捨て、その数年後にはフアーストネームの変更も申請した。八年前から、住民登録はロッタ・リセロット・シャネット・エリクソン（Er･icson）になっているわ」

「へえ、そうなのか」

「あなた、犯人が間違えて別の部屋の呼び鈴を鳴らしたと思っているんでしょう」

「ああ、そうだ。マルガリエータ・エリクソンが新聞で自分たちの苗字が同じだと言ったときだったかな。だが実際にはきみのおかげなんだよ。急に昔の恋人が訪ねてきたのかも、と言っただろう？」

「ええ、リンダに会いにね。そして前に住んでいた部屋の呼び鈴を鳴らした。本当にそう思う？　当時リンダはまだ十八歳にもなっていなかったのよ。最上階に住んでいた当時は」

「リンダに会いにきたのか、リンダの母親に会いにきたのか、それとも両方か……。実は、わたしにもうよくわからない」レヴィンはそう言って、椅子の中で座り直した。「だがきっとたいして意味のないことだろう」

「わたしが昔の恋人の家を訪ねるとしたら……それも真夜中に、三年も経ってから……まず連絡をしてから行ったでしょうね」

「電話をかけたということだね。実はそれを頼みたかったんだ」レヴィンがかすかに微笑んだ。

「ロッタ・エリクソンが電話番号を替えたかどうか知りたい」

「どうせここまで調べたんだしね」

「そうさ」闇に向かってもう一発撃って何が悪い——？

「ローゲション、どう思う。カルマルの強姦事件のことだ」ベックストレームがローゲションのオフィスに鼻を突っこんで尋ねた。

「ひどい事件だと思う」

「我々と関係あると思うか？　つまりリンダの事件とだ」

「まったく思わない」

「じゃあおれと同意見だな」

「悔しいが仕方ないな」ローゲションがにやりと笑った。

「クノルとトットにも訊いたんだ。念のため、一人ずつ別々に」

「で？」

「クノルは関係ないと思っているが、それでも興味深い事件だし、ＶＩＣＬＡＳチームに相談したほうがいいんじゃないかと言っていた」

「トットのほうは？」

「関係ないとは思うが、いちおう詳しく調べて、ＶＩＣＬＡＳチームの誰かと話してみたほうがいいんじゃないかと」

「わくわくするようなアイデアだな。いったい誰が吹きこんだんだろうか」

「それからレヴィンにも訊いてみた」

「やつの意見は？」

「一語一句そのまま聞きたいか？」

「もちろんさ」

「カルマルの事件については電話でサンドベリィから説明を受けただけだが、リンダ殺害事件の犯人だという可能性は非常に低い」

「レヴィンらしいな」ローゲションが言った。「話は変わるが、今のは全部無視してホテルに戻り、夕食の前によく冷えたピルスナーはどうだ？」

「その答えについては確信があるよ」


「TV4をつけてくれ」その二時間後、ベックストレームの部屋でよく冷えたピルスナーを二本飲んだあと、ローゲションが言った。

「なぜだ」ベックストレームはリモコンに手を伸ばしながらも、驚いた顔で言った。

「クングスホルメンのおれたちのオフィスがまだ残っているか確認しようと思ってな」


「まったく、なんてことだ……」そのさらに五分後、ベックストレームがつぶやいた。

「まるでルンドのグランドホテルさながらだろ？　ずいぶんバスルームの鏡が気に入ったみたいだな」

「もしくは誤解なのかもしれない。死のうとしただけなんじゃないか？　あのアゴでは人生楽じゃないだろうしな。だが死にきれなかった」

「どういう意味だ?」
「鏡の中の自分を見るたびに、額に向けて一発撃ちこむんだよ。鏡に向かってね」

48

最近は頻繁に夢を見るようになった。五十年近く前のあの夏。初めての自転車をもらって、パパが自転車の乗り方を教えてくれた夏。しかしこの夜夢に出てきたのは、赤いクレセント・ヴァリアントではなく、パパとママだった。

不思議な夏だった。パパの夏休みもまるで永遠に終わらないみたいだった。最後にはヤンも尋ねた。ねえ、パパのお休みはいつまでなの?

パパは最初少しおかしな顔をしたが、それから笑いだし、息子の髪をくしゃっとやった。それでまたすべてがいつもどおりになった。お前が自転車に乗れるようになるくらい長くだよ——パパはそう答えた。時間なら充分にあるし、仕事は逃げやしない。それからパパはまたレヴィンの髪をくしゃっとやった。いつもより一回多く。

それに、本物のインディアン・サマーだった。少年と父親は日に日にインディアンのようになっていった。よく日に焼けて、瘦せて、父親の顔は皮膚が骨格に張りついていくようだった。

ねえ、パパは本物のインディアンみたいに見えるよ――と少年は言った。

父親は答えた。おかしなことじゃないだろう。こんなにいい天気の夏なんだから。

ある晩、少年は何かの物音で目を覚ました。静かに屋根裏の階段を下り、廊下で立ち止まると、両親がキッチンの椅子に腰かけているのが見えた。ママがパパの膝に座り、少年に背を向けて、パパの首に両腕を回していた。顔をパパの胸に埋めて。パパのほうは片方の腕をママの腰に回し、もう片方の手で優しく髪を撫でていた。

「大丈夫だよ」父親がつぶやいた。「きっと大丈夫だから」

二人とも息子には気づかなかったし、ヤン自身もそっと屋根裏の自分の部屋に戻り、間もなく眠ってしまった。

翌朝朝食のときには、何もかもがいつもどおりに戻っていた。さあ行くか、ヤン？　父親がコーヒーのカップを脇へやった。またヴァリアントで出かけるか？

パパ、ぼくはいつだって準備オッケーだよ。

そこで目が覚めた。

49　八月五日（火曜日）、ヴェクシェー

カルマルで起きた強姦事件の十四歳の被害者は生きていた。重傷だが容態は安定しているという医者の説明で、その説明からは、姉とその友人が現れて犯人が逃げなければ、死んでいてもおかしくなかったことが伝わってきた。被害者の体験は、マスコミが最初の最初から気づいていたことを立証した。スモーランド地方で連続殺人犯が若い女性を狙っている――。天国のようなスウェーデンの夏の盛りに。

連続殺人犯はまずリンダを殺した。その数週間後に別の女性を襲い、タブロイド紙の専門家たちによれば、その失敗が一週間後に三人目の被害者を襲ったことの当然の理由だった。心にかかる圧力が強くなりすぎ、捕まるというリスクなどちっぽけな悩みになってしまったのだ。

連続殺人犯に関しては国内でもっとも詳しいとされるストックホルム大学の司法精神学の教授は、警察がこれまでに深刻な連続暴力犯罪を事前に食い止められなかった例をいくつも挙げることができると発言していた。警察は全体像を見ていない。個々の事件にこだわりすぎて、内部での情報共有ができていない。右の手がやっていることを、左の手は見えていないというわけだ。そのせいで連続犯罪の傾向や全体像、それにもっとも明白な点を見逃している。

「王様が裸だということすら見えていないんだから」教授はTV4の朝のニュースのソファ席で説明した。
「つまり?」アナウンサーが尋ねた。
「つまり、彼は裸なんだ」

この夏初めて、マスコミが警察を――とりわけヴェクシェーの警察を公然と批判し始めた。これだけの痕跡を残しているのに、まだリンダ・ヴァッリンを殺した犯人を捕まえられていない。おまけに、警察内部の複数の匿名情報源によれば、捜査ではなんの成果も上がっていないという。すでに一カ月経つというのに、いまだに同じ場所で足踏みをしているだけなのだ。

一週間前に強姦されかかった十九歳の女性も、改めてメディアに登場した。警察は自分の話を信じてくれなかった。犯人を追う代わりに、被害者に屈辱を味わわせ、警察の無能さの代償を次の被害者が払うことになった。新聞の社説では、法治国家のスキャンダルについてじっくり意見が交わされ、リンダ殺害事件の捜査班は突然、ただの妄想だと思っていた事件への対処に追われるはめになった。

前日にはすでにカルマルの県警本部長がヴェクシェーにいるクロノベリィ県警本部長に連絡を取り、共同で特別捜査班を結成しようと申し入れた。一カ月の間に殺人が一件と、強姦が二件。直近の事件から考えると、犯人はまたすぐに動きだす可能性が高い。ヴェクシェーの県警本部長は躊躇《ちゅうちょ》しながらも、すぐにリンダ殺害事件の捜査責任者と話し合って折り返すことを約束した。

火曜日の朝の会議で、オルソン警部は議題のひとつめとしてその件を取り上げた。彼自身は、むろん色々な選択肢を考慮に入れたい、としながら。

「どう思うかね?」オルソンは一同を見回した。「わたし自身は、二件の強姦事件が同一犯によるものだという説にかなり傾いている。男の人相に関して、目撃者の証言がほぼ一致しているからな」

「リンダの件は?」ベックストレームが不機嫌な声を出した。「それもそいつの仕業だと思うのか?」

「その件の問題は、犯人の人相に関する情報がないことだ」オルソンが慎重に答えた。

「というか、それがこの捜査において唯一欠けている点だろう」ベックストレームが言った。

「リンダを殺した男は、間もなく我々が捜し当てる。きみたちの中で、リンダが夜中の三時にその刺青《いれずみ》男を家に入れたと本気で思っている者は、挙手願おう」

「話を遮《さえぎ》ってすまないが」レヴィンが控えめに咳ばらいをした。「最新の被害者についてはどうなんだ? 犯人の精液を採取することはできたのか?」

「ええ」サンドベリィが答えた。

「では間もなく解決するだろう。リンダ事件との関連性については」

「ええ、そうですよね」サンドベリィの顔にはすでに少し明るさが戻ってきた。

「その強姦事件について、我々がカルマルの同僚たちの力になれるかどうかはよくわからない。うちの強姦被害者に見せたのと同じ面割りの写真を、向こうの目撃者にも見せることくらいだろうか。もうすでに向こうでやっているかもしれないが」レヴィンはそう言って、また咳ばらいをした。

「そのことならすでに手配済みです」サンドベリィの顔がさらに明るくなった。

「なるほど。では完璧じゃないか。県警同士がどのように協力し合うか、教科書に書かれているとおりだ」

「だが、レヴィン、きみはどう思う」オルソンが食い下がった。「リンダ事件と関係があると思うか」

「そういった意見を口にするのは普段から控えているんだが」レヴィンはそう前置きした。「しかし訊かれたのだから答えよう。リンダを殺した男はカルマルの気の毒な少女を襲った男とは別人だと思う。それはカルマルのほうで強姦魔のDNAの鑑定結果を受け取れば判明することだ。それ以上、関連性に頭を悩ます必要はないと思うが?」

そしてなぜか、レヴィンは最後の部分でアンナ・サンドベリィにうなずきかけた。

「心からそう願うよ」オルソンは懸念する表情で頭を振った。「きみが正しいことをね」

会議の最後の議題として、オルソンは、サンドベリィ、サロモンソン、フォン＝エッセンとアドルフソン、さらに捜査班のもう二人に、急遽カルマルの同僚たちと協力して、リンダ殺害事件とヴェクシェーの強姦未遂事件とカルマルの強姦事件の関連を調べるように命じた。彼自身は国家犯罪捜査局のＶＩＣＬＡＳチームとＧＭＰグループに連絡を取るという。分析的な見地をないがしろにしないためにも。

周囲が少し落ち着き、悲嘆にくれた関係者が関連性の探求に出かけていくと、ベックストレームは残りの隊員を招集した。

「ではでは。我らがＤＮＡ採取活動のほうはどうなっている？　綿棒は足りているか？」

レヴィンは自分のオフィスに戻り、直後にエヴァ・スヴァンストレームもそこに加わった。

「母親の電話番号のことだけど、数日かかりそう。電話会社と話したんだけど、データベースには現状二年前までの情報しかないんですって」

「だが古い情報もどこかには残っているはずだろう」レヴィンは即座に、馴染みのある不安を感じた。

「もちろん。だけど担当者がそれを掘り返すのに数日かかるって」

「ならいい」数日ならかまわないし、どうせまったく無駄な手がかりかもしれないのだ。闇に向かって撃った弾というのは、ほとんどが外れるものなのだから――。

50

八月五日（火曜日）、スンツヴァル郊外アルネー島

ラーシュ・マッティン・ヨハンソンは、人生でいちばん長い夏休みの最後の週に入ったところだった。

二年近く前、彼は公安警察の実行部隊責任者という任務を休職し、スウェーデン統治法始まって以来の隠密捜査を率いてきた。その捜査も今は完了間近で、残った業務はむしろ秘書官に任せておいたほうがいいようなものばかりだった。だからヨハンソンは夏至祭の前の週には祖国を離れ、愛妻を伴ってヨーロッパを周遊することにした。彼の妻は旅をするのが好きだった。新しい出会い、新しい場所、新しい印象――一方でヨハンソンのほうは良質な本と鳴らない電話と美味しい食事さえあればそれでよかった。

動機は異なるにしても、スウェーデンに戻るときには二人とも最高に機嫌がよかった。数年来の誓いを遵守するため――結局それが毎年恒例になったのだが――二人はここ数年、夏休みの最後の週をスンツヴァル郊外のアルネー島に建つヨハンソンの長兄の別荘で過ごすことにしている。どこよりも静かでくつろげて、美味しい食事にうまい酒。使用人たちは親切で、感傷的すぎないところもほどよく、「自宅のようにくつろいでください」と本気で言ってくれる。

そういうのが何よりも大切なのだ――とヨハンソンは思う。本質的な意味で、この世にスウェーデンよりも素晴らしい場所があるだろうか。そう思いながら、心地の良さに深い吐息を洩らし、デッキチェアの中で即座に眠りに落ちた。

　近頃のヨハンソンは携帯を三台持ち歩いていた。プライベートのが一台、普通の仕事用が一台、それと、存在を秘密にしていて基本的にはかけることしかしない携帯が一台。念のため色も赤で、呼び出し音はヨハンソンが自分でプログラミングして携帯のメモリに入れた。音量を別にすれば、それは警察の機動捜査隊のサイレン音に他ならず、ヨハンソンは雄鶏のように誇らしげだった。設定を終えたときには、電話をかけて呼び出し音を妻に披露し、自分のＩＴ技術力を存分に堪能させてやったのだ。しかし妻が初めてその着信音が本当に鳴っているのを聞いたとき、携帯の主はデッキチェアの中ですやすやと眠り続けていた。

　どうせドイツがスモーランド地方全体に即金入札したんでしょうよ――。銀行でアセットマネージャーを務めるヨハンソンの妻ピアはそう思いながら、読んでいた本を脇へやり、電話に出た。

「もしもし」自分の名前を言う勇気もないわ。だって、言ったら牢屋に入れられそうだもの。

「アンシャンテ《はじめまして》」電話の向こうから、滑舌の悪い声が聞こえてきた。「貴方はおそらく当方の思い做《な》すところの人物であろう。当方がいかにこの会話を水入らずで続けたくとも、親愛なる夫君に取り次いでいただきたい」

「どなたからと伝えればいいですか？」ピアは尋ねた。「名前がないわけじゃないでしょう？」

「名はなきに等しい」滑舌の悪い声はそう言い放った。「古き巡礼の同志が言葉を交わしたく電話したとでも伝えてくれたまえ」

「どういう用件かと訊いたら、わたしは牢屋に入れられるのよね？」

「もし答えたら、当方が牢屋に入ることになる」巡礼の元同志が訂正を入れた。その声には屈辱すら浮かんでいるようだった。

「起こしてきます」まったく、この人たちときたら子供みたいなんだから。


「誰だったの？」その十分後、夫が小声の会話を終えたときにピアは尋ねた。夫はなぜか、広いテラスのいちばん端まで行って話していた。そしてくだんの赤い携帯電話を切り、大きなため息をついて自分のデッキチェアに沈みこんだ。

「古い知り合いだ」ヨハンソンは曖昧《あいまい》に答えた。

「ずいぶん秘密めいてたわね。名前もないだなんて」

「まあな」ヨハンソンは肩をすくめた。「政府専門家として中央政府で働いているやつだ。首相のあれやこれやを手伝っていて、苗字はニルソン」

「我が国の灰色の枢機卿ってわけね。国民の家のリシュリュー枢機卿」

「まあな。そんなところだ、そっち方面の」

「なんの用だったの？」

「別に。ちょっと言葉を交わしたかっただけのようだ」

「じゃあ、ストックホルムに行かなきゃならないのね」これまで何度となくその経験があるピアは言った。

「だが明日には戻る。かまわないか?」

「ちょうどいいわ。自宅に寄って、取ってきてほしいものがあるの。週末にパーティーがあるでしょう」

「もちろんだ」とヨハンソンが言った。それからもう一度言った。「もちろんだ」

というのも、ヨハンソンの頭はもう別の考えに占められていて、無駄な議論はしたくなかったのだ。

「あの人、酔っぱらってるのかと思ったわ。声の感じからして」

「機嫌がよかっただけだろう」ヨハンソンは言い訳がましく言った。「時間はまだ昼の十二時だぞ。忙しくてまだ昼食も摂っていないはずだ」

「そう、じゃあ単にご機嫌だったのね。嬉しいことがあった子供みたいに」

「それはありえない」ヨハンソンははっきりと首を横に振った。「ところで、どう思う?」そして自分の腕時計を見つめた。「昼食のことだ」

51 八月五日（火曜日）、ストックホルム

アルネー島を発つ前に、ヨハンソンは麻のスーツと紺のリネンシャツに着替えた。ネクタイはまだとりあえず胸ポケットに入れておき、タクシーで空港に向かった。そして午後の飛行機でスンツヴァルからストックホルムのアーランダ空港へと飛んだ。そこで公安警察の運転手が彼を出迎え、運ばれた先は高級住宅街ユーシュホルムに建つ政府専門家の宮殿のような自宅の晩餐テーブルだった。

「拙宅へようこそ」ヨハンソンが玄関の敷居をまたいだ瞬間に、政府専門家がもてなしの気持ちのこもった身振りで迎えた。「場所がわが家の食堂であることに異論がないといいが」

「涼しければどこでも」熱心なサウナ愛好家であるはずなのに、ヨハンソンはそう答えた。ほう、お前さんの自宅はこんななのか——。ヨハンソンは家のあちこちにこっそり視線を這わせながら思った。複雑な升目模様になった木床や、天井のきわまではめこまれた濃い色のはめ板、高い天井をぐるりと取り巻くスタッコの装飾。廊下を歩く間、ヨハンソンの目はペルシャ絨毯《じゅうたん》、オランダの油絵、ベネチアングラスのテーブルランプ、シャンデリアなどをひとつも見逃さなかった。

のんびり食事を堪能できるように、まずはライブラリで実務的なことを片付けてしまおうということになった。そして十分もかからずにすべてに決着がついた。

「いつから始められる?」政府専門家が尋ねた。

「月曜だ」ヨハンソンが答えた。

「それはよかった」政府専門家の顔が太陽のように輝いた。「これで必要事項は完了だ。昼以降、何も腹に収めていないからな」

「実に素晴らしい邸宅だな」食堂に向かう間、ヨハンソンが感想を述べた。「ご両親から受け継いだのかね」

「ふざけるなよ、ヨハンソン。わたしは稀なほど慎ましい家の出だ。古き良きセーデル人。セーデルマルムの丘で生まれ育った。この家は、人生があまりうまくいかなかった気の毒なやつから買ったんだ」

「きみのほうはうまくいっているようだな」

「稀なほどうまくいっているよ」政府専門家が満足気に答えた。「わたしにふさわしいくらいはね」

まだ週の半ばということで、簡素かつ慎ましい晩餐であることに理解を示してもらえるといいが――と政府専門家は客人に求めた。前向きな見方をすれば、自分たちは二人とも労働者の政府に仕えて日々の糧《かて》を得ているのであり、簡素な日常はその哲学と一致する。ヨハンソンの新しい役職を祝うというまっとうな根拠があるにしてもだ。ましてやラーシュ・マッティン・ヨハンソンをその賢明な選択を祝うという、よりまっとうな根拠があるにしても。

「わたしの日常の水準に倣ってもらうしかないのだ」政府専門家はため息をついた。「状況を受け入れるしかない――警察ではそう言うんだろう?」

政府専門家が大人になってから生きてきた世界では、何よりも大切なのは道の中間地点で出会うことだった。そこで両者が等しく満足して、それぞれの人生の小道を進んでいく。そんな実存主義的な信条を貫《つらぬ》きつつも、うまくいけば客人から感謝される――まあ少なくとも許容してもらえるくらいの解決法をみつけたのだという。

「きみがノルランド地方の木材富豪の子孫だと聞いてね。十六世紀から続くスウェーデンの伝統的なブレンヴィーンボード（数種類のブレンヴィーンと前菜を並べた伝統あるビュッフェ）はどうかと思いついたんだ」

政府専門家が食堂の片隅を指さすと、そこには年配の女中が清楚な黒のワンピースに白いエプロンをつけて、もうブレンヴィーンのカラフを手に待ちかまえていた。

「いや、うちはどちらかというと農場主のようなものだったが。それは母方のほうで、父方は……」

「まあまあ、ラーシュ・マッティン」政府専門家が遮《さえぎ》った。「謙遜で互いの瞳を曇らせたり、澄みわたった額に影を落とすことはないだろう。さっそくテーブルへと進み、まずは立ったまま何杯かやろうじゃないか。絹とビロードのマントで、我々の傷ついた魂を包みこむのだ。これこそ我々にふさわしいだろう?」

「いい考えだ」

多彩なチョウザメの料理を用意させた——まずは立ったまま蒸留酒を飲み、それからやっと席に着いたとき、政府専門家が説明した。テーブルにはすでに、皿が何枚も、そしてなみなみと酒の注がれたグラスが並んでいる。チョウザメの湯煮、チョウザメのミキュイ、焼き物、スモーク、マリネ、塩マリネ、チョウザメの卵、そこにポテトのパンケーキが添えられている。ヨハンソンのホストは教官のように料理を順番にフォークで指しながら説明した。

「ロシア産のキャヴィアなんかを好んで食べるのは、中古車を売りつける詐欺師くらいだ」そう言って、スプーンにたっぷり載せたキャヴィアを口に運んだ。「まともな人間はチョウザメの卵を食べる」

「ウォッカは稀なほどの美味しさだった」ヨハンソンはしたり顔でうなずきながら、右手でクリスタルのグラスの中身を回転させた。だがわしの兄については間違っているぞ。長く自動車販売をやっているが、ホワイトフィッシュの卵が大好物だ。

「驚異的な美味しさだろう?」ホストは満足気にため息をついた。「先週プーチンの自宅から何本か失敬してきたんだ」

晩餐は質素倹約というテーマに従って続いた。つまり政府専門家とその客は、忠実なる国家の僕《しもべ》らしく灰色の羊毛靴下をはいて歩き回り、彼らの屈めた首の頭上《こうべ》高くではシャンデリアが冷たい星のように慎ましくきらめいていた。

ウズラの挽き肉と根菜のテリーヌ、カマルグ産のシェーブルチーズが一切れ、締めにはライムとレモンのソルベで口直しをして、それに続くコーヒー、コニャック、トリュフに備えた。さらには政府専門家が自ら地下の貯蔵庫の奥深くからワインを取り出してきた。まずブルゴーニュ産の赤――当たり年の一九八五年。それからロワール地方の酒精強化《フォーティファイド》ワイン、製造年は書かれていない。

「ワインというのはフランスで造られる飲み物だ」政府専門家が満足そうに言い放ち、長い鼻を深いグラスに突っこんだ。

「うちではイタリアのワインをよく飲むが」

政府専門家は椅子の中で座り直した。

「ラーシュ、忠告しておこう。そういったリスクは避けるべきだ。きみの健康を顧慮するならね」

「ところで、ニィランデルの具合は？」ライブラリに戻ったとき、ヨハンソンが尋ねた。ダブルエスプレッソに、政府専門家ご自慢の一九〇〇年のフラパンのコニャックを垂らして晩餐を締めくくるところだった。

「今までになくいいようだ。三食つきの個室。赤と緑と青の小さな錠剤、それに話し相手」

「では、民間のホームに入っているのか?」ヨハンソンは慎重に尋ねた。

「ホームだって?」政府専門家が鼻で笑った。「それはさすがに限度というものがあるだろう。やつはまず、比較的穏健なバナナ共和国の警察組織を、普通のバナナ共和国でもなかなかお目にかかれないような組織に変貌させようとした。それから自室に閉じこもり、ドアを開けるのを拒否した。現政府はすでに激しい批判を浴びているというのに、気の毒な元サッカー選手の法務大臣はお抱えの軍隊に頼んで外壁を半分壊させるはめになり、それでやっと引きずり出して、さっき言ったような特典つきの隔離病棟へと送り届けたんだ。まったく、こういうことは無料《ただ》じゃないんだぞ」政府専門家は憤った声で話し終えた。

「ウレローケル精神科病院か」

「そのとおり」政府専門家が語気を強めた。「もっと早くてもいいくらいだった」

「いったい何があったんだ」ヨハンソンは好奇心を抑えきれずに尋ねた。

「不明だ」酒瓶のような体形の政府専門家は肩をすくめた。「自宅のトイレで鏡を撃ったという話だが」

「まったく驚くようなことをしでかす人間がいるものだ」ヨハンソンはノルランド人らしい悠長なため息をついた。

「ひょっとすると銃の手入れをしてたときに、あのアゴが引き金の周りのあの丸い部分に引っかかったのかもしれん」政府専門家が推測した。

「トリガードのことか？」

「まあ、どうでもいい」政府専門家は無関心さを手の動きで表した。そしてつぶやいた。「単に、あの男について少しは好意的なことを言おうと努力しただけだ」

さらに一時間ほどおしゃべりして、稀少なコニャックを二杯飲んだあと、ヨハンソンのホストはビリヤードをしないかと提案した。少しばかり身体を動かして、それから夜食で今宵を締めようではないか。ヨハンソンは政府専門家とビリヤードについてかなり恐ろしい噂を耳にしていたので、申し出を断った。

「わたしはビリヤードはやらないんだ」申し訳なさそうに頭を振る。

「教えてやるぞ」政府専門家が期待のこもった目でヨハンソンを見つめた。

「ぜひ。だが次の機会に。そろそろ失礼しなければならないのでね」

それからヨハンソンは極上の晩餐に礼を述べ、タクシーを呼んで、誰もいないヴォルマル・イクスキュルス通りの自宅へと帰った。そしてベッドに入ったとたんに眠ってしまった。まあ五つ星ホテルには届かないが――とヨハンソンは思った。モルペウス（ギリシャ神話の夢の神）が彼の肩に腕を置く前に。

52　八月六日（水曜日）から十日（日曜日）、ヴェクシェー

リンダ殺害事件の捜査班がいつもの朝の会議をしているときに、オルソン警部が現れ、カルマルの同僚たちがカルマルの強姦犯を捕まえたことを報告した。ニィブロー郊外にある難民収容施設の代表が、地元ラジオ局が報道した犯人の描写と自分のところの移民案件が一致することに気づいたのだ。ただちにカルマル署に電話をかけたが、彼らはすでに同じ用件でそちらへ向かっているところだった。ちょうどその一時間前にSKLから鑑定結果が届き、今度ばかりは都合のいいことに、犯人は警察のDNAデータベースに登録されている全国の男性の半パーミルに属していたのだ。

モルドバ出身で亡命申請中の十七歳。一カ月前にスウェーデンにやってきたばかりで、入国時にDNAを採取されたのだ。それから二、三カ月の間に悪さをした場合に備えて。どちらにしても母国に強制送還されるまでに、いつもだいたいそのくらいかかるのだ。今はカルマル署の留置場に入っていて、すべてを否認しているが——通訳によればだが——とりあえず、同じ状況の仲間よりは長くスウェーデンにいられることになりそうだ。なお、リンダ殺害については無実だった。DNA型が一致しなかったのだ。

「だがそれについては、皆、もともとそうだろうと思っていただろう?」オルソンが言う。「だが、うちの強姦未遂事件のほうにはそいつが関わっているにちがいない」

オルソンはそう締めくくり、励ますような視線でアンナ・サンドベリィを見つめた。

カルマル署と共同で強姦事件の手がかりを追うよう指示されていた六人の同僚たちは、全員捜査班に戻ってきた。残った作業はサンドベリィが片手で片付けられるという。いつものように電話や警察のイントラネット、ファックスを駆使して。ここにはそれより大事な仕事がいくらでもあるのだから。

「というわけで、前提を設けずに間口を広げたまま捜査を進めるだろう?」オルソンが言った。「ところで、うちのDNA採取プロジェクトはどうなってる?」

期待以上です——とオルソンの部下が答えた。すでに六百件の自主的な採取を終え、過去の記録を余裕で塗り替えたことになる。そのうちの四百人はすでに分析が終わり、除外された。

「現在ふたつの線で進めています」クヌートソンが気まずそうな顔でレヴィンのほうを向いた。「犯行現場周辺に住んでいる人たちをカバーすることと、GMPグループのプロファイリングに一致する人間を捜し出すこと。順序立てて採取しています」

「なので、適当に採取しているわけではまったくありません」トリエンも言う。

「そうか。では遅かれ早かれ我々の網に引っかかるはずだな」オルソンはそう信じ切った表情だった。

　今や恒例となったホテルでの夕刻のピルスナーのさい、なんでもよく知っているローゲションがベックストレームに、自分たちの元上司が現在では別の町に転属になったことを知らせた。

「フッディンゲだな。フッディンゲの司法精神科病院だろう」ベックストレームが推測した。警官として働いてきた長年の間に、何度もそこには行ったことがあるのだ。

「いいや、ウプサラのウレローケル精神科病院だ。ウプサラが地元らしいからちょうどいいんじゃないか？　奥さんや子供に近くて。おまけにウプサラ大学の法学部出身らしいぞ」

「そこではうまくやってるのか？」ベックストレームは好奇心を抑えられずに尋ねた。

　ローゲションの情報提供者によれば、もちろんとてもうまくやっているということだった。二日目にはもう、信任職を任されたらしい。本を積んだカートを押して各病棟を回っているそうだ。

「水を得た魚のように生き生きしているらしいぞ」ローゲションが言った。

　ベックストレームはうなずいただけだった。ところで、今は誰があの馬の世話をしているのだろうか――。なぜおれはそんなことを考えるんだろう。そんなことどうでもいいのに。

「相棒よ、乾杯！」ベックストレームはグラスを掲げ、それから付け足した。「アゴにも乾杯」よく考えてみれば、なかなか面白い男だった。だから一度くらい、乾杯してやってもいいじゃないか。

木曜の全国朝刊紙ダーゲンス・ニィヒエテルは、大学図書館の司書マリアン・グロスに関する長い論評記事を掲載していた。おまけに、社説でもニュース面でもそのことに言及していた。同じ記事が、数日前にヴェクシェーのスモーランド・ポステン紙ではなぜか却下されたのに。記事の中でグロスは憤っていた。ひとつには、リンダ殺害事件を捜査する警察の無能さに対して。さらには、自分個人が法による重大な暴行の犠牲者になったことに。

自分自身の身の危険も顧みずに、証言することで警察を助けようとしたのに。グロスの言葉を借りれば、それは民主主義の法治国家に生きるまっとうな国民の務めだ。彼自身はソヴィエト時代にポーランドから亡命してきて、独裁者の下で生きるのがどういうことかは誰よりもよくわかっている。そこには個人的な想いもあった。被害者やその母親とは知り合いだったのだ。素晴らしい人々で、こんないい隣人はいない――とグロスは発言していた。自分がリンダを殺した犯人を見た唯一の人間で、容貌を説明できるのも自分しかいないのに、なぜ警察にあんなふうに扱われたのかは理解不能であり、実に遺憾なことだった。

二度にわたり、警察は暴力を行使して彼の住居に侵入し、警察署へ連行し、人種差別的な発言をし、終日、強引な取り調べを行った。証拠などこれっぽっちも提示できないくせに、DNAの提出まで強制した。おまけにあとになって、本人が自主的に提出したのだとあつかましくも主張している。

鑑定結果が出てからも、グロスとその法定代理人が何度も電話と手紙で請求してやっと、警察は重い腰を上げて彼が捜査から除外されたことを通達した。つまり彼は無実で、リンダ殺害とはなんの関係もない。それは彼自身や考える頭のついた人間にしてみれば当然のことだが、ヴェクシェー警察とその手先である国家犯罪捜査局の捜査官たちにとってはそうでなかったらしい。

不当な扱いを受けたのはグロスだけではなかった。同じ新聞のニュース面に大々的に載った記事にはこんなことが書かれていた。警察の上層部の証言によれば、リンダ殺害事件の捜査のために、ヴェクシェー周辺で千人分を超えるＤＮＡを集めたという。その大半は普通の尊厳ある勤勉な市民であり、鑑定結果の出たＤＮＡはどれも、当然のことながら犯人のものとは一致しなかった。そのうちの三人が紙面でインタビューされていた。ＤＮＡを自主的に提出したその三人のうち一人は、不可思議なことに女性だった。全員が不満を抱いていて、警察の主張する〝自主性〟は自分たちの認識とは一致しないと述べていた。単にそれ以外の選択肢がなかっただけなのだ。警察の提案どおりにしなければ、さらなる嫌がらせを受ける危険性があった。それを自主的だと言い張るのは、当然のことながら悪い冗談だ。

なかでももっとも憤っていたのは女性で、彼女にしてみれば、いったいなんのためにそれが行われたのかも理解できなかった。この頃にはリンダを殺したのは男であるということは誰でも知っていて、警察が彼女のDNAを何に使おうとしたのかはまったくの謎である。少なくとも彼女にとっては。

その問いはもちろんヴェクシェー警察の広報官へと向けられたが、彼女は回答を拒否した。リンダ・ヴァッリン殺害事件の捜査方法については一切コメントはしない。それは常識的に考えても、捜査活動の本質に反することであり、最悪の場合には順調に進んでいる捜査に水を差したり、危険にさらしたり無にしたりする可能性があるからだ。

その代わりに新聞が向かった先は、こういった警察的な決まり事に縛られない専門家だった。その専門家によれば、考えられる理由はたったひとつ。DNAを提出した女性の息子に警察が興味をもっているが、DNAを入手できていない。女性によれば、それはそうかもしれなかった。確かに彼女には息子が一人いる。ただそれがリンダ殺害事件の解決にどうつながるのかはわからないし、そもそも理解不能だった。母親によれば息子は生まれてからハエ一匹殺しておらず、おまけに二年前からタイに住んでいる。

「つまり警察はもう、自分たちが何をやっているのかもわかってないんじゃないかしら」母親は長いインタビューの最後をそう締めくくった。

その最後の見解について、彼女は孤立しているわけではなかった。ダーゲンス・ニィヒエテル紙の社説執筆者も、司法の腐敗という甘い香りに勘づき、二十年近く前のオロフ・パルメ首相暗殺犯の捜査のときと同じ狼狽と絶望の兆候を見たようだ。それほどおかしなことではない

——というのも、リンダ殺害事件のために国家犯罪捜査局からヴェクシェーに送られた複数の捜査官が、当時の捜査でも主要な役割を担っていたのだから。

カルマルの地元紙バロメーターもまたリンダ殺害事件を社説で扱っていたが、こちらは全国紙の兄弟とはちょっとちがった物の見方だった。バロメーター紙によれば、これはすべて二種類の警察文化の衝突が原因だった。ヴェクシェー警察は地元の地理と住民に精通している——つまり〝うちのパッペンハイム胸甲騎兵についてよくわかっている〟のだ。そうやって、狭い範囲内を深淵のように深く捜査する。一方で国家犯罪捜査局からやってきた仲間は、コンピューターの世界に棲み、普段から予算に制限はなく、可能なかぎり間口を広げて問題に取り組むことに慣れている。

バロメーター紙も署内に情報源があるようだった。その人物によると、かなり早くから捜査班の幹部の間で摩擦が生じ、誰が正しくて誰が間違っているということはまったく別にしても、それが捜査に役立つことはなかったという。非常に懸念している、かといって斧を湖に投げ捨てるには到底早すぎるし、リンダが殺されてもはや一カ月以上経ったとはいえ、最終的には犯人をみつけられるのを願っていると述べた。

この日、捜査班の朝の会議は午前中ずっと続き、昼前までかかった。何を話していたかというと、基本的には新聞で読むことのできる内容についてだった。オルソン警部はパルメ事件の捜査のことまで質問した。まったく純粋に個人的な好奇心からであって、断じて批判などではない——と前置きした上で。

「ベックストレーム、きみはきっと関わっていたんだろう?」オルソンはなぜかそう訊いた。

「ああ」ベックストレームの答えには、警官になってからの人生ずっと殺人事件の捜査ばかりしてきた者だけに出せる重厚さがあった。「問題は、上層部が誰もわたしの意見を聞こうとしなかったことだ」

「おれもいくつか取り調べをしたよ」ローゲションが肩をすくめた。「今もいくつかやるところなんだ。だからこれにて失礼」ローゲションは軽くうなずくと、部屋から出ていった。

「わたしでさえ関わっていたんだ」レヴィンも言った。「おかしなことでもない。当時は基本的に国家犯罪捜査局の全員がなんらかの形でパルメの捜査に関わっていた。上層部が意見を聞いたかどうかという点については、わたしの意見も誰も聞かなかったよ」

そして、レヴィンも非礼を詫びつつ部屋を出ていった。

しかしベックストレームには選択の余地がなかった。会議室に座ったままになり、また新たな一日が流れていくのを見ているしかなかった。それからやっと無意味な会議に終止符を打ち、少なくとも腹に何か入れることにした。

ローゲションは取調室にだけ座っていたわけではないようだ。すでに食堂に座っていて、べックストレームは不満げな顔で同じテーブルについた。日替わりランチと、本物のビールがないから仕方なくノンアルコールビールを手に。

「座り心地はどうだ」ベックストレームが席に着くなり、ローゲションが声をかけた。

「まあまあだ」

「ストックホルムの職場はえらいことになってるらしいぞ」ローゲションが身を乗り出し、声の音量を下げて、興奮した表情でうなずいてみせた。

「アゴが本のカートを押して十一階のRPCのオフィスに現れたのか？」ベックストレームは乾いたフランスパンにたっぷりとバターを塗りつけながら訊いた。

「職場のやつと話したんだよ。誰がアゴの後任として新しい長官になると思う？」

「知るわけないだろう」

「ヨハンソンだ」ローゲションが言った。「ラーシュ・マッティン・ヨハンソンだよ。ほら、皆からオーダーレンから来た殺戮《さつりく》者と呼ばれている男だ」

「あのラップ人野郎のことか？　嘘だろう」

「手堅い情報源から聞いた話だ」

　その情報源は手堅いだけでなく、不思議な情報源でもあった。というのも、公安警察の長官代理ラーシュ・マッティン・ヨハンソンを国家犯罪捜査局の新しい長官に任命するための閣議は一時間前に始まってまだ続いており、情報入手の得意なジャーナリストでさえもヨハンソンの昇進についてまだ一切気づいていなかったからだ。すべては数時間後にやっと、法務省からの報道発表にて公表されることになっている。

金曜の夜、ベックストレームは忠実なる部下たちをホテルでのディナーに誘った。まずはベックストレームの部屋で静かに落ち着いて事件の話をした。珍しいことにレヴィン、クヌートソン、トリエンまでが、ベックストレームの寛大なピルスナーの勧めを断らなかった。スヴァンストレーム嬢はピルスナーは飲まないが、元来悪い人間ではないらしく、自分の部屋に戻って白ワインをグラスに注いでくると言った。どうやらミニバーに瓶を一本隠し持っているらしい。

「そうすれば皆さんとご一緒できるでしょ」

ベックストレームは怒り狂っていた。本来は、田舎の保安官のたわごとをいちいち気にかけるような性格ではない。ましてや直接彼に意見を言いにくる勇気もない意気地なしのことは。今日だけでも何度、県警本部長のところへ行って、デスクを拳《こぶし》で叩いてやろうと思ったことか。

「気持ちはよくわかる、ベックストレーム。だがそれはあまり建設的なアイデアじゃないな」レヴィンが反論した。

「そうかそうか」この裏切者め——。

「おれも恐れながらレヴィンと同じ意見だ」今飲み干しているのはベックストレームのピルスナーだというのに、ローゲションもそう言った。「犯人をとっ捕まえれば、その話はどうせお終いだ」

ロッゲ、お前もか――。

「リンダが知っている男だったんだ」レヴィンが言う。「リンダが好意を寄せている男で、まったく自主的に家に引き入れた。最初のうちはセックスにも完全に自主的に応じたという確信がある。だが、そのあとにおかしくなってしまった」

「で、そいつをどこでみつければいいんだ?」ベックストレームが尋ねた。お前さんの秩序とやらのどこかにみつかるのか?

「絶対にみつけるさ」レヴィンが言う。「それほど選択肢は多くないだろう? 遅かれ早かれ、必ずみつける」

それから彼らは食堂に下り、夕食を食べた。ベックストレームは少し機嫌を直して、前菜にニシンの酢漬けが一切れ必要だと皆を説き伏せた。

「蒸留酒はわたしのおごりだ」しかしベックストレームはすでに、自分の微々たる稼ぎの中から持ち出さなくていいような名案を思いついていた。

そのため、あれもこれも頼むことになった。もちろんほとんどはベックストレーム自身とローゲションの注文だったが、よりによってレヴィンまでもが皆に迎合して小さな蒸留酒を頼んだ。クノルとトットも大量に飲んだが、そのあとは町に消えていった。今日ばかりは彼らの目指す先がヴェクシェーの映画館でないのは明らかだった。

ベックストレーム自身はローゲションとホテルのバーに座った。しばらくして必要な休息を取るためにふらふらと自室に戻ったときには、二人とも酩酊していた。ベックストレームはカードキーで部屋の鍵を開けることもできず、ローゲションの手を借りる始末だった。

「一本もって帰るか？」ベックストレームはミニバーのほうに手を振った。

「いや、平気だ」ローゲションが答えた。「ああ、ところでひとつ訊き忘れたことがある」

「なんだ」ベックストレームはすでに靴を蹴り捨てて、ベッドの上に横向きに寝そべっていた。眠りに落ちるまでの時間を最短にするために。

「あのうざったい新聞記者の一人が電話をかけてきて、一晩じゅうポルノを観ていただろうとまくしたてたんだ。なんのことだかわかるか？」

「想像もつかない」ベックストレームがつぶやいた。いったいなんの話だ？　ポルノだって？　こんな時間に？

「おれもだ」

「で、なんと答えたんだ？」

「地獄へ落ちろと答えたよ、もちろん。それ以外にどうする？」

「おれだって地獄へ落ちてくれと頼んだだろうな、もちろん。ところで、そろそろ寝るというのはどうだ？」

八月十日日曜日、リンダ・ヴァッリンの葬儀が執り行われた。出席者は彼女の両親、二人の異母兄、その他の親族が二十人ほど。それに親しい友人たち。一方で、ジャーナリストの姿も警察の姿もなかった。オルソン警部が電話をして警備を申し出たとき、リンダの父親に釘を刺されたのだ。それについてはすでに別の対策を講じてあるからと。その儀式はリンダが七年前に洗礼を受けたのと同じ教会で行われ、リンダはその近くの教会墓地に葬られた。それは父親がスウェーデンに戻ったとき自分と子孫のために購入した墓だった。父親の悲しみはすでに限界を超え、始まりも終わりもなかったから、一人娘が彼より先にそこに入ったからといって、悲しみがそれ以上大きくなるわけでもなかった。

53　八月十一日（月曜日）、ストックホルム

月曜日の朝、ラーシュ・マッティン・ヨハンソンは七時には新しい職場に到着した。デスクにはきちんと積まれた書類の山がいくつもあった。そのひとつに付箋が貼ってあり、秘書の字で〝緊急に対処？〟と書かれている。

その書類の山のいちばん上は、法務監察長官からの書簡と、議会オンブズマンからの書簡だ

った。その二枚はほぼ同一の内容で、どちらもクロノベリィ県警の県警本部長宛てで、国家犯罪捜査局の長官には参照のためおよび所見を求めるために送られてきたのだった。事由は八月七日木曜日のダーゲンス・ニィヒエテル紙に掲載された記事。具体的には捜査の手順、とりわけ警察がリンダ・ヴァッリン殺害事件の捜査に使用したとされる〝自主的に提出されたDNA〟について。そしてあなどれないのが、どちらの書簡も法務監察長官と議会オンブズマンの自発的案件という点だった。発案者がその二ヶ所であることを考えると、最悪の一歩手前の事態だし、最悪の事態になる予感も往々にしてあった。

なぜこれがわしのデスクに？　なぜ精神科病院に送らなかったんだ——とヨハンソンは苦々しく思った。秘書への付箋に、この件を担当している組織内の法律専門家とすぐに会いたいと書きとめながら。しかしそれを除けば、もうずっと前に出世してしまった彼の人生において、すべてはいつもとまったく同じだった。書類、書類、書類。そしてまた書類——。

54

同日、ヴェクシェー

ヴェクシェーの捜査班のメンバーがこの週最初の朝の会議のために大きな会議テーブルの周りに集まったとき、誰もそこに立ちこめる暗雲に気づいていなかった。むしろ逆で、慈悲の太陽がやっと彼らにも降り注ぎ始めたと信じていたほどだった。ところが会議が始まる一分前に突然エノクソンが現れ、会議の冒頭である報告をしてもいいかとベックストレームに尋ねた。実はかなり色々と興味深いことが判明したんだ——それがエノクソンで、オルソンではなかったから、ベックストレームは急にまたあの馴染みのあるバイブレーションを感じたような気がした。なおオルソンは今日の会議を欠席しており、ベックストレームを喜ばせていた。

「色々と報告がある。きみたちに興味をもってもらえるかもしれない」エノクソンがそう切り出すと、反応からして皆が興味をもったようだった。

「カルマルの同僚たちが、リンダを殺した犯人のDNAをみつけたんだ。それが何者かは残念ながらわからないらしいが、それでも期待のもてる手がかりだと思う」マジシャンが手品を披露するときというのは、こんな気分なのだろうか——とエノクソンは思った。

エノクソンは丁寧《ていねい》で教育者的な男ゆえ、聴衆にわかりやすいよう、自分が話す内容をポイントに分けてまとめ、念のためさらにそれをプリントにして配り、自分が話している間に各人が読めるようにした。一点目はリンダが殺されたときの状況について。そして最後の点は、ほんの一時間前にリンショーピンのSKLから受け取った解析結果だった。

リンダは七月四日金曜日の朝四時から五時の間に、ヴェクシェーのペール・ラーゲルクヴィスト通りの母親のマンションで殺された。そして七月七日月曜の午後に、ヴェクシェー警察は十年落ちの古いサーブの盗難届を受理した。盗難届が出されたのと同じ日の朝に、殺人現場から二キロほど離れた場所で盗まれたという。それは七月十一日金曜日に彼らの捜査に浮かびあがったのと同じ車だった。殺人事件にまつわる興味深い周辺犯罪のひとつとして。しかしそのときには特に興味深いとは判断されず、脇にやられた。しかし今、それを再び取り上げるべき確固とした理由が生まれたのだ。

「その車の話は覚えているが、あのときは殺人事件の三日もあとに盗まれたのなら、リンダとはなんの関係もないだろうという結論に達したんだ」エノクソンが言った。

まあそれはともかく。日曜日には発見されたのだから、月曜に盗まれたはずはない。車は森の中に隠されていた。ヴェクシェーとカルマルをつなぐ国道二十五号線から細い道に入ったところで、カルマルの西約十キロの地点だった。その森の所有者が、早朝に見回りをしていたときに発見したのだ。車のナンバーは取り外され、なげやりに火をつけようとした痕跡もあった。発見されたときの状態を考えると、車の所有者は廃棄場までのドライブを怠ったというだけの話で、森の所有者はこの種の不法投棄にはこれまでも迷惑したことがあった。端的に言うと、彼にとってはちっとも愉快な出来事ではなかったのだ。

午後にはカルマル署に電話をかけたが、人手不足の折から、ニィブローの地域警察からパトカーが問題の場所に向かったのは七月九日水曜日になってからだった。車を確認し、周辺の藪《やぶ》の中を漁《あさ》ってみると、二枚のナンバーが国道二十五号線の方向に約五十メートルほど行った溝の中に捨てられているのがみつかった。無線で確認すると、そのナンバーは車両と一致した。

そのあたりから本格的に面白くなってきたのだった。

カルマル県警の犯罪撲滅課では、日常犯罪の対策を強化するという法務省の決議を真摯に捉え、全国レベルの特別実施プロジェクトに参加していた。最新の技術を使って、車両盗難の解決率を上げるというものだ。

この車両に関しては、盗まれたということを示唆する点がいくつもあった。例えば点火スイッチにドライバーを差しこんで回してエンジンをかけた痕があり、ハンドルロックについてはよくある簡単な方法で解除されていた。タイヤをロックし、ハンドルを力任せに回すのだ。

運転席と助手席の間の灰皿に、手巻きタバコがみつかり、学名カンナビス・サティバと呼ばれる植物の香りが期待を高めてくれた。吸い殻を証拠品袋に入れ、DNA鑑定のためにSKLに送り、車両はカルマルの警察署の駐車場に移送する手配もした。国を挙げての実施プロジェクトの範疇《はんちゅう》で、さらなる技術捜査が可能になった場合に備えて。

それから車両も吸い殻も、警察のコンピューターの中で行方知れずになった。カルマルの警察はその車が、現在スウェーデンでもっとも優先度の高い殺人捜査の会議においてほんの数分間議論されたとは夢にも思わなかった。だから、発見されたことを報告するために車の所有者に手紙を送るだけで満足した。所有者はその後連絡もよこさなかったし、他の誰もその車に思いを馳せることはなかったようだ。

SKLに送られてきたマリファナの吸い殻は、日に日に高くなるDNA鑑定の山のいちばん下に入れられた。法務省の政治的意図がなんだったにしても、カルマル県警の犯罪撲滅課の志と国を挙げてのご立派な特別実施プロジェクトの目的がなんだったにしても、とにかくそれは置きっぱなしになり、誰かが手をつける余裕ができるまで一カ月もかかったのだった。

八月八日金曜日の午後遅くに解析が完了し、それをコンピューターのデータベースにある他の事件と比較するうちに、警報が鳴りだした。そのときヴェクシェーとカルマルの担当捜査官は残念ながらすでに帰路についたあとで、守秘義務とその他の個人的な諸々ゆえに、エノクソンと彼の部下たちがSKLの担当者から直接電話で喜びの報告を受けたのは、月曜の朝になってからだった。

「まあそういうわけだ」エノクソンが言った。「うちの部下が書類を受け取りにカルマルに向かったよ。そうするのがいちばん安全だと思ってね。他に何かあったかな？　ああ、そうだ。メッセージを預かっている。カルマルの同僚たちから」

「なんだって？」ベックストレームが訊いた。答えはすでにわかっていたが。

「いつものやつだよ。〝リンダ殺害事件を解決するために何か手伝いが必要であれば、いつでも連絡をくれ〟」

「その必要はないだろう」ベックストレームが言った。「さて、諸君。これで少しはやることができたな。スウェーデン王国内の盗難車両で、これよりも執拗に捜査された車があれば、わたしはタオルを投げよう」そんなことになるとは夢にも思うなよ、この大バカ者どもめが——。

55

一階上の県警本部長のオフィスでは、一階下の捜査班のフロアに流れる高揚感を知る由もなかった。むしろ逆で、県警本部長は大いに苦悩していて、これまで何度となくしてきたように、その悩みを忠実で賢明な部下のオルソン警部と分かちあおうとした。

夏の休暇中にもかかわらず、朝早くに秘書がわざわざ別荘まで電話してきて、法務監察長官と議会オンブズマンから書簡が届いたことを知らせた。

警察で二十五年近く働き、年を経るごとに管理しなければいけない部下が増えた。それでも今までは完璧に免れてきたのに――。選択の余地もなく、基本的には即座に車に乗りこみ、片道百キロの道のりを運転してヴェクシェーの警察署にやってきた。しかしその前にまずは愛する妻の按配《あんばい》を確認した。いつもとまったく同じように栈橋で日光浴をしていて、いつもとまったく同じようにオルソンが肌の保護についての注意を喚起したが、いつもとまったく同じように邪魔だと言わんばかりに手を振って夫を追い払った。

県警本部長は車の中から忠実なる従者オルソンに電話をかけ、いささかデリケートな性質の案件であることから、まずは二人だけで話し合い、国家犯罪捜査局の同僚たちに伝えるのはわざと保留することの重要性を強調した。

「わたしも完全に本部長と同意見です」オルソンが同意し、すぐにベックストレームと話して朝の会議には出席できない旨を伝え、代わりに会議を取り仕切ってくれるよう頼むと約束した。もちろんその理由には触れずに。


落ち着いてコーヒーを飲みながら、発生した事態への対応策を相談してみると、二人の意見は完全に一致していることが判明した。新聞記事に書かれた内容は当然いつも同じようにひどい偏見に満ち、大いに誇張されている。オルソンはそれでも、何度も国家犯罪捜査局の同僚たちに忠告をしたのだ。

「もちろん一部には、ここはまったくちがう警察文化だという要素もありますよ」オルソンが言う。「ほら、経費ひとつとっても、彼らは悩んだこともないんでしょう。言ってみれば、クラクションを鳴らしてどんどん先に進むようなものです」

法務監察長官と議会オンブズマンへは、オルソンがもう少し明確にして補足してから回答すると約束し、ボスが心配する必要はありませんよと請け合った。

「最悪の場合、やつらに説教してやりますよ」オルソンはそう言って背筋を伸ばした。

オルソンは岩のように頑強だ――。県警本部長はそう思いながら、頼めるものなら新しい国《R》家《K》犯罪捜査局長《C》官に電話してくれとオルソンに頼みたかった。本当なら即座にかけなければいけないところだ。今朝早くからずっとそれに心を悩ませてきた。ところで、あの男はなんと呼ばれていたんだったか。オーダーレンから来た殺戮者《さつりく》――？

彼自身はその男とは数度会ったきりだったが、なぜそんな異名がついたのかを理解するには充分だった。背が高く荒々しい風貌のノルランド人で、滅多に口を開かないが、独特な視線で相手を見据える。その視線は決して、見つめられた者の精神状態をよくするものではなかった。なんとなく原始的な印象を与えつつも、警察内のたたき上げで立身出世をした男。立派な家柄も学歴もなく、法を学んだ様子もないのに。そう考えると、県警本部長の背筋に悪寒が走った。

やはり自分で電話するのがいちばんいいだろう。それ以上躊躇《ちゅうちょ》することなく、一週間前まで学友が使っていたのと同じ携帯番号にかけた。

「ヨハンソンだ」電話線の向こうから、そっけない声が聞こえてきた。

電話を受けたのはＲＫＣのラーシュ・マッティン・ヨハンソンだけではなかった。県警本部長が彼に電話をかけたのと同じ頃、ＧＭＰグループの責任者ペール・イェンソン警部もヴェクシェーにいる同僚ベックストレームに電話をかけていた。盗難車で犯人のＤＮＡが発見されたことをたった今耳にして、何か手伝おうかと申し出た。前回会ったときにベックストレームが無礼をはたらいたことに対して、見栄えよく仕返しするためのまたとない機会なのだから。

「何が問題なのかよくわからないが」不必要に長く県警本部長の無駄話を聞かされたあと、ヨハンソンが遮《さえぎ》った。「捜査を指揮しているのはそっちじゃないのか？　うちのベックストレームらは手伝いに行っただけのはずだが？」もちろんそれがベックストレームというだけで充分に災難だが。それについてはあとで対応しなければ――とヨハンソンは思った。

「ええ、まあそうです」県警本部長が同意した。「わたしの部下の中でももっとも信頼できる部下で、ヴェクシェー署で働く経験豊かな犯罪捜査官が捜査責任者です」

「それはよかった。ではうちの子たちに伝えてくれ。まともに仕事をしないなら、ばちが当たるぞとな。あいつらに帰ってほしければ、書面で希望を伝えてくれ」

「いいえ、まさかそんな。彼らは素晴らしい仕事をしてくれています」県警本部長はこの暑さにもかかわらず、手に冷や汗をかいていた。

「ならいいじゃないか」

なんと、稀なほど無骨な男だ――と県警本部長は思った。


「わたしが間違っていたら教えてくれ、ペッレ」ベックストレームも稀なほど機嫌のいい声だった。「きみは電話をかけてきて、資料室のきみときみのお友達が、わたしやわたしの同僚がすでに推測した以外のことを教えてくれるというわけか？」

「ベックストレーム、それはきみの見解だろう」イェンソンはうんざりした声で言った。「わたしが電話したのは、今回発見された車に残っていたDNAに関して、我々の専門的な分析を提供したほうがいいと思っただけだ」

「それでよくわかったよ。きみは電話をしてきて、我々がまだ考えついていないことを教えようとしてくれているんだな?」

「ああ。そのように表現したいならそれでもいい」

「答えはノーだ。もう一度言うが、ノーだ」ベックストレームは毅然と言い放った。同時に電話を切った。もうずっと前に、会話を終えるためにはそれがもっとも効果的な方法だというのを体得していたからだ。とりわけイェンソンのような同僚が相手の場合は。この道化師め、思い知るがいい。

56

翌日、タブロイド紙二紙のうちの大きいほうが、リンダの葬儀を〝悲しみに暮れる遺族たち〟という記事にして掲載した。内容と写真を考慮に入れると、ライバル紙には負けている。内容はありきたりで、むろん深い哀悼の意を示してはいたものの、他のどの葬儀の話でもおかしくなかった。遠い距離から墓地を撮影した粗い写真も添えられていたが、悲しみに暮れる参列者が別の一同であっても大差なかった。いつもの記者やカメラマンでもなかった。どちらも聞いたことのない名前で、記事の最後の署名には顔写真もついておらず、この記事がニュース面のいちばんいいページの両面を割いているのがかえって不思議なくらいだった。

大スクープを手にしたのはライバル紙のほうで下一面のいちばん上の見出しはこうなっていた。〝リンダ殺害事件の捜査官、一晩じゅうポルノ映画を鑑賞〟記事に何が書かれているにしても、ちゃんと内容を読まなかったとしても、普通の人たちは確固とした印象を受けたはずだ。悲嘆に暮れるリンダの家族や親しい友人がリンダに最後の別れを告げているそのときに、犯人を捕まえるはずの国家犯罪捜査局の捜査官たちはホテルでポルノ映画を観ていたという印象を。

「まったく意味がわからん……」ホテルから警察署への四百メートルの距離を運転しながら、ローゲションが唸った。「おれはポルノなんか観てない」

「無視しろよ」ベックストレームがとりなすように言った。「あの肥しスプリンクラーみたいなやつらがまた何か思いついたからって、誰も気にしちゃいない」

ベックストレームの記憶は前回ローゲションがその話を持ち出したときよりもずっと鮮明になっていて、ここは素知らぬ顔をしておくしかなかった。それがベックストレームのもっとも得意とする分野だったから、とりたてて心配もなかった。知らんぷりを決めこんでおけばいいのだ。誰かに訊かれても首を横に振る。必要とあらば激高してみせよう。このようなたわごとに人々が時間を無駄にすることに対して。おれのノーという答えを受け入れようとしないのなら。

気にしている人間がいるとしたら、それはラーシュ・マッティン・ヨハンソンだった。職場で朝のコーヒーを注いでから、その大手タブロイド紙を自分の執務室に持って入り、行間を読み、実際は何がどうなっていたのかを即座に導き出した。なぜか頭に浮かんだのはやはりチビでデブな男で、ヨハンソンは即座にベックストレームの上司である警視正を呼びつけた。

「座れ」ヨハンソンは警視正と訪問者用の椅子の両方にうなずきかけた。「質問がある。ベックストレームをヴェクシェーへ送ったのは誰だ」

何もかも、全面的に不明です——というのが警視正の回答だった。しかしひとつだけ確実なことがある。それは彼ではないということだ。だって夏の休暇中だったし、そうでなくとも絶対に、ヴェクシェーで国家犯罪捜査局の捜査を指揮する人間にベックストレームを指名することはなかった。それに、休暇に入る前に、本人からこう聞いていたのだ。

「ベックストレームは長年放置されてきた古い事件を洗い直すはずだったんです」警視正はこう請け合った。「それも、とびきり古いやつを」

ヨハンソンは何も言わなかった。その代わりに相手を見つめた。それはなぜか、ちょうどその前日にヴェクシェーの県警本部長の頭に浮かんだ視線と非常に似通っていた。

「わたしの意見を言わせていただいてもよければ、前長官のニィランデルが自身でその決定を下したのではないかと」警視正は居心地が悪そうに咳払いをした。

「紙とペンをよこせ」ヨハンソンは餌食にうなずきかけた。「わたしが知りたいことはだな……」

57

月曜の午後には、例の盗難車が警察署のガレージに安置された。エノクソンと部下たちがすぐに仕事に取りかかり、一昼夜のちにはもう、第一弾の発見を捜査班と分かちあうことができた。車からは複数の指紋が採取された。そのうちのふたつが、犯行現場で採取された持ち主不明の五種類の指紋のうち、犯人の可能性がもっとも高いと思われていたものと一致した。運転席の背もたれからは水色の繊維もみつかった。それらはすでにSKLに送られているが、鑑識班の初期分析では――ヴェクシェーの警察署の鑑識課にも比較用の顕微鏡《けんびきょう》はあるので――犯行現場でみつかったのと同じ高級カシミアの繊維だった。

それから、それ以外のものもすべてみつかった。怪しい車両を念入りに調べると必ず出てくるもののことだ。砂、砂利、普通の埃、床に埃の塊、マットやシートについていた複数の毛髪、繊維、グローブボックスやその他のありとあらゆるポケットに突っこまれた古いレシートやその他の紙類。トランクにはジャッキと、よくある工具のセット、子供用の赤い防寒着のつなぎに古いチャイルドシート。車外では、数メートル離れた藪《やぶ》の中にニィブロー署の同僚たちが空の十リットルタンクを発見した。一方で、血液や精液など、こういった場合に興味深い体液は発見されなかった。

犯行の手口ははっきりしていた。点火スイッチにドライバーが差しこまれ、昔ながらのやりかたでハンドルロックが力任せに壊されている。灰皿に残っていた手巻きのマリファナの吸い殻。ありとあらゆる証拠を消そうと、車両を燃やそうとした痕跡。結論から言うと、何もかもが古典的な犯行だというのを強く物語っている。

長い犯罪歴のある薬物中毒者。警察にも刑務所にも、過去に複数回お世話になっているはずだ。ガソリンが足りなかったせいで車を燃やすのに失敗したことも、同じことを示唆していた。錯乱《さくらん》状態にあり、秩序を欠き、おまけにやはりドラッグでハイになっていたのだ。


エノクソンの住む世界では、ふたつの点が全体像を乱していた。ひとつめは、まあ耐えられるレベルのものだった。高級セーターの水色の繊維は、犯人がセーターを盗んだせいだと考えていいだろう。そして残るもう一点は、非常に理解しづらい事実だ。つまり犯人の指紋が警察のデータベースに存在しないこと。あらゆる点を考慮に入れても、犯人はデータベースに存在していいはずなのだ。もしそのルールから外れるような例外的な存在なのであれば、犯人は三十年経って今やっとエノクソンの警官人生に姿を現したことになる。

「その指紋は目くらましだという可能性はないだろうか」オルソンが自分の推理を述べた。「だって、データベースに存在しないことを除けば、例のプロファイリングにほぼ一致するだろう?」

こいつはいったい何を言ってるんだ——エノクソンは心の中でつぶやいた。

「どれも犯人の指紋のはずだ。それにどこにもたどりつかない目くらましを仕掛けてどうする？　その場合、じゃあどうして指紋を一切残さないように行動したのか、わたしも部下たちもさっぱり理解できない。それ以外の特徴は、ストックホルムの同僚のプロファイリングに忠実なようだし」

「悪さについては別の場所で身につけてきたってことはないだろうか。最近スウェーデンにやってきたばかりで、まだ警察のデータベースに入る暇がなかったのかもしれない」オルソンが今度はそう提案した。

「それなら可能性がないこともない」エノクソンはそれでも信じられないという表情だった。

「リンダはなぜそんな男を真夜中に家に入れたんだ」

「本当に入れたのか？」オルソンは急に自信がついたようだった。「忘れてはいけないぞ。まだ犯人がどうやってマンションの部屋に入ったのかはわかっていないんだ」

「ひとつ考えていたことがあるんだが」レヴィンが難しい顔になって、そこで口をつぐんだ。

「なんだね？」オルソンが身を乗り出した。

「いや……どうかな。やはり忘れてくれ」レヴィンは頭を振った。「また今度話すよ。今ちょっと頭に浮かんだだけで」

車の所有者やその他役に立ちそうな人々への事情聴取は、残念ながら疑問符といつもの不明点を残しただけだった。所有者は引退した機長のベングト・ボリィ六十七歳で、リンダ事件の捜査に浮上した人間のリストに、また新たなベングトが加わったわけだ。彼はその車を、約二年前に別荘から運転して帰って以来使っていなかった。今は別の、もっとずっと新しい車を乗り回している。引退してからは夫婦でヴェクシェー郊外の別荘で暮らし、町中のマンションを使うことはほとんどなかった。古いサーブはマンションの駐車場に停められたままになり、基本的にここ二年間ずっとそのままだった。

以前は彼の娘の一人が使うこともあったが、数年前から彼女も自分の車を持っている。娘といっても三十五歳で、ヴェクシェーの空港で地上職員として働いていて、この秋に小学校に入学する七歳の娘がいる。トランクから発見されたのは、その子の防寒着とチャイルドシートだった。祖父いわく、そこから孫の母親がいつその車を最後に使ったのかを類推することができる。チャイルドシートはいちばん小さい型だったし、赤い防寒着は三歳児サイズだった。過去に遡《さかのぼ》ること四年――それは機長自身の記憶と一致していた。

いちばん確かなのは娘に確認することだ。だが問題は、娘が夫と七歳の娘とともにオーストラリアに行ってしまったことだ。二カ月かけて魅力溢れる大陸を探険するのだという。機長によれば、それは悪くない選択だった。オーストラリアは南半球に属し、今時分は涼しい冬で、二カ月前から彼や他のスモーランド人を苦しめている熱帯のような暑さよりもずっとましなはずだから。

「どうしてもというなら、娘に連絡がつくかどうかやってみますが」機長は親切にもそう申し出た。「でなければ一週間後には帰ってきます。孫は八月末に学校が始まるのでね」

サロモンソン警部補はその申し出に礼を言ったが、おそらく解決がつくだろうと思った。

「それ以外に車を貸した相手はいませんか?」サロモンソンは尋ねた。

機長によれば、それはなかった。娘がもう一人いることはいるが、彼女は車は運転しないし、ましてや免許も持っていない。何年も前からクリハンスタという町に住んでいて、弁護士として働いている。両親を訪ねてくることは滅多にない。その説明からして、機長の最愛の娘は弁護士ではなく地上職員のほうらしいというのがサロモンソンにもわかった。

「それ以外には子供も孫もいませんから」機長は明言した。「少なくとも、わたしの知るかぎりは」そう言って、かなり満足気な表情を浮かべた。

車が七月七日の朝に盗まれたということに、なぜそんなに確信があるんです?

実際のところ、機長はちっとも確信はなかった。そもそも車がいつもの場所に停まっていないことにも気づかなかったのだ。現在使っているほうの車をそのすぐ横に停めたというのに。マンションの玄関でキーホルダーに両方の車のキーが下がっているのを見て、やっと辻褄《つじつま》が合わないことに気づいた。彼は駐車場に戻り、いつもとはちがう場所に停めたことを失念したのかもしれないと、駐車場をもう一周してみた。そのさいに隣の部屋の住人と鉢合わせ、車のことを尋ねた。隣人のほうは、週末にその車を駐車場で見たことをはっきり記憶していた。それについては盗難届を出したときにすでに警察に話したが。

いちばんいいのは――引退した機長によれば――警察がその隣人に直接話を聞いてみることだった。しかしひとつ問題があるという。隣人はスモーランドの猛暑から逃避するために、北極圏ラップランドに山歩きに行ってしまった。本人からの情報では、十四日後にやっと帰ってくるという。おまけにひとつわからないことがあった。

「ひとつどうしてもわからないんですよ」機長は好奇心に満ちた瞳でサロモンソンを見つめた。「なぜあのポンコツ車の盗難にこれほど興味を示すんです？」

「ヴェクシェーにおける新しい試みなんです」サロモンソンは可能なかぎり説得力のある話しかたを心がけた。「いわゆる日常的な犯罪をいかに減らすかという」

「もっと大事な事件があるんじゃないのかい？」機長はあきれて頭を振った。「少なくとも新聞を読めばそのように感じるが？　この国はいったいどうなってしまうんだろうか……」

はたして他に選択肢もなく、そのエリアの聞きこみだけで二日を費やした。まずは駐車場に面した部屋から始め、それから残りの部屋や建物にまで手を広げた。呼び鈴を鳴らした部屋の半分はドアが開かなかった。その場合は郵便受けにメモを入れ、そのうち数人は警察に連絡をしてきた。どうやら一人――いや数人は警察以外にも連絡を入れたようだ。というのも複数のジャーナリストが警察署に電話をかけてきたし、現場のマンションに姿を現し独自の調査を始めた者もいた。リンダ殺害事件の捜査で警察が盗難車のことを探っているというニュースは、数時間のうちにほとんどのメディアに達していた。

近隣住民のうちの一人がある情報を提供したが、内容を考えるとそんな情報はなくてもいいくらいだった。ローゲションは自分のデスクに届いた事情聴取の調書にすべて目を通し、その女性の調書も脇へやった。〝ボケた年寄り。ヤン・ローゲションにより除外〟

そのお年寄りに話を聞いたのは、アンナ・サンドベリィだった。ブリータ・ルードベリィ夫人、九十二歳。独り暮らしの年金受給者で、駐車場にいちばん近いマンションに住んでいる。部屋は二階で、駐車場を見渡せるバルコニーがついていた。そのバルコニーに座っていたときに、盗まれたサーブにまつわることを目撃したという。この夏彼女は毎朝、気温が上がりすぎる前にそのバルコニーに出て座っていた。その日の朝のことはとりわけよく覚えている。七月四日金曜日の朝六時ごろ――いつも夏はその時間に目が覚めるのだ。外が暗い季節にはもっと遅くまで寝ているが、真冬でも六時半になってもまだ起きないということはなかった。

サンドベリィもとりあえず最初は、この目撃者が九十二歳という年齢にしては素晴らしい記憶力の持ち主だと感心した。一カ月前に起きた殺人事件のことなどまったく知らないようだし、質問された車が盗まれたことも知らないというのに、なぜそれが七月四日金曜日のことだったという確信があるんですか？

「もちろん覚えてますよ」サンドベリィが話を聞いた老婆は微笑んだ。「あたしの誕生日だったんですから。九十二歳のね。前日に洋菓子店でプリンセスケーキ（緑のマジパンに包まれたスポンジケーキ）を買っておいたのよ。やっぱり何かお祝いしたいでしょう。バルコニーでコーヒーとそのケーキを食べたのを覚えている。コーヒーは朝いつも飲むのでね」

「その男に挨拶までしたんだから」老婆はさらに続けた。「車の作業をしているようだった。ずいぶん朝早いから、きっと別荘にでも行くつもりなんだろうと思ったのよ」

「どんな男性でした？　車の作業をしていて、あなたが挨拶したというのは」サンドベリィはそう尋ねながら突然、知らず知らずのうちに、ベックストレームがしょっちゅう感じているのと同じバイブレーションを感じた。ベックストレームの場合は理由がなくても感じるのだが。

「息子さんだと思ったけど。まあともかく、息子によく似てた。すごい美男子だったのよ。あたしの若い頃の伊達《だて》男みたいにね」

「息子というのは？」

「ほらあの、機長さんとこの息子よ。車の所有者の。あたしが挨拶した男ととてもよく似た息子がいるの。濃い茶色の髪、美男子で身体も引き締まっていて」

「挨拶は返ってきましたか？　あなたが声をかけたとき」

　すると老婆は戸惑った。うなずき返してくれたかもしれないが、確信はない。しかし彼がこちらを見つめたのは確かだった。それも、何度も。

　服装は覚えていますか？　その質問についても、老婆はあやふやだった。おそらくその年頃の男性らしい格好をしていたんじゃない？　こんなふうに暑い日に、これから別荘に行くときのような。

「アウトドア用のズボンにアウトドア用のシャツだったかねえ」そう言いながら、老婆は急に自信がなくなったようだった。

「半ズボンでしたか、長ズボンでしたか」サンドベリィはそう食い下がったものの、答えを無理に引き出さないように落ち着いた優しい声を出すよう心がけた。

半ズボンだったか長ズボンだったか？　それに答える自信はないが、どうしても選べというなら短いほうかねえ。この暑さを考えればね。色についても覚えていない。短い――もしくは長い――ズボンについても、シャツについても。記憶にあるのはズボンもセーターも濃い色だったこと。とにかく白ではなかった。白だったら覚えているだろうから。

靴については？　何か気づきましたか。老女の顔がさらに曇った。靴なんて何か気づくものじゃないでしょう？　何かおかしな点があればもちろん気づいたでしょうよ。おそらく今時分若い子がみんなはいている〝ゴムばき〟だったかしらねえ。

裸足は？　裸足だった可能性はありませんか？　いいえ、まさか。裸足だったらきっと目を留めたし、免許を取ったことはないけれど、車は裸足で運転しないことくらいは知ってますよ。

「ゴムばきよ」ルードベリィ夫人はうなずいた。「今時分若い子がみんなはいているような」

一方で、彼女が確信していることが二点あった。まず一点目は、それが自分の誕生日だったこと。九十二歳を迎えた日と同じ、七月四日金曜日の朝の六時ごろ。もう一点は男が十分程度車の作業をしていたこと。それから車に座り、走り去った。服装と時刻を考えると、別荘にいる妻と子供の元へ向かったのだろう。その上、三点目にもかなり確信があった。それが機長の息子でなかったとしたら、すごくよく似ている男だった。濃い茶色の髪で美男子、引き締まった身体つき。昔の伊達男みたいに。

その朝のことで他に何か覚えていることはありますか？　サンドベリィが尋ねた。サンドベリィが期待した答えは、その朝七時過ぎから八時前までヴェクシェーを襲った豪雨のことだった。

「いいえ。何があったっていうの」ルードベリィ夫人は当惑した表情でアンナ・サンドベリィを見つめた。

「その日、他に何か起きませんでした？」サンドベリィが誘導しようとした。

いいえ、何も——。新聞は読まないし、滅多にテレビも観ないしラジオも聴かない。ましてやニュースなんて。定期的に会う友人はもう長いこといないし、残念ながら最近の彼女の人生は基本的に毎日同じことの繰り返しだった。

さらに三度試みてから、サンドベリィは一時間もしない間に三百ミリの降水量があったことを教えた。ここ一カ月の降水量を全部足したのと同じくらいの量だったと。

ルードベリィ夫人は豪雨のことも、そもそも雨が降ったことすら記憶になかった。おそらくそのときにはもうバルコニーを離れていて、雨が降りだしたときにはちょっとベッドに横になっていたのだろう。

「でなきゃ覚えていたはずですよ。この夏は本当に雨が少なかったからね」

58

「おれに言わせれば、あのばあさんはまったくボケちまってる」翌日、捜査班で例の老婆やその他の目撃談について議論しているときにローゲションが言った。

「なぜそう思うんだ」そう尋ねたオルソンは、ここ数日必ず会議テーブルの議長席にいた。

「まず第一に、機長に息子はいない。これまでいたこともない。ほしくもないし、知り合いたくもない。唯一いるのは義理の息子だけ。彼はスカンジナビア航空の副操縦士で、もう何年も前から機長の下の娘の夫で、今は一緒にオーストラリアに行っている。六月十八日水曜日にはスウェーデンを離れているんだ。リンダが殺されるより二週間半も前のことだ。子供が小学校に入学するから一週間後には帰ってくる。いもしない息子のことをしつこく訊いたから、機長は怒りだしたよ。警察はいったい何をやってるんだってな。別の警官にすでに、二人の娘と孫と、義理の息子はいるが、息子はいないと話したはずだと」ローゲションはそう言って、なぜかサロモンソンを睨《にら》みつけた。

「もう一人の娘のほうは……」レヴィンが口を挟んだ。

「ありがとよ」ローゲションが遮《さえぎ》った。「そっちは三十七歳で、クリハンスタで弁護士として働いている。十五年前からやはり弁護士の同棲相手《サンボ》と一緒に暮らしている。ルンドで法律を学んでいたときに知り合ったらしい」

「その男についてわかっていることは？」

「わかっていることは色々あるが、例えば男じゃなくて女だ。サンボだかサンバだか知らないが。娘は別の女性弁護士と一緒に暮らしている。それについて尋ねたときに彼女の父親がなんと言ったかは、誰も絶対に聞きたくないだろうな」

「だが、誕生日だったという点は見逃せないな」レヴィンが食い下がった。

「おれもそう思ったし、彼女に話を聞いたサンドベリィもそう思ったよ」ローゲションが同意した。「ばあさんが七月四日ではなく六月四日生まれだと気づくまでは。彼女の国民識別番号の最初の六桁を信じるならね」

「何か別のお祝いだったんじゃないか？　わからんぞ。プリンセスケーキを食べるためならどんな理由でも逃さないのかもしれん。女ってのはまったく、砂糖中毒みたいなもんだからな」

ベックストレームが笑ったので、立派な腹が揺れた。

「なるほど」レヴィンはため息をついた。「人相は？」

「存在しない息子にそっくりな男の人相ってことか？」ローゲションが訊いた。

「ああそうだ」レヴィンはにやりと笑った。

「他に何も思いつかなかったんで、ばあさんの眼鏡技師にも話を聞いてみたんだ。技師はあまりいい顔はしなかったね。おれは眼医者じゃないが、ばあさんの視力はかろうじて見えている程度だというのはよくわかった。それに、再診に来る時期だと伝えてくれと頼まれたよ。最後に来たのは七年前らしい」

「この参考人についてはこれ以上話すことはなさそうだな。それともどう思う、レヴィン？」ベックストレームがにやりと笑った。

朝の会議のあと、エヴァ・スヴァンストレームがレヴィンを慰めるためにオフィスにやってきた。

「あの二人の言うことなんか気にしなくていいわよ。ベックストレームは今までだって一度もまともだったことはないし、ローゲションはスポンジみたいに酒を吸いこむんだから、いつもどおり二日酔いなだけでしょ。まあ、それは今までに何度言ったか知れないわね」

「慰めに来てくれたのか」レヴィンがかすかに微笑んだ。

「そうだったとしても別に困らないでしょう？」スヴァンストレームはいつもの声に戻ってい

た。「でもね、それだけじゃないの。ちょっと報告もあります」
ちょっとくらい慰めてくれたって別に困らないが――とレヴィンは思った。

約三年前、リンダの母親は電話番号を変えた。娘が父親の家に引っ越し、自分自身もマンション内の別の部屋に移ったときに。普通ならこういう引っ越しのときは元の番号を保持するものだが、ロッタ・エリクソンはなぜか新しい番号に変え、その番号を非公開にした。以前は他の皆と同じように電話帳に載っていたのに。

古い電話番号は電話会社に返され、規則どおり一年の保留期間を経て、新しい電話番号使用者に渡された。それはリンショーピンの大学病院の女性の麻酔医で、ヴェクシェーの病院でもっといい役職を得たため引っ越してきたのだった。名前はヘレナ・ヴァールベリィで、四十三歳独身。住み始めたのは旧北《ガムラ・ノル》通りだった。そこは犯行現場から五百メートルほど北で、念の入ったことに名前も北《ノル》という地区だった。

以前は公開されていた古い番号は非公開になった。持ち主の職業を考えれば不思議でもない。スヴァンストレームは女医の職場に電話をかけてみたが、彼女は約一カ月前から夏の休暇を取っていて、月曜からまた出勤するという。唯一不思議なのは――ただ単に偶然かもしれないが――休暇に入ったのが七月四日金曜日で、リンダが殺されたのと同じ日だった。

「この女性の通話記録を請求したほうがいい？」スヴァンストレームが尋ねた。

「まだそこまではしなくていい。まずはわたしが彼女に電話してみよう。ただ、もうひとつ別の頼みがある」

自分の誕生日を一カ月も間違えていたとはいえ、レヴィンはどうしても九十二歳の目撃者の証言を却下しかねていた。その理由は彼自身の中にあった。警官の職業病とも言えるし、彼個人の性格とも言える。自分の性格についてはレヴィン自身考えもしなかったが、デスクの反対側に座る女性は基本的に彼のことを考えるたびにそう感じていた。

「わたしの祖母がね、もう亡くなっているんだが、生きていたら今ごろ百歳に近かったんだ」レヴィンが言う。「住民登録によれば、一九〇七年二月二十日生まれだったが、誕生日のお祝いはいつも二月二十三日だった」

「なぜなの？」

「親戚の間ではこういう話になっていた。牧師が酔っぱらって、教会の教区出生簿に間違った日付を記載した。この場合はたったの数日ちがいで、一カ月もちがうわけじゃなかったが、六月《ユーニ》と七月《ユーリ》のちがいが気になるんだな……」

「確かに、書き間違えそうよね」スヴァンストレームも同意した。

「だから年配の法律家たちは今でも七月をユーリではなくユッリと呼ぶんだ。六月と間違えないようにね。それを初めて聞いたときはすごく驚いたもんだよ。警察大学にちょっと頭のおかしな刑法の講師がいて、ユッリ先生と呼ばれていた。唯一学んだのはそのことだけだったね。法律の専門家がユーリじゃなくてユッリというのがいかに大事か。それ以外は、悪党を一撃するときはサーベルをしっかり握れだとか、そういうおかしな話ばかりだった。その数年前にサーベルから警棒に切り替わったことにも気づいていなかったんだな。一度など講義の間じゅう、サーベルの刃の部分で切りかかるのと、平らな部分で殴るのでは法的にどういうちがいがあるのかを話し続けていた。学生の一人がやっと警棒のことを持ち出す勇気が出るまでね」

「そのときの講師の反応は？」

「もちろん機嫌を損ねたさ」

「じゃあいちばんいいのは本人に訊くことね。目撃者のおばあちゃんに」

「そうしたほうがいいだろうな」なぜかレヴィンはため息をついた。眼鏡技師とも話したほうがいいかもしれない。ローゲションのような同僚の問題点は、現実を黒か白にしか見ようとしないことだ。根はすごくいいやつなんだが――。


エヴァ・スヴァンストレームが次の作業のために立ち上がると、レヴィンは急に数時間前に自分の大脳皮質をよぎったアイデアを思い出した。

「もうひとつ」レヴィンが言った。「会議の途中で思いついたことがあったんだ。エノクソンが、車の盗みかたからして、やりかたをよく知っているやつだと言ったときに」

レヴィンいわく、そういうことができるのは普通の悪党だけとは限らない。必要なのは技術的な知識だけなのだ。車の整備士、もしくは単に車いじりが好きな人、普段から器用な人。もしくは誰かに教えてもらったか。つまり刑務所や少年院なんかの職員という可能性もある。

「もしくは警官とか」スヴァンストレームも口を挟んだ。

「そうかもしれない。わたしは三十年警官をやっていて、どうやればいいのかさっぱりわからないが」

「どうやるかは知っているけれど、習得するために警察のデータベースに登録されるような冒険はしなかった人間ってことね」

「そのとおりだ」

「つまり、あの気持ちの悪い司書グロスとは真逆の人間。いわゆる文化人とは程遠い」

「そのとおりだ」グロスみたいなやつでは絶対にないな――。


スヴァンストレームが出ていくと、レヴィンはもう我慢できなかった。自分がいつもエヴァ・スヴァンストレームに思われていることを裏付けるかのように、麻酔医の女性に電話をかけた。それは自宅の電話だった。休暇が終わる前に自宅に戻っている人もいれば、最後の日になるまで戻ってこない人もいる。少なくとも、レヴィンは毎回早めに戻っている。

「今は電話に出られません。電話番号を残してください。すぐにかけ直します」留守電の声がそう言った。

ちょっと出かけているだけかもしれない――。そう思いつつも、レヴィンはメッセージは残さずに受話器を置いた。留守電の声は本人にちがいない。まさに四十代の女性の麻酔医の声だった。善良で、的確で、きびきびしている。住民登録によれば独身、所得申告によればヴェクシェーの病院の上級医師代理。仕事の丁寧《ていねい》なエヴァ・スヴァンストレームが警察のコンピューターからプリントアウトした情報だった。

59

約一週間前、ベックストレームは捜査班にいるヴェクシェー署の若い二人の同僚に、水色のカシミアの繊維の出どころを追跡するように命じた。それはわかりやすく〝繊維捜査〟と呼ばれることになった。二人とも女性だったのは偶然ではない。いわば事の本質に基づいた選択であり、ベックストレームはこの女の子たちにも何かやることがあったほうが、本物の警官の迷惑にならないと思ったのだ。

ともかく、二人はその任務を真剣に受け止めたようだった。ＳＫＬによればそれは薄手の水色のセーターだろうということで、二人は捜査に貢献してくれそうな専門家全員に話を聞いた。ファッションデザイナー、ファッションジャーナリスト、ファッションカメラマン、ファッション一般に関わる専門家、製造者、卸売業者、高級服を売る店の担当者。二人のうちの一人は、とり憑かれたように着るもののことばかり考えている叔母にまで話を聞いていた。

それが紳士物のセーターという前提なら、十種類ほどのデザインが考えられる。もっとも可能性が高いのは長袖Vネックのセーターで、英国製、アイルランド製、アメリカ製、イタリア製、ドイツ製、フランス製の可能性が高い。値段はブランドによって二千から一万二千クローネ。店じまいセールや公式店舗以外で購入したものなら、当然それより安くなる。それでも千クローネ以下で買えるとは非常に考えにくいし、買えたとしたらそれは疑いなくお買い得品である――と彼らが話を聞いた人物は言っていた。

とにかくヴェクシェー周辺では、そんなセーターはレジカウンターを通ってはいない。どの店もここ数年、そんな紳士物のセーターは品ぞろえになかった。あるのは――もしくはあったのは――婦人物が何種類かで、購入記録や在庫記録を確認すると、水色ではなかった。残るは二十軒ほどのブティックやデパートだが、それらはどれもストックホルム、ヨーテボリやマルメにあった。もしくは海外で購入したのかもしれない。そういうケースも非常に多いし――と質問された人が説明した。値段に関してはそのほうがお得だし。スウェーデンよりも海外のほうが需要も品ぞろえも多い。わかったのはそこまでだった。

盗まれたという可能性も残っている。警察のデータベースを使って、ここ数年南スウェーデンで輸入業者、卸売業者、倉庫、デパートやブティックから盗まれた洋服をすべてリストに出力した。それから警察の盗難・落とし物のデータベースに入っている個人および住宅を狙った強盗、窃盗《せっとう》、紛失の届けにも目を通した。しかし紳士物の水色のカシミアセーターはなかった。

「残念ですがこれ以上わかりませんでした」繊維捜査担当の二人がベックストレームに報告をあげたとき、一人が結論を述べた。

「かまわないさ」ベックストレームはそう言って、晴れやかな笑顔を浮かべた。「いちばん大事なのは、きみたちが楽しくお仕事できることなのだから」

女ってのはまったく冗談も通じないのか、小さな雌豹どもめが——。一分も経たないうちに二人が部屋を出ていったとき、ベックストレームは思った。そろそろ週末一杯目のピルスナーを飲む頃合いだ。ベックストレームが時計を見ると、もう夕方の三時近かった。金曜日だし、仕事以外のことをする時間じゃないか。なかでもいちばんありえないのは、小さな腰巾着《こしぎんちゃく》のオルソンが突然ドア口に立っていて、話したいと言ってきたことだった。

「少し時間はありますかな、ベックストレーム？」オルソンが訊いた。

「もちろんだ」ベックストレームはそう言って朗らかに微笑んだ。「この建物内で仕事が終わるのは、まだまだ先だからな」

ベックストレームが早いうちに止めていなければ、オルソンは一晩じゅうでも自主的なDNA提出について議論を続けそうな勢いだった。オルソンはこの状況に危機感を抱いていて、県警本部長も同じ気持ちだ。そんな心を鎮めるために、民主的な順序で各同僚に意見を訊いて回っているのだという。

「もうそろそろ七百人に近づいているんだ」オルソンはついさっき、トリエンに正確な数字をもらったところだった。

「ああ、実にうまく進んでいるよ」ベックストレームは歓喜の表情を浮かべた。「もう間もなくぶちこんでやる。もうすぐ捕まえてやるぞ」思い知ったか、この小さな腰巾着めが。

「まあ、きみが正しいんだろうが」オルソンはベックストレームの言葉をそれほど肯定的には受け止めていないようだった。「問題はむしろ、法務監察長官と議会オンブズマンから勧告を受けていることだ。新聞に書かれたことは別に気にするつもりはないが、批判はしっかり受け止めねばと思ってね」

「ああ、捜査責任者はきみだからな」ベックストレームは朗らかな声でそう言った。

「どういう意味だね」オルソンは怪訝《けげん》な顔になった。

「あいつらが誰かに難癖をつけようと決めたなら、まず耳までクソに浸かって身動きできなくなるのはきみだからな。あまり愉快なことじゃないだろうが」ベックストレームはそう言って、同情を極めたような微笑を浮かべた。

「だからというわけじゃないが、とりあえずその点については方向性を変えていきたいと思うんだ」オルソンが不安を隠せない様子で言った。

「広げた間口のほうはどうなってる？」ベックストレームは無邪気に尋ねた。

「もちろんそのことについても考えた。本当だ、ベックストレーム。だが、この捜査がいかんせん特定の方向に向かってしまっているのは否めない」

「ではこの町の市民全員のＤＮＡを採取するという考えは捨てたのか？」ベックストレームが

愛想よく訊いた。「それならわたしも……」

「盗難車の線はどうだろうか」オルソンが相手を遮《さえぎ》って言った。「DNAはいったん中止して、盗難車のほうを徹底的に調べてみないか」

「自分が生まれた日も覚えていないアラ百のばあさんのことか？」

「九十二だ。彼女の証言は真に受けないほうがいいのかもしれないが、ヘーグトルプ周辺の聞きこみはまだまったく終わっていないし、エノクソンたちの仕事が終わればまたいくらでも新しい手がかりが出てくるだろう。どうだね、ベックストレーム。どう思う？」

「そのばあさんに、サーラのギャング団を送りこむのがいいと思う」ベックストレームはにやりと笑った。

「サーラのギャング団だって？　よく意味が……」

「小さな宝石みたいに愛すべきやつらだよ。三〇年代にベリスラーゲン地方で活躍した」ベックストレームの知識はすべて『北欧犯罪年鑑』で読んだものだった。それは彼が普段読む唯一の本で、半分ボケた同僚たちが幅広い読者に伝えようとする内容を確認するのが目的だった。つまり、事件の描写の中で自分が充分評価されているかどうかを。それに、その本なら無料《ただ》だし。毎年職場から失敬してくるのだから。

「ああ、そのことなら知っている。だがそのギャング団がうちの目撃者とどう関係あるんだ」

オルソンが怪訝な顔でベックストレームを見つめた。

「残念だが、何も。それにやつらはとうの昔に死んでいるだろう。だが三〇年代にはサーラである家の壁に穴を開けて、そこに車の排気ガスを吹きこんで、住んでいたばあさんを殺した。それで、ばあさんがマットレスの下に隠していた六クローネと三十エーレを盗んだんだ。当時はそれがすごい大金だったんだろうな、オルソン」

「冗談だろう」

「まあそう言うな」ばあさんにはギャング団の代わりにローゲションを送りこんだほうがいいかもしれんな——。

60

ベックストレームのいちばん上の上司ラーシュ・マッティン・ヨハンソンは、金曜の午後三時を過ぎたというのに、時計を見るなど思いもよらなかった。執務室の外に座る秘書の向かいでは、もう三十分も前から警視正が冷や汗をかきながら待っているが、ヨハンソンはスヴェンスカ・ダーグブラーデット紙の社説すら読んでいない。ここ一時間ほど、ヴェクシェーで一カ月以上前からベックストレームと同僚たちが何をしていたのかをまとめた資料に没頭していた。

「入れていいぞ」ヨハンソンがインターフォンで伝えると、それが金曜の夕方だからなのか、別の理由なのか、ともかく十秒もしないうちに警視正がヨハンソンの広いデスクの向こう側の来客用の椅子に座っていた。

「書類はすべて読んだ」ヨハンソンが言った。

「はい、承知しました」

「これを経理部門の誰かに見てもらいたい。いちばん疑問に思っている部分には赤い線を引いておいた」ヨハンソンは二人の間に鎮座するファイルに向かってうなずいた。

「いつまでにご希望でしょうか」

「月曜の朝で充分だ。どうせ週末だからな」ヨハンソンは寛大に申し出た。

「ではすぐに行って頼んできます。経理の者が帰ってしまう前に」警視正は緊張の面持ちのまままそう説明し、立ち上がろうとした。

「もうひとつ」ヨハンソンが言った。「捜査資料も見たい。わたしの理解が正しければ、GMPグループにほとんどのコピーがあるんだろう?」

「そちらはいつまでにご入用でしょうか」警視正が差し出がましくも尋ねた。

「十五分後で充分だ」

「お恐れながら、担当者がもう帰ってしまっているかもしれません」警視正はひきつった顔で時計を盗み見た。

「そんなわけはないだろう。まだ三時半にもなっていないぞ」

「もちろん十五分後にお届けします」

「よろしい。では秘書に預けておいてくれ」

61

シルヴィア王妃の聖名祝日からちょうど一週間後の八月十五日金曜日、国家犯罪捜査局の殺人捜査特別班のエーヴェルト・ベックストレーム警部の頭に、なんと雷が落ちた。ともかく、もっとも親しい友人のヤン・ローゲション警部補に本人が語ったところによれば、そうだったらしい。また一人頭のおかしな女が現れ、なぜこんな悲惨な目に——と思うような目に遭わされたという。

「まるで雷に頭を打たれたようだったよ」ベックストレームは言った。

「ベックストレーム、お前はいつも大げさだよ」ローゲションが反論した。「本当のことを言えよ。ただ単に酔ってただけだろ?」

すべてはいつもどおりに始まった。いよいよ週末を迎え、残業上限のせいで月曜の朝までは職場に足を踏み入れることを許されざる身としては、これ以上ないくらいにいい感じの滑り出しだった。あの小さな腰巾着《こしぎんちゃく》のオルソンを追い返してすぐ、いつものように人知れずヴェクシェーの警察署を出て、ホテルまでぶらぶら歩いて帰った。部屋に上がると服を脱ぎ、パリッとした新しいバスローブをまとい、この週末一本目のよく冷えたピルスナーの栓を抜いた。その後に、ローゲションが息を切らせて――即座に息の根を止めたほうがよさそうな七面鳥よろしく、真っ赤な顔で部屋に駆けこんできたときには、もう三本目に取りかかっていた。

「やっと金曜だな」ローゲションは大きくピルスナーをあおり、まずは喉の渇きを癒してから言った。「週末、何か予定はあるのか?」

「若者よ、今夜は独りで耐えてくれ」ベックストレームは二本目と三本目の間のデッドタイムを利用して、カーリン嬢にディナーのお誘いの電話をかけたのだった。

「女か」なんだかんだいって捜査官としては悪くないローゲションが推理した。

「まずは町でちょっと食事でもして、それからうちのスーパーサラミを夜の散歩に連れ出そうと思ってね」ベックストレームは最後の一言を、とりわけ大きくぐいっとあおることで強調した。

最初のうちは何もかも計画どおりだった。ベックストレームと今夜のお相手は、ホテル近くにある大通りのレストランで悪くないディナーを食べ、液体もいくらか腹に収めた。ベックストレームは今宵の締めを考慮に入れ、飲みすぎないように気をつけた。サラミのことを慮《おもんぱか》らなければいけないのだ。

ともかく最後には、ベックストレームのホテルの部屋に落ち着いた。なぜかカーリンは下のバーで飲もうと言い張ったが、バーに下りて本気飲みをする前に、部屋で前菜的な一杯はどうかと誘うと、しぶしぶ承諾した。今となっては正確な時刻やその他の状況は不明のままである。まさかそれをその後何カ月も経ってから、警察の内部調査を担当する冗談の通じない同僚たちに何度も説明するはめになるとは夢にも思っていなかったからだ。

「きみに見せたいものがあるんだ」ベックストレームはそう言って、自分でいちばんチャーミングだと思っている笑顔を相手に撃ちこむと、バスルームに滑りこんだ。

「早くしてね」カーリンの不機嫌な声がドアの向こうから聞こえる。カーリンはグラスの中身をすすりながら、急に高飛車な声になっていた。

電話ボックスのスーパーマンより素早く、ベックストレームはそれとは逆の行動に出た。服を脱ぎ、腹の周りにバスタオルを巻いたのだ。その姿で堂々とバスルームから登場すると、覆っていたタオルを床に落とした。

「さあどうだ」ベックストレームは腹を引っこめ、胸を張った。そんな必要はまったくないのだが、たまにはサービスしてやってもいいだろう。

「あなた、頭がおかしくなったの？　すぐにその小さな代物を引っこめてちょうだい！」カーリンはソファから飛び上がり、一瞬のうちにハンドバッグと上着を摑むと、ずかずかとドアまで進み、乱暴にドアを閉めた。

まったく、女ってのは——。なんだ、その小さな代物ってのは。いったいなんのことを言ってるんだ？

まずは再び服を身に着けた。それからバーに下りてみると、ローゲションが片隅でにやにや笑っているだけだった。それ以外に名案もなかったので、仕方なく自分もそこに腰をかけ、小さな強いやつを何杯か喉に流しこんだ。あとで部屋に戻ったときには、少なくともおやすみくらい言おうとカーリンに電話をかけた。自分は根に持つタイプじゃないということを示すために。しかし口を開く前に相手は受話器を投げつけた。そのあと電話線も抜いたようだ。というのも、何度かけ直してもカーリンも留守電も生きている兆しが見えなかったからだ。まったく、可愛いイエゴンをおれに押し付けて逃げたおかしな女とそっくりだ——。

62

土曜日の朝、レヴィンはエヴァ・スヴァンストレームを連れて列車に乗りこみ、デンマークのコペンハーゲンに向かった。それは完全に秘密裡に準備したサプライズで、エヴァは子供のように喜んだ。

「なぜ何も言ってくれなかったの」

「言ったらサプライズにならないだろう？」

「すごく楽しみ！　実はコペンハーゲンには行ったことなかったの」

　まずは遊園地〈チボリ〉に行き、ジェットコースターとメリーゴーラウンドに乗った。それからのんびりストロイエ大通りを散策した。ニューハウン波止場で素敵なレストランを発見し、デンマーク式の朝食をがっつり腹に収めた。ニシンの酢漬けにオープンサンドイッチ、それに定番の副菜。太陽はスモーランドと同じように輝いていたが、ここの暑さは意外に耐えられるもので、レヴィンはずいぶん久しぶりなくらい気分がよかった。どれくらいよかったかというと、これまでずっと悩んでいたことを口に出す勇気が出たくらいに。

「エヴァ、そろそろわたしたち二人の人生をなんとかしたいと思うんだが」そう言って、彼女の手を握った。

「わたしはもう充分幸せよ。今までこんなに幸せだったことはないわ」

「考えてみてくれ」レヴィンはそう言ったが、魔法のような瞬間は永遠に過ぎてしまい、それでもいい一日になった。それでよかったのかもしれない。もう二度とそのことを口に出す勇気はないかもしれないし。

「新しい長官の話、どう思う？」エヴァは事を荒立てることなく話題を変えようと試みた。

「ラーシュ・マッティン・ヨハンソンのこと」

「実は会ったことがあるんだ。まだ彼が普通の警官だった頃、一緒に捜査をしたことがある。

もう三十年も前の話だ。きみが入ってくる前だな。マリア殺害事件。エンシェーデのアパートで女性が強姦され絞殺された事件だ」

「教えて」エヴァはそう言いつつ、自分の指をレヴィンの指に絡ませた。「どんな人なの？　ヨハンソンは」

「警官としては悪くなかった。皆が彼は〝角の向こう側を見通せる〟なんて言ってたが。確かに、気味が悪いほど真実を見透かせるような能力があったんだ」

「角の向こう側を見通せる警官か……」エヴァ・スヴァンストレームが感動したように言った。「まるでテレビドラマみたい。人間としてはどういう人なの？」

「人間としてか……。平気で死体をまたげるような男だろうな。どこに自分の足が乗っているかも気にせずに」

「あらまあ。じゃあ、とうていまともな人とは言えないわね」

「だがわたしの思い違いかもしれない。彼とわたしはかなり異なったタイプだからね。単に、わたしには理解できない相手なだけかもしれないし」

「どちらにしても手ごわそうね」

「物事を見通せる能力と、その結果にまったく無関心だという組み合わせが、わたしにとっては恐ろしかったのかもしれない。そういうものだろう、スーパーポリスってのは。何もかも見えている。何もかも探り当てるが、その渦中にいる人々がどうなるかなんてみじんも考えない」

「最悪の場合、わたしたちが異動すればいいじゃない。別の部署に応募して。ストックホルム県警は人を探してるわよ。昔の上司がわざわざ電話をかけてきたもの」
「悪くないな」レヴィンはそう言って、なぜかエヴァのほうに身を乗り出し、彼女の髪の香りを嗅ぎ、ほんのわずかだけ、唇で彼女の右のみみたぶと頰に触れた。最悪の場合といってもそれ以上は悪くならないし、どうせそれ以上よくもならないし——。

63

コペンハーゲンから戻った夜、レヴィンはまた五十年近く前のあの夏の夢を見た。初めて本物の自転車をもらった夏。赤いクレセント・ヴァリアント。そして彼に自転車の乗り方を教えるために、夏じゅう休みを取っていた父親のことを。いちばん難しいのは、家に到着する寸前だった。玄関までの砂利の小道が最悪なのだ。庭の白い門から始まり、赤い玄関ポーチまで続いている。

手を離すぞ！　パパがそう叫んだ。少年はしっかりとハンドルを握り、ペダルを踏み、さらにペダルを踏み、自転車ごと砂利の上に倒れた。今度は今まででいちばん痛かった。ひじもひざもすりむいて、急に、自転車の練習なんてやっても無駄なことのように感じられた。

ヤン、さあ立て！　パパがヤンを抱き上げ、髪をくしゃっとやった。「さあ、ココアとチーズを載せたパンと、バンドエイドだ」
　すると、何もかもがいつもどおりになった。

64

　その日曜、ヨハンソンはストックホルムのセーデルマルムにあるヴォルマル・イクスキュルス通りの自宅マンションで、リビングのソファにもたれていた。特大のジントニックを作ってたっぷり氷を入れ、のんびりとリンダ殺害事件の捜査書類を読んだ。それだけで午後じゅうかかったが、妻は女友達と旅行に出かけていて留守だったから、時間ならいくらでもあったし、他にやることもなかった。おまけに最近では——出世してしまったせいで——これが本物の殺人捜査のいちばん近くにいられる瞬間だった。このGMPグループとやらにでも転職してみようか。こいつらは、万事に手助けが必要そうだからな——GMPが行った犯人のプロファイリングに素早く目を通したヨハンソンはそう思った。

　あいつらはヴェクシェーでいったい何をやっているんだ——。四時間後に書類を読み終え、結論を出し、書類を脇にやったときに、ラーシュ・マッティン・ヨハンソンは心の中でつぶやいた。こんな事件、本物の警官なら最初の週に解決できていただろうに――。

65

八月十八日（月曜日）から二十四日（日曜日）、ストックホルム～ヴェクシェー

犯人がリンダを殺して七週目に入ったこの月曜日、ベックストレームはこの事件にほとほと疲れ果てていた。もうDNAを採取することもできない。あの腰巾着《こしぎんちゃく》のオルソンさえ、他の方法でどうにもならないならDNAで犯人を捕まえるしかないとわかっているはずなのに。それに美味しい肉も転がっていない。ジューシーな手がかりも、有望な悪党もいない。いるのは奇妙な百歳の老婆だけ。自分の生まれた日も覚えていないし、犯人は存在しない男にそっくりだと言い張る。あとは、ことによっては目撃者と呼ばれることもある、何も見ていないし聞いてもいないしわかってもいないが、勘違いだけはした人たち。最後に、別世界からの予兆やバイブレーションを受け取ったと言ういつものおじさんやおばさん。おれはいったいここで何をしているんだ。ここは本物の警官がいるにふさわしい場所ではない。そろそろ荷物をまとめてストックホルムに帰ったほうがいいんじゃないか――。

おまけにひどい町に来たものだ。ここに住むおかしな女たちについては言わずもがな、新聞

社やテレビ局、ラジオ局が、彼の捜査班に説教をするために時間を割き始めた。それに責任者たちは、外で汗水たらして働く部下のために立ち上がるべきときにかぎって姿をくらます。つい昨日も、最大手夕刊の雄の「ちょっと一言コメントを……」にも対応しなかったラップ人野郎。まあタブロイド紙の書く内容を信じればの話だが、今回は信じてやってもいいだろう。

それでもまだ足りないみたいに、サンドベリィがベックストレームの部屋に現れた。ドアを閉め、小声で話し始めたが、どうせくだらない内容なのだろう。

「今朝、あなたに対する告発状が入ってきたんです」アンナ・サンドベリィが言った。

「おやおや、今度は何をしたっけな。仕事をこなす以外に」国家犯罪捜査局の綿棒購入費上限でも超えたか？

告発状によれば、強姦未遂。届けを受け付けた同僚によれば、強制わいせつ。同僚は念のため、その届けをよけておいた。

「わたしをからかってるのか？」何が起きたかに気づいたベックストレームが言った。まったく、この地球上にはどれだけおかしな女がいるんだ――。

アンナ・サンドベリィいわく、残念ながらからかっているわけではなかった。告発状によれば、ベックストレームは八月十五日の夜遅く、スタッツホテルの自分の部屋で一部には実際にやったことをやり、一部にはやっていないこともやったことになっていた。被害者はヴェクシェーの地元ラジオ局に勤める女性記者カーリン・オーグリエン四十二歳。告発状を出したのは親しい女友達で、この町の女性シェルターの理事長モア・ヤッティエン。唯一の希望がもてる点は、被害者であるオーグリエンは連絡がつかないし、こういうときはいつもそうだが目撃者がいないことだった。

「いったいなんのことだか」ベックストレームは言った。「その女には指一本触れたことないぞ」おまけに真実だし。

「わたしが担当しているわけじゃありませんから」サンドベリィが煩わしそうに頭を振った。

「耳に入れておいたほうがいいかと思っただけで」

「そのヤッティエンとやらのことは記憶にある。ピンクの布にくるまってうろうろしている太ったご婦人のことだろう。会合のためにここ警察署で会ったぞ。オルソンと親しい仲じゃなかったか」

「とりあえず、わたしは伝えましたので」サンドベリィがなぜかそう繰り返した。

「助かるよ、アンナ」ベックストレームはできるかぎりリラックスした笑顔を作った。「こんな仕事をしていると、いろんな目に遭うものなんだ」そして疲れたため息を付け足した。「それに、目撃者はいないはずだ――。

例の麻酔医をつかまえるのは簡単なことではなかった。職場に戻ってきたとたんに、彼女は手術室で必要とされ、午後になってやっとレヴィンと会う時間ができた。それが重要な件だという前提で、医者としての守秘義務に反しない内容で、レヴィンが病院まで訪ねてくる――その逆ではなくて――なら。警察のほうが、電話で用件を話したくないと言うのだから。

しかしレヴィンが病院で女医のオフィスに座ってみると、何もかも順調に、期待以上にうまくいった。女医は白衣を着て、胸ポケットに聴診器を突っこみ、短い金髪、よく鍛えたしなやかな身体、生き生きとした青い瞳は意志と洞察とユーモアに溢れていた。魅力的な女性だ――とレヴィンは感じた。それと今日の用件はなんの関係もないが。

理由については触れずに、レヴィンは自分が疑問に思っていることを簡潔に説明した。おかしな電話がかかってきませんでしたか？　とりわけ彼女が休暇に入る前夜、もしくは休暇初日の早朝に。

「つまり、七月四日前後の話です」

「巡査見習いの女性の殺人のことかしら。そうなんでしょう？」女医は興味津々な目つきでレヴィンを見つめ、その青い瞳の奥で考えていることは明白だった。

「そうとは言ってません」レヴィンはかすかに微笑んだ。それにしても、ちょっと魅力的すぎやしないか――？

確かに言っていない。言ったのは彼女のほうで、とりたてて答えを期待して訊いたわけでもない。推測はつくのだから。二十四時間前に海外旅行から帰ってくるまで、リンダ殺害事件のことなど知る由もなかった。古い新聞の山を読み終え、職場の休憩室でコーヒータイムを二回こなしたのち、今では他の皆と同じだけのことを知っていた。

「本物の殺人捜査官に会うのは生まれて初めてよ。ましてや国家犯罪捜査局だなんて」

「それはよかった」

「だから、来てくださって嬉しいわ」

「どうも」いったいこの会話はどういう方向に――。

「どうやらあなたは正しい木の銘柄みたいね。こういうとき、そう言うんでしょう？　正しい木の銘柄って。それにあなたの力になれるかもしれない。なぜだかは知らないけど、実はこういうことがあったのよ」

知らない人から電話がかかってくることは滅多にない。というか、かかってくる電話のほとんどは仕事関係だ。もちろん間違い電話がかかってきたこともあるが、そんな電話はすぐに忘れる。気味の悪い電話については、ここヴェクシェーで暮らした二年近くの間で一度も心を煩わす必要がなかった。

「変質者からの電話がかかってくることはないわね。電話番号を公開していないからだといいけど。わたしが歳を取りすぎたわけじゃなくて」女医はそう言って笑った。

彼女がその通話を覚えていたのは、そんな理由からだった。もうひとつの理由は、彼女が七月四日金曜日から海外旅行に行く予定になっていたからだ。コペンハーゲンまで列車で出て、夜遅くにニューヨークへ飛ぶ。そのためにはヴェクシェーを、遅くとも午後四時に出ればよかった。その計画を邪魔だてするものがあるとすれば、それは何か深刻な事故が起きたときで、そうすると彼女は職場で必要とされてしまう。実際、旅行に出る直前、つまり金曜日の午前中にも若手医師のサポートのために緊急出動した。同僚の父親が突然心臓発作で倒れたのだ。

「真夜中に電話が鳴ったとき、自宅で寝ていたんです。ああこれでバカンスが台無しになると思ったわ」

真夜中か――。もう少し詳しい時刻を覚えてはいませんか。

「ベッド脇の目覚まし時計は、0215を表示していた」レヴィンが驚いた顔になったのを見て、女医は微笑んだ。「なぜ覚えているのか不思議なんでしょ?」

「ええ」そしてレヴィンも微笑んだ。最悪の場合、誕生日を覚えているかも確認したほうがいいのか?

麻酔医の人生において、時間というのは重要だった。とりわけ職場からだと思われる夜の電話については。おまけに数字の記憶力はいいほうだし、都合のいいことに常時電話の横に紙とペンを用意してある。まずは時刻をそこに書きとめ、それから受話器を取ったのだ。

「病院からの電話だと確信していたから、とっさにね。職場には、バカンスと美に必要な睡眠をぶち壊しにしたのをわかってもらわなくちゃいけないし、まだ寝ぼけているような声を出したの」

「あなたは名前は名乗らなかったんですね?」

「ええ。相手に聞こえたのは、とても眠そうな長い〝もしもし〟だけ。実際にはぱっちり目が覚めていたけれどね。わざとそうしてやろうと思ったのよ」

「それで、かけてきた人間はなんて言ったんです？ 覚えていますか？」

かけてきた人間は男だった。明るくて感じが良くて、泥酔しているわけでもなくて、声から察するに彼女と同年代のようだった。

「最初英語で何か言われたの。ロングタイム・ノー・シーみたいなことを。それから、〝起こさなかったといいが〟と言われたけど、わたしはそれでもまだ職場からの電話だと思っていたのね。同僚がわざとユーモラスに話しているのかと。だってわたしはアメリカに旅行に行くことになっていたんですから。でもそれから急に、職場ではないのかもと思った」

「なぜです」

「そのときのわたしは、バカンスが台無しになったせいでぶっきらぼうな話しかただった。今度は何人？ どういう事故だったの？ そう尋ねた。そういう時間にかかってくるときは、たいてい交通事故だから」

「それで相手は？」

「急に驚いた声になった。間違い電話をかけたことに気づいたみたいに。〝あなたはどなたですか〟と訊くから、わたしは逆に、〝誰にかけたつもりだったの〟と尋ねた。そのあたりでわたしも、これは職場じゃなくて、単に夜中の間違い電話だと気づいた」

「相手は他に何か?」

「ええ、まずは〝エリクソンではなかったですか〟と訊いてきた。普通はあまりそういう言いかたはしないだろうから、印象に残ったのよね。それにエリクソンといえば電話会社でしょう。たちの悪いいたずら電話かしらと思って。とにかくそのときにはかなり機嫌を損ねていて、〝間違い電話です〟と言ってやったの。そうすると相手は百回くらい謝って、それも本気で申し訳ないと思ってるみたいだったし、わたし自身もバカンスが救われたと思って機嫌を直した。だから〝いいのよ、もう間違えないでくださいね〟みたいなことを言ったわ」

「それで終わりですか」

「いいえ」麻酔医は首を横に振った。「実はあと一言だけあるの。それがなかなかチャーミングだったから覚えているのよ」

「なるべくそのとおりに言ってもらえますか?」レヴィンはそう言って、テープレコーダーがちゃんと回っているかどうかを確認した。

「わかったわ。彼はこう言ったの。〝これはブラインドデートを申しこむタイミングじゃないね〟と。ええ、そう言ったのよ。だけど返事をする間もなく彼は電話を切ってしまった。ちょっと残念に思ったくらいよ。だってなかなかチャーミングで感じのいい人だったんだもの」女医はそう言って、レヴィンに微笑みかけた。

「明るくて、泥酔していなくて、感じがよくて、チャーミングな男……」

「そう。これが真夜中じゃなかったら、どうなってたかしらね」女医はさらに笑顔を浮かべた。

「そうそう、そのあとなかなか寝つけなかったもの。ベッドの中で、実際に会っても声のとおりに感じがよくて、チャーミングでハンサムかしらなんて考えていたら」

「またかかってこないかと期待しました？」レヴィンも笑顔で続けた。

「どうかしら。そこまでは困っていないかもね。まあ、今はまだ」

「その後、結局連絡はないですか？」

「バカンスから帰ってきて聞いた留守電の中にはなかったわ」女医は肩をすくめた。「つまらない内容ばかりだった。それに、なぜまたかけてくるわけがあるの」

他のことで忙しくなったのかもしれん――とレヴィンは思った。じゃなきゃまたかけてきたはずだ。そいつが、わたしが思っているような男なら。

「他にも何か思い出したら、連絡をいただけませんか」レヴィンは名刺を差し出した。

「もちろんよ」女医はそれを白衣の胸ポケットに入れる前にじっと見つめた。「美しい夏のヴェクシェーを案内してほしければ、ぜひ連絡してちょうだい。わたしの番号はもう知ってるわよね」


レヴィンは警察署に戻った瞬間に、現在は公安警察で警部として働いている古い友人に電話をかけた。おまけにレヴィンに色々借りがある友人だ。まずはあれこれ世間話をして社交的な前置きを終えてから、レヴィンは用件を切り出した。

公の安全とは関係ないが、深刻な犯罪に関わることだ。固定電話の通話を調べてほしい。今回ばかりは都合のよいことに、正確な時刻も電話がかかってきた先の番号もわかっている。知りたいのはかけたほうの番号と、その番号の契約者――そして願わくは、それをかけた人間が誰なのか。

「きみの手を煩わせる理由は、こういうことにかけてはきみたちの右に出る者はいないからだ」レヴィンはお世辞を織り交ぜた。

「まあな」古い友人は同調した。「これが未来の同僚殺害事件の捜査だと考えても、それほど間違ってはないな？　きみがかけてきたことと、ヴェクシェーの市外局番だというのを考えると」

「大当たりだよ。どのくらい時間がかかる？」

レヴィンの情報が正しいとして――つまり通話がその番号に七月四日の朝二時十五分にかけられたとして――まあ基本的にはすぐに折り返せるはずだ。

「遅くとも明日の午前中には連絡する。だからあとは祈るのみだな。きみもよく知ってのとおり、こういう電話はたいていの場合プリペイド式の携帯からの通話だ。その場合、持ち主を割り出すのは不可能だ」

「そういう携帯じゃないという予感がするんだ」今回にかぎっては――。

66

ヴェクシェーの北四百キロにあるストックホルムの警察本部の立派な建物で、国家犯罪捜査局の長官は血圧が上昇するのを感じていた。おまけにその理由というのが、彼のデスクの上に積み上がりつつある様々な案件の中でももっとももくだらない件なのだ。ベックストレーム・サーカス団が町へやってきたってか――？　ラーシュ・マッティン・ヨハンソンは苦々しくそう思った。

まずは経理部門の感じの良い若い女性とミーティングをした。彼女は週末じゅうかかって、最初はきちんと重ねられていた書類にヨハンソンが残した赤い疑問符を解決しようとした。にもかかわらず、うまくはいかなかった。衛生費、会議用消耗品から匿名の情報提供者とのディナーまで、数々の不思議な請求書が残っていた。どれもベックストレーム警部のサインがあり、総額二万クローネ近い額になる。おまけに明細のない現金出金もあった。これも同じベックストレームによるもので、こちらは総額一万二千クローネ。そこに、この種の冒険旅行につきもののまともな請求書を加えると、給与や社会保険料は加味せずとも、すでに三十万クローネに上っていた。

「これはいったいどういうことなんだ？　ここだけの話」ヨハンソンは相手に答えを促すようにうなずいた。

「誰かがジャムの瓶に手を突っこんだようです。ここだけの話、こんなことは初めてじゃありません。それになぜか、署名にも見覚えがあります」

「きみはこれまで、もっとひどいものも見てきたんだろう」ヨハンソンは急に今までになく気分が高揚した。

「もっとずっとひどいですよ」経理の女性は感情と強調をこめて答えた。「長年の間に、ずいぶん不思議な請求書を目にしてきました」

「今までいちばん不思議だったのは？」ヨハンソンは好奇心から尋ねた。

「前会計年度に、干し草二トンというのがありましたね。去年の冬のことで、たいした金額ではなかったんですが。二、三千クローネくらい」

「誰がその請求書に署名したのかは想像がつく」ヨハンソンがうめいた。

「特殊部隊が何かの訓練に使ったんですよね？　いつもいろんな高いところから飛び降りているんですから。きっと、ちょっとは柔らかいところに着地したかったんでしょう。でももちろん。ベックストレーム警部のヴェクシェーでのクリーニング代もいい線いってます。ホテルに明細を請求したんですよ。わたしには夫と三人の子供がいて、いずれも本物の泥豚ちゃんです。

この話はこの部屋の中に留めておいてほしいんですが――ベックストレームに比べれば、うちの家族などずぶの素人です」

「続けてくれ」ヨハンソンは嬉々として言った。

ヴェクシェーに到着した同日、ベックストレームは部下に頼んでホテルで洗濯物をクリーニングに出し、数日後には仕上がったものが返ってきた。それにくっついてきた請求書はベックストレームによって署名され、説明は〝任務遂行にあたっての衛生費〟と手書きされているだけだった。経理の女性がホテルから取りよせた明細のコピーには――なぜかその明細は請求書に添付されていなかったのだが――クリーニングに出されたものが具体的に明記されていた。

〝紳士用下着（ショート丈）二十七枚、紳士用下着（ロング丈）二枚、紳士用肌着三十一枚、靴下十四足、ネクタイ九本、Tシャツ（長袖）四枚、シャツ十四枚、ズボン（ロング丈）三本、ズボン（ショート丈）二本、背広一着、三つ揃いスーツ一着〟

「三つ揃いだって？」ヨハンソンは子供のような笑顔を浮かべた。「そう書いてあるのか？ 三つ揃いと」

「ええ、三つ揃いと」経理の女性が請け合い、彼女もボスと同じくらい嬉しそうだった。「なお、わたしはそれを見たことがあると思います。茶色のストライプのスーツで、ベックストレームが毎日服を着替えるという評判は聞いたことがありませんからね」

「驚異的だな」ヨハンソンは心から感動している様子だった。「ではこうしよう……」

ベックストレームの直属の上司である警視正がやってきたとき、ヨハンソンはこれ以上ないくらいに機嫌がよかった。警視正にはその原因がさっぱりわからなかったし、三晩続けてヨハンソンが登場する悪夢を見たし、起きている時間はずっとこのミーティングに恐れおののいていたので、彼は即座に理解した。これは死に近い経験になる――。ついに自分の番がきたのだ。「さてと、どう料理するかな」ヨハンソンはにこやかに書類の束をめくった。「ああところで、コーヒーは？」

「いえ、いえいえ、けっこうです」警視正は丁重に断った。この男は純血のサディストにちがいない。コーヒー一杯にお茶菓子、それは最後の晩餐の格安バージョンなのか――？

ヨハンソンが知りたいのは次の三点だった。なぜ警視正はこの六人をヴェクシェーに送ったのか。なぜベックストレームを責任者に据えたのか。ホテルで夜通しポルノチャンネルを観ていたのは誰か。それは国家犯罪捜査局の職員が、任務中にいちばんやってはいけないことなのに。禁止事項の長いリストの冒頭に書いてあるのがわからんのか？

警視正によれば、その問いに答えるのは簡単ではなかった。まず第一に、彼自身は断じて誰も、何も、ヴェクシェーには送っていない。すでに説明したとおり――長官、お言葉ですが自分はそのとき休暇中で、その決定を下したのはあなたの前任のニィランデルです。なぜニィランデルがベックストレームを責任者に任命したのかはわたしの推測の範囲を超えていて、ポルノ映画鑑賞については現在のところまだ調査中です。

「それはわかっている」ヨハンソンが相手を遮《さえぎ》った。「だが考えてはみただろう？　ヤン・レヴィンもヴェクシェーに行っているようじゃないか。なぜレヴィンが責任者ではない。わたしが知っていた時分には、まともな警官だったが？」

「レヴィンは責任者になるのを嫌がるので……。わたしの理解ではこういうことです。ニィランデルは秘書にベックストレームを呼び出させた。なぜ彼かというのは不明ですが、とにかく彼が任務を任され、そのときに身体が空いていた同僚を集めた。ベックストレームを除いては――彼は確かに独特な男ですから。だが、それ以外のメンバーは何も問題ない。例えば、レヴィンは経験豊かだし能力もある。スウェーデンでもっとも優秀な殺人捜査官の一人でしょう」

「どうだかな」もっといいのはいくらでもいるぞ。「ローゲションについてはどうだ。わたしの理解が正しければ、ポルノ映画の請求は彼の部屋についているようだが」

「ですが彼自身はその夜ストックホルムにいました。警察の車を金曜の夜にここのガレージに返して、日曜の昼過ぎに再び借り出しています。なので彼のはずがない」

「では誰だったのか調べてくれ」ヨハンソンはいつもどおりの声に戻っていた。

「全力を尽くします」警視正が請け合った。

「誰だかわかればそれでいい。そいつをこの建物から蹴り出すか、異動にしてやる」

67

その朝、朝食を食べに下りる前に、ヤン・レヴィンが自分の部屋で平和にスモーランド・ポステン紙を読んでいると、購買責任者のロイ・エドヴァションが四十八歳が一面に大きな写真入りで登場していた。写真から察するに、ロイ・エドヴァションは人生の脂ののりきった時期でちょうどよく太ってもいて、男らしい伝統的なスウェーデンの夏の装いに身を包んでいた。靴下にサンダル、膝丈の半ズボン、縞模様のTシャツ。チェック柄の野球帽。野球帽は季節柄、薄手の生地だ。エドヴァションは自分のメルセデスに心地よくもたれ、自信と物質的な充実感を放っていた。その上、生まれも育ちも勤務地もヴェクシェーだった。

彼の記事をスモーランド・ポステン紙で読むことができた理由というのは、食品庁が行った大規模な調査で、スモーランド人は日々の糧《かて》を購入するさいに、他地方のスウェーデン人よりもエコマークのついた製品を選ぶことにこだわらないという結果が出たからだ。環境問題については、世界でもっとも有名なスモーランド人がかつて素晴らしい貢献をしたというのに。作家アストリッド・リンドグレーンが雌鶏を籠から解放したり、豚さんたちがクリスマスまでは幸福に暮らせるように尽力したりしたのだ。

新聞記者は町にも出て、簡単な調査を行った。町の人々に、エコマークのついた食品やその他の製品についてどう思うかと意見を訊いたのだ。そこで得られた回答の大半は、食品庁の報告を裏付けるものだった。否定的な立場をとる人々の根拠は完全に一致していた。エコマークのついた食品は普通の食品より高いのに、どうせどれも同じ味だから。

なおこの点についてのロイ・エドヴァション四十八歳の答えは例外的だった。現職に就いているにもかかわらず、その問いについてはまったく見識がなかった。

「わたしに訊かないでくれよ」エドヴァションは答えた。「自分で買い物なんかしない。もう何年も前から結婚しているんだから」

そんな人間がまだいたのか——レヴィンは感心し、ハサミに手を伸ばした。自身のヴェクシェー出張の思い出に、ロイ・エドヴァションの人生の洞察を加えるために。

68

朝食のあと、レヴィンは同僚たちの足跡をたどることにした。しかし誰にも話さずに出かけたので、一歩ごとに罪悪感を感じてもいた。まずは九十二歳の目撃者の眼鏡技師を訪ね、皆のためにも彼女の視力について掘り下げようとしていた。

眼鏡技師は六十歳くらいの男性で、その眼鏡店の経営者でもあった。父親の店を継いだのだ。そしてここ三十年、レヴィンたちの参考人の眼鏡の世話をしてきた。その間に購入された眼鏡は合計二本、それにちょっとした修理が何度か――つまりお得意様というわけではなかった。彼女が最後に店に来たのは六年前で、そのときの視力測定では、五年前に購入した眼鏡でまだ充分に間に合うということになった。つまり最後に眼鏡を作ったのは彼女が八十の坂を越えた直後のことで、基本的には新しいフレームが必要になったせいだった。

老婆は近視だったが、それは生まれつきで、歳を取ったからといって悪くなる様子はなかった。眼鏡をかけているという前提なら、前回の検査から劇的に悪くなっていないかぎり視力は正常に機能しているはずで、レヴィンが尋ねたように約二十メートルの距離で人物を見分けられるかどうかは、まったく可能だということだった。ただし、眼鏡をかけていなければ無理だろう。それは論外だ。その距離で眼鏡をかけていなければ、動いているかどうかとか、人間と犬のちがいくらいはわかるかもしれないが、犬と猫のちがいはとうていわからないはずだ。

それに老人の視力には別の問題もあった。視覚とは直接関係のないことだが、それでも老人たちの日常であり現実であり、丁寧《ていねい》な眼鏡技師ならば必ず考慮に入れる点が。

「お年寄りの視力というのは、肉体や精神の状態に大きく左右されるんです。頻繁にめまいや複視が起きるし、光の具合にも繊細に反応する。なので突然混乱をきたしたり、物を取り違えたりする。しかしその瞬間が過ぎ去ると、また元通りになる。ここにやってくるお年寄りに新しい眼鏡を作るための視力検査をすると、いちばん下の段まで見えるときもある。しかし次に来たときにその眼鏡をかけてみると、いちばん上の段もわからないことがある。前の晩よく寝られなかったとか、子供と喧嘩したとかそんな理由でね」

「だが普段どおりの状態だったとして、眼鏡もかけていたら、ある人物を見分けることはできますか。前から知っている人なら」レヴィンが質問を総括した。

「ああ、そうですね。でも、言ったとおり精神的な要素もある。人を取り違えたり、知らない人なのに知っている人だと間違えたりする。見た目が似ているからといってね。その場合彼らの口から出てくる説明は知っている人のことであって、実際に見た人間のことじゃない。わたしは眼科医ではないが、それでもそういう話は数えきれないほど耳にしてきましたよ」

かたやこうだ、その一方でああだ――レヴィンは心の中でため息をついた。そのしばらくあとに目撃者が住むマンションの呼び鈴を鳴らしたときに。エヴァ・スヴァンストレームに頼んで事前に電話で連絡を入れてもらったので、老婆は覗き穴も確認せずにドアを開けた。まあともかく、そうだからだと信じたい。

「ヤン・レヴィンです。国家犯罪捜査局から来ました」レヴィンは身分証を掲げ、信頼感を与える笑顔を作った。おばあちゃんはどうやら元気で機嫌もよさそうだ――レヴィンは期待に胸をふくらませた。

「どうぞどうぞ、お入りなさい」老婆はそう言うと、ゴムのついた杖で家の中を指した。

「ありがとうございます」それに身体もちゃんと動くようだ。レヴィンの期待はさらに高まった。

「お礼を言うのはこちらですよ。警部さん、あれは単なる妄想じゃありませんからね。前に来た子、あの子はただの警官だったけど」参考人は好奇心を隠せない顔で客を見つめた。

まずは誕生日のことを持ち出し、老婆もレヴィンの祖母と同じ類《たぐい》の牧師に当たってしまったことが判明した。おまけに彼女の両親が日付が間違っていることに気づいたのは、何年も経ってからだった。

「学校に上がるときになって初めて、出生簿に間違った月が書かれていることに父が気づいてね。でもそのときには新しい牧師になっていて、その牧師はどうしても一度書かれたものを変更したくないと……。だからそのままになったんですよ」

一時は彼女も間違った月に登録されたことに腹を立てた。しかし歳を取るにつれ、毎年一カ月早く加齢することの重みは次第に薄れ、ましてや最初の年金が振りこまれたときには牧師に感謝の念を感じたほどだった。

「運が良ければ、一カ月分余分に年金をもらったままになるよ」彼女はそう言ってレヴィンに微笑みかけた。「そういうのは、ありがたくもらっておけばいいんですよ」

誕生日が間違っていることについては、これまでとりたてて問題はなかった。彼女が誕生日を祝うのは七月四日であり、ずっとそうしてきたし、牧師の間違いをあの女性警官に話さなかったのは単に思いつかなかっただけ。警官のほうも尋ねなかったし、すでに知っているのかと思っていた。ちょっとした誤解でしょう——。つまり彼女がバルコニーに座っていたのは、まぎれもなく七月四日の朝六時ごろだった。いつもと同じ夏の一日ではあるが、この日にかぎっては朝のコーヒーに一切れのプリンセスケーキを添えたのだ。

「全部お盆に載せたんですよ。そうすれば行ったり来たりしなくてすむでしょう。だってあたしは杖をついてるんですからね」

残る問題をどう解決すればいいだろうか——レヴィンは頭をひねった。

「それで警部さんはきっと、あたしがそのとき眼鏡をかけていたかどうか知りたいんでしょう」目撃者は眼鏡越しにレヴィンにウインクしてみせた。

「ええ」レヴィンは優しく微笑んだ。「ルードベリィ夫人は眼鏡をかけていらしたのかな?」

もちろんですよ——と老婆は答えた。布団に入る前に最後にやることは、眼鏡を外してベッドサイドテーブルのすぐ手の届くところに置くこと。そして毎朝ベッドを出る前にまずやることは、その眼鏡をかけることだった。

「眼鏡なしでバルコニーに何をしに行くのさ。何も見えないのに。そもそもバルコニーまでたどりつけませんよ」

ではあとは、駐車場で車をいじっていた男のことだな。こんなに楽に話が進んでいいものだろうか。

背はわりと低くて、髪が濃い茶色で、きびきびした動きだった。いい身体をしていた——最近ではそう言うんだろ？　あたしが若い頃の伊達《だて》男みたいにいい男だったよ。

「でもあの頃は誰もスポーツジムには通わなかった。スタイルをよくするためなんかにねえ」

何歳くらいでしたか？　レヴィンが尋ねた。

あたしと同じくらいだろうかね。あの感じだし、あたしがじっと見つめてしまったくらいだし……。でももちろん数歳は年上だね。いい男ってのは、みんな数歳年上だからね。あたしの理解が正しければ、今でもそうだろ？

「だから二十五歳くらいかねえ。三十歳か。まあでもねえ、最近では誰でも若く見えるから、もっと年上だったのかもしれないね」老婆はそう言ってため息をついた。

「ルードベリィ夫人は、その人を知っていると思ったんですよね？」レヴィンが慎重に指摘した。

「ええ、だけどそれは完全に誤解だったよ」老婆はくすくす笑った。

「どういう意味です？」

「誰か別の人と取り違えたみたい」

「ほう、つまり……」

「つい先日、ここのマンションの管理人と話したんですよ。うちの冷蔵庫を見にきてもらってね。恐ろしい騒音を立てるから、夜も眠れなくて。そのときに盗まれたという車の話になったんだけれど。ラジオでもその話をしていたからね。だから女性の警官に言ったのと同じことを話したんですよ。機長の息子がその車で別荘に行ったんだと思うってね」

「なるほど」レヴィンは先を促すようにうなずいた。

「でもそれは勘違いだったようね」

「つまりどういうことですか？」レヴィンが忍耐強く尋ねた。

「だって、息子はいないんだよ。だから勘違い。うちの父ならこういうとき、石を鎌で刈る——なんて言っただろうね」

「つまり、誰か別の人間と似ていたわけですか」

「そういうことだろうね」老婆は急に歳を取って見えた。「息子がいないということは、息子はいないんだ」

「管理人は、機長に息子がいないのを知っていたんですか？」

「あの男はなんでも知ってるよ」老婆が語気を強めた。「この区画に住む全員のすべてを知ってる。とにかくそうなの。あの機長は二人娘がいる。それは絶対にそうだし、管理人もまったくそのとおりだと言った。でもあたしが見たのはその二人じゃない。いやいや、まだそこまでは老いぼれちゃいないからね」

「ルードベリィ夫人はそのことについてずいぶん考えたようですが」レヴィンが食い下がった。「他の人じゃありませんでした？　ここに住んでいる人とか、知っている人。もしくは以前見かけた人に似ているとか？」

「いいや」老婆は断固として首を振った。「色々考えたけれども、唯一思いつくのはあの俳優さんくらいだね。『風と共に去りぬ』の、ほらクラーク・ゲーブルだよ。だけど、口髭はもちろんなしで」

「口髭のないクラーク・ゲーブルですね」レヴィンがうなずいた。これはますます面白くなってきたぞ。

「でもクラーク・ゲーブルのわけないね」老婆はため息をついた。

「そうですね。可能性は低いでしょうね」

「だってクラーク・ゲーブルはあたしと同じくらいの歳で、おまけにもう死んでるんじゃなかったか」

「ええ、そうですね。確か、ずいぶん前に」

「だったら彼のはずはないね」老婆もうなずいた。

　警察署に歩いて帰る間に、レヴィンは馴染みのある気分の落ちこみに襲われた。物で溢れた小さなマンション。家族、親戚、友人のポートレート。かつて共に集った人々が、今は全員死んでいる。年寄りの家に必ず漂っている特別な匂い。どんなに隅々まで掃除しても、これからあと二十年生きるとしても。歳のわりには元気できびきびした九十二歳の女性で、まだ独りで暮らすことができている。自分でコーヒーも淹れるし、片手で盆を運ぶこともできる。車椅子どころか、歩行器も使っておらず、力をかき集めてゴムつきの杖で暮らしている。そうやってバルコニーまで出ていくのだ。

この国の老人福祉が提供する死の待合室に入るまでには、まだまだ時間がありそうだ。この老婆ほど運のよくなかった人は、彼女よりずっと若くても、そこに入るのだ。リノリウムの床。つけっぱなしのテレビはもう誰もチャンネルを変えようと思わない。煮魚に温かいフルーツスープ、それをスプーンで食べさせる。マットレスが曲がった背骨を受け止め、疲れた肺には補助器具がつながっている。そこに残された自由は、すべてを終わりにするという選択肢だけ。その自由の存在を意識していればの話だが。そこでは死が辛抱強く待ちかまえている。人生を生きていたときにどんな人間だったとしても。


「クラーク・ゲーブルに似ていたって?」その一時間後、サンドベリィが言った。

「だが口髭はなし」レヴィンがかすかに笑みを浮かべた。

「実は、機長の義理の息子の写真を見てみたんですよ。ヘンリック・ヨハンソンという名前で、三十八歳。副操縦士で、機長の下の娘と結婚しています」

「どんな容貌だった?」

「クラーク・ゲーブルにはちっとも似ていません。ちなみにわたしは『風と共に去りぬ』のビデオを数えきれないくらい観た女ですよ」そしてサンドベリィは続けた。「犯人の似顔絵でも作りますか？　他に何も思いつかないし」

「神よ、我々を救いたまえ――」レヴィンが首を横に振った。クラーク・ゲーブルの似顔絵を作るってのか？　それなら口髭を消すだけでいいだろう。そう考えると、レヴィンの心はもう明るくなっていた。

オルソンはベックストレームに二人きりで話せないかと頼み、その内容はベックストレームが前日にすでに聞いたものだった。

「ああ、その件なら知っている」ベックストレームは意気揚々と言った。「ピンクの布をかぶったおかしな女だろう。きみがわたしを誘った会議で会った。会ったのはその一度だけで、今後しばらく会うことはなさそうだな。で、きみたちは親しいのかい？」

「ベックストレーム、誤解しないでくれたまえ」オルソンは警官お決まりのポーズを決めた。手をかざして、相手の発言を却下するように振ったのだ。「わたしはきみに警告しにきただけなんだ。悪意ある噂が耳に入る前にね」

「そんなことは長年の間にすっかり慣れてしまったよ。ところでオルソン、知っているかね。今現在、我々が鎮圧しようとしている悪党や変質者から訴えられている同僚が、全国に何人いるのか」ベックストレームは答えを促すようにオルソンにうなずきかけ、相手のほうはそれほど楽しそうな表情ではなかった。

「残念ながら、かなりの数になるんだろうな」

「約二千人だ」ベックストレームが言い放った。「警察隊の十五パーセントだぞ。基本的には、きちんと仕事をしようとしているやつら全員だ」

「いや実に恐ろしい話だ」オルソンは何が恐ろしいのかには言及することなく、そう同意した。

「そのうち有罪判決を受ける同僚が何人いると思う」一度捕まえた獲物は逃がすまいとばかりにベックストレームが続けた。

「それほどはいないんだろう？」

「面白い男だな、きみは。年に一人か二人だ。千人に一人以下だぞ。最善を尽くして汚れ仕事をする同僚のうちの」

「いや実に嘆かわしい状況だな」オルソンはそう言って、立ち上がろうとした。

「本来なら労働組合に相談して、虚偽告発の告訴状を出すところだ」

「被害者に対してかい」

「いいや、ピンクの布のバカ女にだ。そもそも被害者などいないと思ったが？　まあよく考えてみたまえ」ベックストレームは寛容に言った。

「どういう意味だね」オルソンが怯えたように尋ねた。

「あのピンクの女を訴えたほうがいいかどうかだよ」思い知るがいい、この腰巾着《こしぎんちゃく》め。

「その必要はないんじゃないか？」オルソンは立ち上がった。

「ベックストレームはなんて？　自分の行動を弁護したか？」その五分後、県警本部長が尋ねた。

「まったく話になりませんでしたよ」オルソンはため息をついた。「モア・ヤッティエンを虚偽告発で訴えるべきだなんて。労働組合に相談しようかとも言っていた」

「なんだと、そんなことをする必要があるのか？」県警本部長がうめいた。「ところで被害者とは話したのか？」

「電話だけです」

「それでなんて？」

「その話はしたくないと言うばかりで。警察沙汰にはしたくないと。ですが何か怪しいですよ」

「ああ、もちろんだ。こういう場合は必ずそうだ。だがこれは同僚に関わる話であって、被害者が協力したくないというなら、どうすればいいのかわたしにもさっぱり……。わたしの理解が間違っていたら教えてくれ。つまりベックストレームはそのヤッティエンという女性を襲ったのだな？」

「ベックストレームの新しい上司と話したほうがいいかもしれません」オルソンが提案した。

「あのヨハンソンという男です」

「ラーシュ・マッティン・ヨハンソンのことか？　新しいＲＫＣの」

「ええ、そうです。遅かれ早かれ彼の耳にも入るでしょう」

「わかった、検討してみるよ」オルソンはどうしてしまったんだ。わたしはこの男のことを完全に誤解していたようだ――。

午後になり、ホテルに帰る直前に、公安警察の知人がレヴィンに電話をかけてきて、レヴィンがほしがっていた情報についての報告を上げた。

「ヤン、きみはまったく正しかったよ」公安警察の同僚が言った。「職場から渡されている普通の携帯だった。契約者はヴェクシェー市、あと一昼夜くれればその携帯を使用している人間の名前を突き止める。市の職員は何百人といるからな」

「やってもらえるのなら、本当にありがたいよ。きみの手をあまり煩わせないといいが」

煩わせるなんてことはまったくない――と旧知の同僚が言った。公安警察にはもちろん、うまい具合にヴェクシェー市役所に戦略的に配置された情報源がいるのだ。あとは一昼夜だけ時間をもらえればいい。

「そうか、ではよろしく。本当に感謝しているよ」

「なんてことはない。明日じゅうには連絡する。夜中にいたずら電話をかける悪ガキの名前を知らせにね。他にも色々面白いことがあるが、それはまたにしよう。全体像が見えてからだ」

「まったく、感謝してもしきれないな」ひょっとすると、ひょっとしないかもしれないが、ひょっとするのかも――？　そしてなぜだかわからないままに、昔から馴染みのある気分の落ちこみを感じた。自分が間もなく真実を暴くと直感したときに、毎回感じるものだ。生身の人間に、影響を与えることになる真実を。

69

夢の中ではもっとひどくなることもあった。落ちこむどころではない。生々しい不安が身体を振り子のように揺らし、回し、奈落の底へ落とし、脚をシーツに絡ませたまま、身体がベッドの真ん中で汗だくの直線になる。過去の自分へと引き渡されるが、起きているときのように別のことを考えて自分を守ることもできない。

しかしこの夜はちがった。

もう五十年以上前のインディアン・サマー。ヤン・レヴィンは初めての自転車を買ってもらった。赤いクレセント・ヴァリアント。高貴な騎士ヴァリアント王子の名を冠しているが、王子が生きていたのはずっと前で、その頃には自転車などなく馬に乗っていた。

何度目だったのかは、忘れてしまった。パパが自転車の後ろで荷台を摑んで、励ましながら走ってくれたのは。

少年はハンドルを握りしめ、力のかぎりペダルを踏み、とりあえず目をつぶらないでいられるようにはなった。転んで膝をすりむくとわかっても。そしてあとはいちばん恐ろしい部分が残っているだけだった。白い門の間を通って赤い玄関へと続く砂利の小道。そこできっとママが立っている。今日は木曜日だから晩御飯にパンケーキを焼いてくれているはずだ。

大丈夫だ、ヤン。背後からパパの声が聞こえた。パパがしっかり握っているから。大丈夫だ。パパがいるぞ。

少年はペダルを踏み、ハンドルを握り、いつもより安定したまま進んだ。だってパパが後ろでもっててくれてるんだから。玄関に着くと少年はこわごわブレーキをかけ、左足を地面に下ろすと、自転車から降りた。

そして振り返ると、パパは白い門のところに立ったままだった。よく日に焼けた顔に笑顔を浮かべ、息子の髪をくしゃっとやるには遠すぎた。でも、もうその必要もないのだ。

70

クロノベリィ県の県警本部長が国家犯罪捜査局の長官に電話する必要はなかった。水曜の午前に、ラーシュ・マッティン・ヨハンソンその人から電話がかかってきたからだ。

「単刀直入に言おう」ヨハンソンが言った。「ベックストレームの件だ。どうしてもそっちで必要というわけでなければ、ストックホルムに戻そうと思う。その代わりに、別の人間を送ってやるぞ」

「ああ、ええ」県警本部長は答えた。「どなたでも来ていただければありがたいかぎりです。ですからベックストレームにそちらでもっと重要な任務があるというのであれば、ええ、もちろん了解であります」

「もっと重要な任務だと？」ヨハンソンが鼻で笑った。「戻ってきたらみっちり説教してやる。それが終わってから、そもそも今後も任務を与えるかどうかよく考えるつもりだ」

「あの訴えのことであれば、善良なるベックストレームに評価を下す前によくお考えになったほうがよいかと」県警本部長は声が震えないよう努力した。

「なんの話だ。どの訴えのことだ？」


こうなってしまったからには、二日前にヴェクシェー警察に届いたエーヴェルト・ベックストレーム警部に対する告発状について話すしかなかった。

「それは実に奇妙な告発状だな」その五分後、話の長い同僚がやっと句点にたどりついたとき、ヨハンソンが言った。

「わたしが間違っていたら指摘してくれ」ヨハンソンは先を続けた。「つまりヴェクシェーの女性シェルターの理事長から告発状が出された。その内容はベックストレームが女性記者に対して、わたしの所有する版の法律書では強制わいせつ罪に当たる行為を行った。だがその女性記者は不明な理由により、それについて話すことはおろか、訴えたくもないと」

「ええ、それが概要です」県警本部長が同意した。「それに、昨日届いたあの陳述書も……」

「今、その話をしようとしたところだ。きみたちが改めて被害者に連絡を取ったが、被害者はやはり被害届を出すことを拒否した。そのあとに告発状の提出人が警察署にやってきて、陳述書のようなものを提出した。彼女ともう一人の参考人による、被害者との会話の覚書のようなものだ。ひとつ質問だ。そのもう一人の参考人とは？」

「この町の男性シェルターの代表です。名前はベングト・カールソン。告発状を出した女性シェルターの理事長のほうはモア・ヤッティエンといって……」

「もうさっぱり意味がわからない」ヨハンソンが遮《さえぎ》った。「さっき被害者は、ヤッティエンにだけ話したと言わなかったか？　それならばそのカールソンは何を陳述するんだ？」

「ええ、それは否定の余地なく少々不明瞭です」

「そうは思わない。わたしの辞書では、それは明らかに虚偽の陳述だ」

「ええ、困りましたね。本当に」

「きみに助言する義理はないが、わたしならその告発状の処理をさっさと進めるか、善良なるベックストレームが労働組合と話をつける前に不受理にする」

「なるほど……」

「あの男は、稀に見るほど厄介な人間だぞ。ベックストレーム一人で好訴狂百人分だ。甘く見ないでもらいたい」

「ご助言には誠に感謝しています」

「ベックストレームの上司から、そちらの捜査責任者に連絡させる。事務的な処理のことで」

ベックストレームの直属の上司は、なんの異論もなかった。経理担当者が参考までに送ってきた資料は、煩わしくもあり見事な内容でもあった。それ以外は何もかもどうでもよかった。彼自身それが起きたとき、夏の休暇中だったのだ。

「別の筋から、ベックストレームに対する告発状が出されたと聞きました。女性記者に局部を露出したと」警視正はそう言って顔を赤らめた。

「耳が腐って落ちる前に、色々なことを聞くはめになるものだな」ヨハンソンは満足気にため息をついた。

「いつまでに連れ戻したらよいでしょうか」

「できるだけ早くだ。遅くとも月曜の朝。わたしのスケジュールに午前中ひとつ空きがあるから、そこに突っこんでやる」そこでみっちり説教をしてやる。

「代わりにヴェクシェーに送る捜査官のご希望はございますか」

「アンナ・ホルトと、あの小さな金髪の子だ。なんて名前だったか……ああ、リサ・マッテイだ。ヴェクシェーに送るにはもったいないような人材だが、ここはこちらの失態を認めて、A級の五つ星を氷上に送り出そうじゃないか」そう言ってなぜか、自分の青いサスペンダーをぴしりと指ではじいた。

「恐れながら、それには問題が」警視正が怯えた顔で提言した。

「問題など存在しない。わたしやきみの世界には挑戦しか存在しないのだ」

「二人ともわたしの部下ではないんです。アンナ・ホルトは国家中央連絡室で警視正の代理を務めているし、マッテイは分析課の警部が夏の休暇中、代理を務めています」

「じゃあなおさらいいじゃないか。ちょうど外に出て身体を動かしたいと思っているところだろう。しっかり手配してくれよ。簡単なことだろう？　そうだ、もうひとつ。もしわたしの下で働き続けるつもりなら、覚えておくがいい」

「なんでしょうか、長官」

「わたしには〝ご希望〟などない。指令を与えるだけだ。それ以上に難しいことじゃない」

その一時間後、警視正は長官の元に戻り、手配が完了したことを伝え、それを伝える間なぜかヨハンソンのデスクの前に立ったままだった。

「ご指令どおりに」警視正はそう締めくくり、同時に踵を鳴らして敬礼しなかったことを後悔したほどだった。

「ご苦労だった」ヨハンソンは優しく微笑みかけた。「よくできたじゃないか」

「長官は二人と話されたいですか？　お望みでしたら、すぐに呼んできますが」警視正は無邪気な顔で尋ねた。

「よろしい。すぐに連れてきなさい」

なぜだかホルトとマッテイは、上司ほどやる気に満ちてはいなかった。ヨハンソンは二人を歓待するために、秘書に頼んで午後のコーヒーとデニッシュとクッキーまで用意させたというのに。ホルトはどれにも首を横に振った。彼女は新しい仕事で忙しく、ましてやベックストレームの尻ぬぐいをしに行くなんて、ちっとも嬉しくはなかった。マッテイのほうは、まあいつものようにニコニコと愛想が良く、「刺激的で楽しそうな任務ですね」なんて言ったが、大学院での学業を終えるために九月一日から休職する予定になっているから、色々と実際的な問題があると感じていた。ましてや今は代理職を務める身なのだ。

「九月までまだ十二日もあるじゃないか。ただの簡単な殺人捜査だぞ？　きみたち二人なら一週間もあれば充分だ」ヨハンソンは女子二人の機嫌を取りつつ、デニッシュをひとつつまんだ。気前よく盛った皿をすすめたのに、客はどちらも首を横に振ったのだから仕方ない。

「それに、外に出て身体を動かせるなんて嬉しいだろう？　線路に耳を当て、一足す一を二にして、それが正しかったのを見極め、深夜に容疑者の家へ向かい、そのときちょうど雨が降り始め、きみたちは車から降りて上着の襟を立て……。窓の中に、そいつがテレビの前に座っているのが見えている。何も気づいていない。このまま逃げ切れるという考えに慣れてきたところなのだ。そしてドアの呼び鈴を鳴らす。足音が近づいてくる……。警察です。あなたに質問があります」ヨハンソンは失われた時を想い、深いため息をついた。

「ラーシュ、よくわかりました。でも、それはわたしたちのことじゃないでしょう」ホルトが優しく微笑みかけた。

「じゃあ誰のことなんだ」ヨハンソンが警戒したように尋ねた。

「本当はあなたが行きたいんでしょう、ラーシュ」ホルトは意地っ張りな子供に言い聞かせるような口調だった。「でも行けないから、わたしたちを送るしかない」

「お前さんはまったく、小さな心理カウンセラーだな、アンナ」ヨハンソンは皮肉な笑いを浮かべた。「スタンディングオベーションまでは期待していなかったとはいえ、〝状況を受け入れろ〟くらいの覚悟は見たいぞ」

「もちろんです。状況を受け入れろ。無駄にややこしくするな、偶然を信じるな。ラーシュ・マッティン・ヨハンソンの〝殺人捜査の黄金の三カ条〟。わたしとリサの心はもうヴェクシェーにあります」

「そのとおりだ。しかし今回にかぎっては、ベックストレームの後始末だということを考えると、きみたちに覚えていてほしい四つ目のルールがある」

「なんでしょう、長官」リサ・マッテイがクラスでいちばんの優等生で、手も上げる必要のない生徒のような顔で訊いた。

「ブレンヴィーンには気をつけろ。長年色々経験をしてきた年寄りからの忠告だ」ヨハンソンはそう言って、大きな菓子皿から今度は小さなクッキーをつまんだ。

71　八月二十日（水曜日）から二十四日（日曜日）、ストックホルム

ホルトとマッテイはその後二日間で、ヴェクシェーのベックストレームと交代するための準備を進めた。事務的なことはベックストレームの直属の上司に手伝ってもらい、半時間ですんだ。自分たちがこれから捜査する事件のあらましについて読みこむのには約二十時間かかり、そこまではまったく普段どおりだった。唯一不思議なのは、長官がその間ずっと姿を現さなかったことだ。しかし金曜の午後になったとき、突然二人の部屋のドア口に立っていた。

「邪魔じゃないといいが」ヨハンソンは椅子に腰かけながら言った。「これについて、きみたちはどう思う」そう言って、彼らの間にあるデスクの上の書類にうなずきかけた。

「あなたはどう思うんです」ヨハンソンのことを長年よく知っていて、前にもこういう経験のあるホルトが言った。

「アンナ、きみが訊くから言うが」ホルトのことを同じくらい長く知っていて、ホルトよりずっと長い経験のあるヨハンソンが言った。「わしに言わせれば、かなり単純明快な事件だ。犯人は被害者の知っていた人間。おそらく母親も。少なくとも会ったことがある。被害者はその男を自主的に部屋に入れた。最初は合意の上で始まり、それが完全に手に負えない状態になり、

命まで奪ってしまった」

「わたしとリサが思ったのもそんなところです」

「それはよかった。これはヴェクシェーの話であって、被害者もその母親もごく普通の善良でまともな人々のようだから、犯人の選択肢もあまりない。さあ、行ってそいつを捕まえてこい。こんなやつを自由に走り回らせておくわけにはいかない。こんなの、難事件というわけじゃないだろう」

「じゃあなぜまだなんです。なぜまだみつかってないんです？」マッテイは好奇心に満ちた瞳で上司を見つめた。「これまでに、もうずいぶんたくさんの人間を洗ったはずでは？」

「ベックストレームだからだろう、おそらく」ヨハンソンは深いため息をついた。

「レヴィンは？」ホルトが反論した。「彼もヴェクシェーに行ってるんでしょう？　それに他の同僚たちも。わたしの知るかぎり、彼らはとりたてて問題のある捜査官ではないわ」

「彼らもその男だとは思っていないんだ」ヨハンソンはまたため息をついた。「なぜならその男は普段は善良でまともで、こういうときに思い浮かぶような人間ではない。もしくはあのばかばかしい綿棒をもって走り回るのに忙しくて、普通の捜査をする時間がなかったかだ」ヨハンソンは肩をすくめた。

「被害者にやったことを考えると、その男にはまったく別の一面があるわけですよね」ホルトが反論した。「つまり、うわべほどまともではない」

「わしが言ってるのはそこだ。今回はありとあらゆるタガが外れた。底が抜けてしまい、なるようになった。昔ある事件の捜査をしたことがある。大昔の話だ。マリア殺害事件といって、被害者がマリアという名前だった。そういえば彼女も教師だったな、リンダの母親と同じように。この話はしたかな？」

「おそらくしていません」ホルトが答えた。まったく、子供みたいなんだから。

「聞かせてください、長官」マッテイは声も顔も興味津々だった。

「仕方ないな、そんなに言うなら」


そしてラーシュ・マッティン・ヨハンソンは語りだした。ストックホルム郊外のエンシェーデに住み、セーデルマルムの高校で教師として働いていたマリア三十七歳の話を。独身で、善良でまともな普通の女性で、皆に好かれていた。友人知人同僚生徒――警察が話を聞いた全員に。クローゼットに死体なんか一体も隠していないし、ベッドサイドテーブルの引き出しに秘密のマッサージ棒を入れてもいない。なのに自分のアパートで強姦され首を絞められて発見された。週の半ばで、真冬だったというのに。クラブで夜遊びしたわけでもなく、殺される前はただ家で作文の添削をしていただけだった。

「われわれは、まずはいつもやることをやった。これまで付き合ってきた男たち、普通の友達や知り合い、同僚、近所の人、死ぬ前に鉢合わせた可能性のある全員を調べた。あとは、こういう犯罪の場合に警察がすぐに確認する昔ながらの顔ぶれ。つまりいつもの強姦魔から謙虚な露出狂、その他、その付近にいた可能性があり、過去に警察のデータベースに痕跡を残したやつら全員だ」

「それで？」もはや答えはわかっていたが、ホルトはそれでも訊いた。

「ゼロだ。だが捜査官の一人が不思議な車に気づいた。事件の数日前に目撃された車だ。その二十四時間後にはすべてがつながった」ヨハンソンはそう言って、しごく満足そうな表情を浮かべた。

その捜査官というのは、いったい誰のことだったのかしらね——アンナ・ホルトはそう考えつつも、子供でもその答えはわかるだろうと思った。

その車はガレージの入口という迷惑な位置に停まっており、二度目にはガレージの主が怒って警察に通報し、車の持ち主を訴えた。その被害届が捜査資料の山のどこかにあったはずなのだが、車の所有者がまったく普通のまともな前科のない四十歳の男だったので、その書類は脇にやられてしまったのだった。

捜査官の一人が、その男はいったい何をしていたのだろうかと不思議に思うまでは。

「被害者が住んでいたのは普通の住宅街だった。それに、車は夜遅くに停まっていたんだ。車の持ち主は既婚者で二人の子持ち、当時ロックスタにあった水道会社のエンジニアだった。住んでいたのはストックホルムの反対側にあるヴェッリングビィのテラスハウスだ。もちろん、そいつがそんな時間にそんなところで何をしていたのだろうと思ったさ」ヨハンソンはそう認めた。仮面を外すことを選んだのか、ただ記憶を自由に流れさせ始めただけなのかは不明だが。「それで、どういうことだったんです?」もはや想像はついていたが、ホルトは訊いた。基本的には、息を止めて夢中で聞いている若い同僚に先んじるために。

昔からよくある悲しい話だよ、とヨハンソンは表現した。おまけに二番目によくあるパターンの。

「既婚者だと言っただろう? 妻の身元を調べると、被害者の同僚だということが発覚した。控えめに言っても、まったく不思議な偶然だ。犯人は学校で職員のパーティーがあったときに妻を迎えに行き、被害者と出会った。二人はそれ以来、秘密の関係をもち始めた。しかし被害者は早々に男自体にも守られない約束にも疲れきり、関係を終わらせた。すると男は新しい恋人ができたのかと疑って理性を失い、夜な夜な彼女を見張った。ついにある晩アパートの呼び鈴を鳴らし、残念ながら彼女は男を入れてしまったんだな。そしてなるようになった。そいつは、突然底が抜けてしまったんだ」

「被害者には新しい恋人がいたんですか?」ホルトが訊いた。

「いいや、いなかったが男が勝手にそう決めつけてしまい、殺意が湧いたんだろう。こんなの普通の簡単な警察の捜査だ」ヨハンソンは謙遜したようにそう言い、肩をすくめた。「近頃の魔術とはちがって。ごく単純で当たりまえのことを証明するために、ラボを一棟必要とするとは……」

「ヴェクシェーに向かうわたしたちは、そこから何を学べばいいんでしょうか」ホルトが無邪気な顔で尋ねた。

「きみとリサには、わしのような年寄りの助言など必要ないだろう」ヨハンソンは謙虚を装った。

「失礼にならないようにと思って」

「そうかそうか」ヨハンソンはそれをちっとも悪くは受け取っていないようだった。「だがきみが訊くから言うが、わしならリンダの母親と話すところから始める」

「同僚たちがすでに三度も聴取をしたようですよ」ホルトはデスクの上のフォルダにうなずきかけた。「そのうちのひとつなど、わたしから見てもかなり入念ですが」

「母親はそのときまだショック状態だったんだろう」ヨハンソンは肩をすくめた。「それに無意識に隠していることがある。遅かれ早かれ、彼女も何が起きたのかに気づくはずだ。まだ気づいていなければの話だが」

「また話を聞きにいけというわけですね」マッテイが言った。

「もちろんだ。それをしなければ、完全に職務上の過失だ。何よりも、彼女がバカなことをしでかす前にだ」

その週末を、ヨハンソンと妻はセルムランド地方にある良き友人の別荘で過ごした。週末じゅう楽しい時間を過ごし、日曜の昼過ぎまで自宅に戻ってこなかった。おかげで、リンダ殺害事件はどうなっているとアンナ・ホルトにしつこく電話をかけて苦しませる機会がなかった。しかしヴォルマル・イクスキュルス通りの自宅の玄関をくぐるやいなや、ヨハンソンはアンナ・ホルトの携帯に電話をかけた。

「どうなってる」ヨハンソンが尋ねた。

「今電車でヴェクシェーに向かっているところです」ホルトが答えた。「おまけにすごく電波が悪くて」

「到着次第、わしの携帯に電話をくれ」

「もちろんです」ホルトは携帯を切ると、軽くため息をついた。

「誰でした？」マッテイが興味津々に尋ねた。

「誰だと思うの」

「本当に素晴らしい人ですよね」マッテイはため息をついた。「ラーシュ・マッティン・ヨハンソン。角の向こう側を見通せる男」

「自分の足が見えているほうが、精神的にはいいんじゃないかと思うけど。それにあなたは、実はファザコンだったりしない？」

「発言には気をつけて、アンナ」マッテイは唇に人差し指を当てて、しーっと言った。

「彼に聞こえるとでも思ってるの？」ホルトが笑った。

「あの人は、わたしやあなたの考えていることまで聞いてるわよ」

「間違っていたら教えてちょうだい……でもあなた、まるで彼のことが好きみたい」

「好きですって?」マッテイがくすくす笑った。「わたしはラーシュ・マッティン・ヨハンソンに夢中です」

「それでも体重には気をつけてほしいと思うわ。そうねえ、あと五十キロぐらい減らしたほうが」

「今のままで充分可愛いと思いますけど。でもええ、二十キロ、三十キロくらい落とすのは悪くないんじゃないかしら」マッテイは肩をすくめた。

日曜の午後にヴェクシェーに着いた瞬間から、二人は一気に忙しくなった。ホルトはとてもじゃないが長官に電話して無意味な会話をする余裕はなかったし、やっと一分だけ時間ができたときにはヨハンソンのほうが早かった。

「なぜ電話してこない」ヨハンソンは傷ついたような声を出した。「時刻はもう夜の九時だぞ?」

「色々忙しくて」どうすればこれを伝えられるかしら。心臓発作も、脳溢血も、もしくは両方同時に起こさないように。

「かまわん」日によっては根にもつ性格ではないヨハンソンが言った。「で、どうだ?」

「上々です。もう終わりました」

「終わったって、どういうことだ」

「ベックストレームと同僚たちが、今日の午前中に犯人を捕まえたんです。検察官がすでに犯人を逮捕し、明日には高度の蓋然性のある容疑で勾留請求が行われます」

「ベックストレームだって？　わしをからかっているのか？」ヨハンソンは悲壮な声で言った。いったいこの子は何を言ってるんだ――。

「ベックストレームと同僚たちです」

「ベックストレームは、事件など生まれてから一度も解決したことないだろう」ヨハンソンは鼻で笑った。

「まずは椅子に腰かけて、わたしの話を遮《さえぎ》らないと約束すれば、詳細を話しますよ」

「もう座っている」ヨハンソンは電話をかけたときすでにソファにもたれていて、今は背筋を伸ばして座っていた。ベックストレームだって――？

「よかった。基本的にすべて今日一日で起きたことで、それを簡単にまとめると……」

「早く教えてくれ」いったい何が起きているんだ？

「わかってます。でもわたしの話を遮らないでもらえますか」

　ヨハンソンとの通話が終わり次第、ホルトはレヴィンを脇へ連れていった。

「お祝いの言葉はもう言ったわよね。申し訳ないけど、わたしとリサのためにテープを巻き戻して説明してもらえないかしら。この間話して以来、ずいぶん色々なことがあったみたい」

「どうも」ヤン・レヴィンが答えた。「だいたいこういうことなんだ。大まかに何があったか教えると。いざとなると、あっという間だな。そんなこと、きみたちに教える必要はないだろうが。つまり、きみたちに何か隠していたわけじゃないんだ」

「教えてください」アンナ・ホルトが促した。

72

リンダ・ヴァッリン殺害事件は、しばらく前からスモーランド・ポステンの紙面でもいっそう小さくなっていて、ここ一週間など、捜査に関しては現在とりたてて報告することはないという報道くらいだった。新しく判明したこともなければ、急に佳境を迎えるわけでもない。むしろといって捜査が立ち往生しているとか、壁にぶち当たっているということでもない。〝捜査はより冷静で分析的な段階に入った〟のであり、警察は〝前提を設けずに間口を広げたまま〟捜査を続けている。どれも、新聞社が話を聞いた匿名の捜査責任者による発言だった。

水曜日にはしかし、地元の犯罪が再び一面を飾った。そこには涎《よだれ》のたれそうな見出しが躍っていた。〝DVの陰にニオイネズミのスリッパ〟

当該の事件は一月に起きていたもので、リンダ・ヴァッリン殺害の半年も前だが、捜査に時間がかかったのと内容が複雑だったことで、昨日やっとヴェクシェーの裁判所で判決が出たのだった。四十五歳の男は、元同棲《サンボ》相手の女性四十二歳に暴力を振るった罪で、保護観察つきの百日間の日数罰金刑を言い渡された。

ヤン・レヴィンは大きな関心を寄せてその記事を読んだ。刺激的な話でもあり、考えさせられる内容でもあり、犯罪事件の捜査に従事するレヴィンだから、行間を読むこともできた。つまり、次のようなことだったらしい。

新年が明けた頃、被告人の男とその同棲相手は別れを決意し、アパートの契約者が女性であったゆえに、男のほうが家を出ることになった。二人が別れた理由について、スモーランド・ポステン紙はあっさりと書き飛ばしていたが、それでもレヴィンは女性のほうが相手に愛想をつかし、追い出したのだという確固たる印象を受けた。

ともかく男の荷物をまとめるはめになったのも女性のほうで、それでようやく自分のアパートの総面積を専有できるようになったのだが、男がその荷物を仮住まいで荷解きしていたとき——仮住まいというのは、元同棲相手の同僚の三十三歳の女性の家で、彼女が彼に同情心を抱いていたからということになっているのだが——もっとも大切な財産がなくなっていることに気づいた。それは六十年物のニオイネズミの毛皮のスリッパで、父親から相続したものだった。父親もその父親、つまり被告人の祖父から譲り受けている。

被告人は即座に元同棲相手のアパートへ赴き、問い詰めた。ニオイネズミのスリッパをどこへやった？　彼女がそれをゴミに出したと聞いたとき、男は激高し、相手の腕を摑み、床に押し倒し、顔に何度も平手打ちをくらわせ、倒れている彼女を蹴ろうともした。近所の人たちが警察に通報し、警察が暴力行為を止め、男を警察署に連行し、女性は病院に搬送して手当と怪我の記録が行われた。そのあとはいつもどおりに事が進んだが、判決が出るのにここまで時間がかかったのは、事件に関わった人々の話が相反していて、暴行の目撃者もおらず、捜査をしている間にも、訴えとそれを訴え返す訴えが続々と入ってきたからだ。

被告人の男はヴェクシェーの大きなカーディーラーで営業として働いており、その職業も数世代にわたって受け継がれてきたようだ。父親も同じ会社で、五〇年代の半ばから引退するまで四十年間勤務していた。祖父はフルツフリエド郊外の会社に勤め、戦後すぐに亡くなるまで農業機械を売っていた。

車やトラクターへの興味以外に、被告人とその父親と祖父にはもうひとつ共通の趣味があった。それは狩りだった。公判でのやりとりの大部分がそのあたりの解明に費やされ、とりわけ被告人と弁護人は二人も情状証人を呼び、捨てられたニオイネズミのスリッパが被告人と狩猟仲間にとってどれほどの意味があったのかを語らせた。到底ただのスリッパとは呼べないものだったのだ。

被告人の家に代々伝わる話では、祖父が戦時中の厳しい時代にフルツフリエド郊外の水辺や湿地で約一ダースものニオイネズミを撃ったという。祖父は自ら皮をはぎ、なめし、それを地元の靴職人に託して、極めて履き心地のよい暖かいスリッパができあがった。その履き心地は、スリッパの主により高く評価され、第二次世界大戦末の厳しい冬のさなか、金では買えない価値があった。

野生のニオイネズミ――学名オンダトラ・ズィベティクスが、フルツフリエド近辺で観察されるのは非常に珍しい。おまけに小さなウサギほどの大きさしかなく、臆病なため狩るのも難しい。そのため、スリッパに足るほどの数のニオイネズミの命を奪うのに何年もかかったのだ。彼の死後、それは長男へと受け継がれ、さらにその息子の手に渡った。スリッパ誕生秘話はこれまで、半世紀にわたって語り継がれてきた。森の狩猟小屋で暖炉の炎が揺れる中、雪と男だけの平和な雰囲気の中で。時を経てもすたれることもなく、現在でもスモーランド地方の狩猟文化における口承伝統として生き続けている。地元の文化遺産なんです――弁護人は証人尋問でそう総括し、このニオイネズミのスリッパこそが被告人の精神に決定的な影響を与えたのだと締めくくった。

「なのにあなたは、それがただの古いスリッパのように言うのですか」弁護人は怒ったようにそう言い、被害者を睨《にら》みつけた。

やがて、事態はそれよりも深刻だということが判明した――とスモーランド・ポステン紙の犯罪面担当の女性記者は、驚くほど詳細に裁判の成り行きを読者に提供していた。被害者は、被告人の元同棲相手というだけの女ではなかった。長年獣医アシスタントとして働いてきて、仕事上では幸いオンダトラ・ズィベティクス種の個体とは一度も遭遇したことがないが、豊富な知識を有しているようだった。

この話自体が、いかにも男が考えつきそうなほら話です——と彼女は法廷と裁判官に対して述べた。本当に彼の祖父がそんな話をしたのなら——その孫と過ごした長すぎる期間、彼女はそれを聞かされ続けてきたわけだが——祖父はその男系の子孫と同じくらい大嘘つきだという証拠です。

ニオイネズミはフィンランド経由でスウェーデン北部ノルランド地方に入ってきたが、初めて確認されたのは一九四四年で、同棲相手の祖父がそこから千三百キロも南でニオイネズミを撃ってスリッパを作ったといわれている数年後のことである。つまりこの話はただの作り話で、くだらない創作でしかない。かなり長い間、彼女は家庭内の平和のためにそのことについては沈黙を守り続けてきた。しかし答えろというならば、スリッパの確からしい出どころは平凡な牛小屋ネズミであり、スモーランドではここ数年になってやっと確認されるようになった——とはいえ数えるほどだが——ニオイネズミでは断じてない。

つまり話をまとめると——履き潰されてくったりした半世紀物のネズミのスリッパ。三世代分の男の足の汗がたっぷり染みこんでいて、感傷的なシンボルだかなんだか知らないが、これが元同棲相手がニオイネズミのスリッパだと主張するものに対するわたしの見解です。

「どんなにひどい臭いがしたと思います？」被害者はそう言って、法廷に座る女性の裁判長およびその他の裁判官に穏やかに微笑みかけた。

この女性が警官という仕事を選ばなかったのは残念だ——ヤン・レヴィンはそう思いながら、ハサミを取り出した。その記事を、ヴェクシェーへの旅の思い出に加えるために。

73

八月二十日（水曜日）から二十四日（日曜日）、ヴェクシェー

レヴィンは水曜の朝、七時半には職場に来ていた。エヴァ・スヴァンストレームは個人的な用があり、レヴィンは朝のコーヒーからもうベックストレームの演説を聞かされるのを避けるために、急いで下の食堂に下り、誰にも邪魔されずに独り静かに朝食を食べた。しかしそれでも、サンドベリィのほうが先に職場に来ていた。

「おやおや、きみはずいぶん朝型なんだな、アンナ」レヴィンはそう言って優しく微笑みかけた。「だがあまり元気そうには見えないが」

「その話はまた今度に」サンドベリィは振り払うように頭を振った。「あのおばあちゃんがさっき電話をしてきて、目撃談を訂正したいと」

「ほう？　彼女も朝型なんだな」レヴィンは先を続けてくれというようにうなずいた。

「クラーク・ゲーブルの件を訂正したいそうです。エロール・フリンだったと。『風と共に去

りぬ』のクラーク・ゲーブルではなくて。彼は顔が丸すぎる、あの日見た男はもっと細面で、エロール・フリンによく似ていた。しかしやはり口髭はなかった」

「似顔絵を公開しなくてよかったな」レヴィンが笑った。

「ええ」サンドベリィは戸惑った顔でレヴィンを見つめた。「それと、もうひとつ言われたんです。なんて言ったらいいのか……でもほら、あのおばあちゃん、誕生日は絶対に七月四日だと言い張ったでしょう。わたしたちが思っていた六月四日ではなくて。捜査班の中にはまだそれを信用していない人もたくさんいるみたいだし」サンドベリィは困った顔でレヴィンを見つめた。

「それで、おばあちゃんはなんと言ったんだい？」

「本当に機長に息子はいないのかと念を押されたんです」

「とりあえず、我々にはみつけられなかったな」レヴィンは頭を振った。「他には？」

「何か思い出したら連絡をくれると言っていました。それからあなたによろしくと。ずいぶん気に入られたみたいね」

「それ以外に何か手を貸せることはないかい？」きみが本当に悩んでいることで。

「ご親切にありがとうございます」アンナ・サンドベリィは言った。「でも大丈夫です。自分で解決しないといけないことだから。でもありがとう」

約一カ月半前のあの夜に何があったのかを夫に話したんだな――。それで彼女の人生はカオスと化したのだ。だが、彼女のほうがおれより勇気がある。

朝の会議で、オルソン不在だというのに、ベックストレームは珍しく口数が少なかった。何かいいアイデアはないかと捜査班に問いかけた。それというのも、無理解な外界が、彼の手から綿棒を奪い取ってしまったからだ。レヴィンはそのチャンスを利用して、昔ながらの捜査を皆に思い出させようとした。

「その話はもう何度も聞いたと思われるリスクを覚悟して言うが、被害者について知らないことが多すぎると思う」

「そうかね」ベックストレームは皮肉な笑みを顔じゅうに浮かべた。「何を言いたいんだね、具体的には。お教え願おうか」


レヴィンの見解では、尋ねるのはベックストレームの自由だった。具体的には、再度リンダの両親、親友・友人たちに話を聞きたい。それに個人的なメモやどこかにあるかもしれない日記帳、あるいは写真アルバムなど、まだ入手できていないものすべて。そういうものが存在するのは確信している。必ずあるものなのだから。

ベックストレームは大きなため息をついた。事情聴取の許可という普遍的な問題を改めてオルソンに頼んでみると約束し、他に誰も報告がなければ、少なくとも自分はもっと大事な仕事があると言った。

「さあ外に出て、一度くらい役に立つことをしてこい。そうすればケーキを買ってやるから」

もう誰もケーキがほしいという顔はしていない――レヴィンはそう思いつつ、書類を集めて自分のオフィスに戻った。それ以外のことについては自分で解決したほうがよさそうなのだから。

昼過ぎに直属の上司から携帯に電話があり、そんなこと予期してもいなかったベックストレームはうっかり電話に出てしまった。何、ストックホルムに戻ってこいだと？　あのラップ人野郎と話せだと？　ベックストレームは電話の向こうで流れる言葉をろくに聞いてはいなかった。それから、腕の長さ分だけ携帯を耳から離した。「おや、電波が悪いようだ。……聞こえますか？　もしもし、もしもし？」こうしてやっと惨めな通話を切ることができた。

やられるよりやるが勝ちだ――ベックストレームはその直後には労働組合担当者に電話をかけ、自分がされた法的レイプについて語った。相手を発奮させるのに特別なテクニックは要らなかった。なんといっても二人は二粒のブルーベリーのように瓜ふたつで、おまけに親戚同士だった。不思議なことに、警察内ではよくそういうことがあるのだ。

「これはまったく聞き捨てならんぞ、ベックストレーム」労働組合の担当者が言った。「こんなことは断じて許せない。宣戦布告をして、見せしめにしてやろうじゃないか」

その日の残りはモア・ヤッティエンとベングト・カールソンへの告訴状を推敲して過ごした。

それが完成すると即座にオルソンの部屋に行き、正しい手順で告訴状を受理し、当然のことながらあるかぎりの人材を使って最速で処理するよう頼んだ。なお、それが捜査責任者に求められる最低限の責務だとも伝えた。

「虚偽告発、虚偽の陳述。虚偽の文書作成。公務執行妨害。重名誉棄損」オルソンが読み上げた。「そのとおり。もし何か抜けていれば労働組合の弁護士が連絡をくれるはずだが、その場合は追告訴すればいいだけだ」

「ちょっと待ってくれ、ベックストレーム」オルソンはまた手を上げていつもの仕草をした。「これはあまりに……」

「わたしが間違っていたら申し訳ないが」ベックストレームはオルソンを遮《さえぎ》り、相手をじっと見据えた。「まさか複数の深刻な犯罪をもみ消すつもりじゃないだろうね」

「まさか、そんなことはまったく。すぐに処理するようにしよう」

これはどうしたものか――ベックストレームがドアを閉めて部屋を出ていったあと、オルソンは困り果てた。そもそもこの状態で選択肢などあるのか？　オルソンはモア・ヤッティエンの電話番号にかけながら思った。

あのチビの腰巾着《こしぎんちゃく》め、思い知るがいい。自分の部屋に戻ってドアを閉めるなり、ベックストレームは悪態をついた。それに、もうよく冷えたピルスナーの時間だ。

ヤン・レヴィンはその一日をまたデスク上の書類の山に目を通すことに費やしたが、とりたてて面白い手がかりはみつからなかった。約束にもかかわらず、公安警察の知り合いからはまだ連絡がない。レヴィンが電話をしてみても、留守番電話になるだけだった。おそらく何か緊急の事件が起きたのだろう——レヴィンは自分の忍耐力のなさに、ちくりと罪悪感を感じた。

仕事を終えてホテルへ戻る直前になって、エヴァ・スヴァンストレームがやってきた。九十二歳の目撃者の証言について色々調べてみたところ、ちょっとした発見があったという。おそらくまったく無意味な情報だろうけど——と。五年前から機長の下の娘と結婚している副操縦士は、子供の実の親ではない。本当の父親は別の男で、子供の母親と同じ三十五歳。しかし残念ながら本物の警官はおろか、スヴァンストレームのような行政職員でさえも興味が湧くような存在ではない。

「この町には十年住んでいて、いわゆる芸術系親父ってやつね。彼も前科は一切ないし、今回の捜査にも浮かんでいない」スヴァンストレームはそのように総括すると、これまで知られざる存在だった子供の父親についての情報を差し出した。

この名前には聞き覚えはないな——とレヴィンは思った。覚えがあるわけがない。だがなぜこの捜査に出てくる人間はベングトという名前ばかりなんだ？　ベングト・オルソンにベングト・カールソン。機長のベングト・ボリィ。それにあと少なくとも二、三十人の目撃者や自主的にDNAを提出した人がベングトという名前を分かちあっている。

「この男は今はどういう仕事をしているんだ？」レヴィンはそう訊いたが、何か言わなければと思って言ったようなものだった。

「コンピューターの調子が悪いので、それについては明日まで待ってもらえる？　娘が生まれたときはマルメの市立劇団で働いていたみたい。言ったとおり、芸術系親父だから」

「まあどうにかなるだろう」レヴィンはため息をつき、もし誰もやるつもりがないなら自分自身でリンダの両親に話を聞きにいってみようと思った。文化芸術活動。芸術系親父。エヴァがドアを閉めて出ていくと、レヴィンは思った。おれはいったい何を捜しているんだ？


木曜の朝、ラジオ局記者のカーリン・オーグリエンが突然ヴェクシェーの警察署にやってきて、エーヴェルト・ベックストレーム警部から強制わいせつを受けたという被害届を提出した。それを受理したヴェクシェー署の捜査官は、前の晩にすでにオルソン警部から内々に知らせを受けていたため、この件にふさわしい真剣さで慎重に行動に移り、その場で被害者に長い聴取を行った。

さあこれでよし。チビでデブの役立たずめ、思い知るがいい——。プリントアウトした内容を読み上げ、被害者に同意と署名をもらったとき、ヴェクシェー署の捜査官は嬉々として心の中でつぶやいた。

理由は不明だが、ベングト・オルソン警部もその一時間後に同じ調書を読み、同じ結論に達した。彼は平和を愛する男であり、ベックストレームの上司とも話をしたところ、ベックストレーム問題については遅くともこの週末じゅうに確実にカタをつけると約束されたので、すぐに残業消化分の休暇を取り、別荘で何日か過ごすことにした。ここ二カ月間休みなく働いてきたし、そろそろバッテリーを充電する時期でもあった。それに週が明けたら、もうベックストレームに破壊的な邪魔をされることもない。オルソンは、そこで改めて自分が捜査に活を入れるつもりだった。スウェーデン王国の首都からやってきた災難のようなチビ。あの男のためにお別れ会を開催したいやつがいたとしても、それはわたしではない――。別荘と最愛の妻と比較的平和なスモーランド地方の田舎を目指す前に、オルソンはそう思った。

木曜の午後になって、やっとレヴィンの公安警察の知り合いが連絡をしてきた。予期せぬことが起きてしまい――という謝罪に始まり、「だが色々と報告できることがある」

携帯の使用者は判明していた。その男はヴェクシェー市の文化芸術振興課で働いていて、携帯の契約者はヴェクシェー市だった。七月七日月曜日に、その男は自分の携帯が七月三日木曜日から七月七日月曜日の間に消えたとして被害届を出している。七月三日の木曜日に、自分のオフィスのデスクの上に携帯を置いて帰ったという明確な記憶があった。ところが月曜の朝に三日間の短い休暇から戻ると、それがみつからない。携帯の管理を担当している同僚に相談し、すぐに警察に紛失届を出して携帯をロックしたのだった。

しかし、携帯が消えてから二度通話が行われている。一通話目はあのレヴィンが興味をもった麻酔医への間違い電話で、七月四日金曜日の午前二時十五分にかけられている。次の通話はその七時間後。どちらの通話も、受信した基地局のアンテナまで判明している。一通話目はヴェクシェーの中心部からかけられて、二通話目はユングビィホルムのアンテナを経由している。カルマルの南西十キロのところだ。後者については、かけた先は別の携帯だった。残念ながらよくあるプリペイド式携帯で、使用者は不明。その後は、携帯は一度も使われていない。

「まあこれで全部だな」レヴィンの旧知の友人が言った。「情報はすべてメールで送るよ。この先は、きみのほうで引き継ぐだろう？」

「本当にありがたいよ」過去の経験から、今後の展開がすでに見えているレヴィンが言った。

「ところで話は変わるが。その携帯使用者の名前を教えてもらえたりしないだろうか」

「おやおや、言うのを忘れていたか」レヴィンの知人は喜びを隠しきれない声だった。「おれとしたことが。ただ、ごく普通の人間のようだぞ。だからその点については、石を鎌で刈ろうとしたようなものだな。興味本位でデータベースを検索してみたが、うちにも登録はないし、そっちにもない。まったく普通の感じの良い、尊厳ある市民だ。なんの容疑もかかっていないし、ましてやきみのような男が普段からどっぷりつかっている残酷な事件など、とても起こしそうにない」

「だが名前くらいあるだろう」前にもこういう経験のあるレヴィンが訊いた。

「名前はベングト・モーンソンだ。ベングト・アクセル・モーンソン。メールで全情報を送るよ。それにパスポート写真は最近のものだ。確か、たった一年前に更新したばかりだ」

一度の偶然は数に入らないが、二度だと二度分多すぎる――。偶然を嫌うレヴィンは、前日職場を出る前に同じ名前をエヴァ・スヴァンストレームから受け取っていた。それは、機長を祖父にもつ少女の父親の名前だった。

「恩に着るよ。どうやらこれで終わりだな」なぜかレヴィンはそう付け足した。

「きみがそう言うならそうなんだろうな」レヴィンの同僚はそう相槌を打った。彼もまた捜査官として長い経験があり、ヤン・レヴィンのことは一緒に警察学校に通った時代から知っているのだから。

74

受話器を置いたとたん、ヤン・レヴィンはこういう場合にいつもやることをやった。まずはドアを閉め、赤いランプを点灯させた。それから紙とペンを取り出し、頭の中にうごめいている諸々の考えを整理しようとした。紙に書いてある文字を見ただけで、整理が楽になるのだ。

それに今度ばかりは実際問題オルソンのこともベックストレームのことも懸念しなくていいのが嬉しかった。オルソンは残業消化の有給を取って田舎に引っこんでいて、こんな些細《ささい》なことを伝えるために休みの邪魔をする理由は一切ないだろう。ベックストレームはこのところ全体的に姿が見えなかった。今度こそ状況を理解して、ストックホルムへ帰還するために荷物をまとめているところだといいのだが――。

あとは事実関係だけだ――とレヴィンは思った。ベングト・モーンソンが犯人だということを裏付ける――もしくは裏付けない――事実があるだろうか。ベングト・アクセル・モーンソン、三十五歳、ヴェクシェー市の文化芸術振興課で特別プロジェクトを担当していて、機長の下の娘のそのまた娘の父親であり、レヴィンが一度も会ったことも話したことも、見たこともなく、レヴィンの捜査にも浮かんだこともなく、おそらく他の警察の捜査にも関わっていない。そんな男がリンダ・ヴァッリンを殺したことを裏付ける――もしくは裏付けない――点はなんだろうか。それにこの名前をどこかで見た気がする。エヴァ・スヴァンストレームや公安警察の知人から聞くよりも前に。そしてレヴィンは急に、初めての赤い自転車のことを想った。赤いクレセント・ヴァリアント。その瞬間、レヴィンはスモーランド・ポステン紙で読んだ地元の文化芸術活動論争のことを思い出した。こんなこと、本当にありえるのだろうか――。殺人からほんの数週間後に持ち上がった議論で、彼の捜査とは一切なんの関係もないその出来事――。

まずはプロファイリングから始めよう。今度ばかりは少しはプロらしくやろうと、筋違いな考えはすべて頭から追い出すことにした。これまでのところレヴィンが知っているわずかな情報から、モーンソンがプロファイリングと一致していないのは明らかだった。唯一まったく荒唐無稽ではないことと言えば、モーンソンが殺人現場から二キロ南に行った東《エステル》地区のフレー通りに住んでいることとくらいだ。とはいえその範囲内にはこの町の半分が住んでいるようなもので、犯人を捜している側からすると、あくまで推量であり手がかりとしては頼りなかった。簡単に言うと、ここまでのところ当たりはひとつもなく、GMPグループのプロファイリングによればモーンソンが犯人だとは考えられなかった。

同時に、彼の携帯が麻酔医へのあの不思議な間違い電話に使われたという事実は、殺人事件との関わりがあることを示している。もちろん単に間違った番号にかけたという可能性はあるし、これまでのところ彼がリンダやその母親と知り合いだったことを示唆する点はない。しかしレヴィンがこのような形で彼の存在や不思議な通話に気づいたのは特筆すべきことだ。それは否めない。

携帯がなくなった、もしくは盗まれたというのは、タイミングと状況を考えるとやはり怪しい。だって誰かが盗んだのだとしたら、なぜ二本しか電話をかけなかったのだ。おまけにそのうち一本は間違い電話で、被害者の母親が数年前に使っていた番号だなんて。携帯を盗むようなやつらは普通そんなに遠慮しないし、そもそも容疑者というのはいつも驚くほど頻繁に盗難に見舞われる。なぜだか必ず、目に見えぬ敵が容疑者にとって非常に厄介な持ち物を奪おうとするのだ。

それからあの盗難車のこともある。あの車は自分たちが捜している犯人に直結しているのだ。もちろんベングト・モーンソンがその車を盗んだという証拠はないが、車の所有者の孫の父親であるのは公然の事実だ。そして九十二歳の目撃者の言うとおりなのだとしたら——この捜査の次の一手は当然、ベングト・モーンソンの写真を交ぜた面割りだ。早ければ早いほどいい。朝起きるのが早いのと同じくらい、寝るのも早くないといいが——。

まずエヴァ・スヴァンストレームに話すと、すぐに面割りの準備を整えると言ってくれた。それからレヴィンはアンナ・サンドベリィにも話をした。目撃者を捜し当てたのは彼女だし、とりわけ今は別のことを考えさせておいたほうがいいという気がしたからだ。オルソンとベックストレーム不在の今、捜査に関する決断をできるのはレヴィンだけだった。

「あなたが正しいという予感がします」アンナ・サンドベリィはそう言って、突然、家庭の困った事情が頭から消えてなくなったみたいだった。

「答えは間もなくわかるはずだ」レヴィンは答えた。

「ああ、もちろんこの男だよ。機長の息子。だから最初から言ってるじゃないの」その一時間後、九十二歳の目撃者はそう断言した。三人は今、彼女のキッチンのテーブルにいて、彼女が自分からベングト・モーンソンの写真を指したのだ。

「ほらあのエロール・フリンみたいだろう？　海賊映画によく出てた。口髭はないけれど」老婆はそれから急に付け足した。「よく似ていると思わないかい？　でもなぜ自分に息子がいることを否定したりするんだろうか。もしや、不義の子ってやつなのかねえ」

息子じゃないんです。義理の息子なんです。レヴィンはできるだけわかりやすく説明しようとした。現代のスウェーデン社会で言うところの義理の息子です。それが九十二歳の独り暮らしのご婦人にどう関係があるかは神のみぞ知ることだが。おまけにスモーランド人なのに。

「なるほど、それでわかったよ」レヴィンの説明が終わるなり、老婆は言った。「その息子のことを何度駐車場で見かけたことか。いつも子供を乗せたベビーカーを押してた」

ということは、数年前の話だろうな。百年近く生きていれば、数年ぐらいの誤差はあってないようなものなのだろう。

「あの水色のカシミアのセーター」警察署に戻るために車に座ったとき、アンナ・サンドベリィが急に言った。「今思ったんですけど、まさに機長こそそういうセーターを海外の旅行先で買いそうじゃないですか?」

「悪くない考えだな」レヴィンも同意した。同じことを老婆がベングト・モーンソンの写真に指を置く前から考えていたが、もちろんそれをサンドベリィに言うつもりは一切なかった。そんなの失礼だし、まったく無意味なことだ。

「機長の家に行って、セーターの写真を見せてみませんか。こういうのを持っていなかったか、買ったかプレゼントにあげたりしたことがないか」サンドベリィの声はまだまだドライブをしたそうだった。

「もちろんそうしよう」レヴィンが同意した。「だがまずやることがある」

「眠っている熊は起こすな——。まあとにかく、早く起こしすぎちゃいけない」

「まさにそうだな。まずは可能なかぎりモーンソンについての情報を集めよう。本人に気づかれないような方法でだ」

75

ベックストレームはどうやら最後の最後までヴェクシェーに居残ろうとしているらしく、そうなってはレヴィンにも選択肢はなかった。とにもかくにもベックストレームに報告しなければばいけない。目撃者がモーンソンの顔を見分けたからには、もうこれはちょっとした思いつきとかありえない偶然として片付けることはできない。どうしてこうなってしまったのかは不明だが、ここ最近は同僚ベックストレームと同様に夜は独りで寝るようになっていたレヴィンは、朝食の前に、ベックストレームと話をつけることにした。金曜の朝、ベックストレームの部屋で。

シャワーから出てきたばかりのベックストレームは、ピンクの仔豚ちゃんのような肌つやで、少し目が赤いものの、上機嫌だった。

「ズボンをはく間、かけて待っててくれ」ベックストレームはそう言ってから、寛大に続けた。「ちょっとした朝の一杯が必要なら、ミニバーにあるぞ」

レヴィンはその申し出を断り、現状を簡潔にまとめた。ベックストレームはエンジンのピストンをすべて稼働させ、おまけにズボンを上げるのも忘れた。

「なんてことだ、レヴィン」ベックストレームは叫んだ。「おれたちはどうやら宝の山を探り当てたようだぞ！」

おれたちって誰のことだ？　レヴィンは心の中で大きなため息をつき、すべてがいつもどおりになった。

レヴィンは、モーンソンの人物像と殺人事件への関わりが報告書にまとまり次第、検察官に連絡を取ろうと提案した。報告書は午後にはできあがる見こみで、あとは検察官が決定を下せば、モーンソンを事前の呼び出しなしに拘束することができる。盗難車の件と、目撃者がモーンソンの写真を選んだだけで充分なのだ。つまりそれがどういうことなのかは歴然としているのだから。

「今日は出勤しているようだから、市役所から出てきたところを捕まえてはどうだろうか」

「絶対に嫌だ」ベックストレームはかたくなに頭を振った。「あいつはおれのものだ。だから、こうしようじゃないか……」

いつからお前のものになったんだ？　そのしばらくあと、朝食を食べるために食堂に下りながら、レヴィンはつぶやいた。

ベックストレームは警察署に着くなり、信頼のおける部下だけを自分の部屋に集め、任務を振り分けた。レヴィン、クヌートソン、トリエン、スヴァンストレーム、それにサンドベリィも援護に入り、犯人の疑いがあるベングト・モーンソンの周辺を徹底的に洗い出すことになった。石をひとつ残らずひっくり返すのだ。ローゲションはベックストレームのすぐ下につき、詳細は明かされなかった任務に従事する。ベックストレーム自身は指揮を執り、任務を振り分け、同時にその頼れる手を全員の上に差し伸べることになった。実際、ありがたいアドバイスまで皆に贈った。

「とにかく口外するな。この部屋を出たら一言も洩らすんじゃないぞ。さっきも言ったことを忘れるな。あのオルソンはモーンソンと仲良しのようだからな。オルソンがなんらかの形でこの事件に関わっていたとしても、ちっとも驚かない。ちょっとでもこのことを匂わせれば、モーンソンの元に飛んでいってチクるはずだ。それでモーンソンが何をしでかすかは、想像する勇気もない」

「ベックストレーム、きみはストックホルムに戻るんじゃなかったのか?」レヴィンが尋ねた。それにずいぶん鋭い洞察じゃないか。

「そのことなら忘れろ。岸にたどりつくまで、誰もこの船を降りることはない」

「それなら、きみ自身はこれからどうするつもりなのか興味があるな」レヴィンが食い下がった。

「犯人を張りこませようと思っている。市役所から逃げ出して、他の人間の皮をはがないように。アドルフソンとあの貴族野郎に話があると伝えてくれ。今すぐにだ」ベックストレームはそう言って、なぜかレヴィンを睨《にら》みつけた。

「もちろんだ、ベックストレーム」この部屋の外では一言も洩らしちゃいけないんじゃなかったのか?

「ベングト・アクセル・モーンソンか……」そのしばらくあと、警部補代理で男爵のフォン＝エッセンがそう言った。アドルフソンとともにベックストレームの部屋に立っている。「それは、この町の親愛なる隣男の一人じゃないですか?」

「そのとおりだ」ベックストレームが同意した。「あいつら全員、セックス狂の集まりだ」この貴族野郎もまったく話についていけていないわけではないようだ。

「ということは、アドルフ、お前の制服に鼻血をたらしたやつだろう？　他の名前と一緒にその名前もメモした覚えがある」フォン＝エッセンはそう言って、相手に軽くうなずきかけた。

「ほう、お前はもうあのかわい子ちゃんに鞭を打ったのか？」ベックストレームが嬉しそうに言って、アドルフソンを見つめた。こいつはまったく、どこまでも出世するんだろうな。

「そういうわけではないんですよ」そしてアドルフソンはベックストレームに、約三週間前に大通りのマクドナルドの前で同僚のフォン＝エッセンとともに介入した喧嘩のことを話して聞かせた。


「で、その制服をどうしたんだ⁉」ベックストレームは突然そう叫んだかと思うと、ありえないくらい目を細めてアドルフソンを睨みつけた。ベックストレームの顔についている目にしては、という意味だが。

「いちばんひどいところだけ拭いて、ロッカーにかかってます。クリーニングに出す時間がなくて。クスリはやってそうに見えなかったから、ロッカーに置いたままに……」アドルフソンはそう言い訳して、肩をすくめた。

「じゃあ何をぐずぐずしてる！」ベックストレームはがばりと立ち上がり、その五分後には自らアドルフソンの制服の上着を手に、エノクソンのいる鑑識課のフロアへと駆けあがった。

まずはエノクソンにも守秘義務を誓わせ、それから用件を話してきかせた。そしてこうも言った。オルソンにこのことを伝えようとは夢にも思っていない。残念ながらあまりに怪しい点が多すぎて、オルソンは明らかにリスクだとしか思えない。実際にはそれよりひどい状況のはずだ。

「きみの言うことはよくわかるが、ベックストレーム、わたしはそこまでひどいとは思わないね」エノクソンはアドルフソンの制服を強い照明の光に当てながら言った。

「エノク、今はそのことはどうでもいい」ベックストレームが怒った調子で言った。「血の量は充分にあるのか?」

制服についた血がモーンソンのであって、エノクソンにも発見できないような何かで汚染されていなければ。それに、証拠品の状態を悪くするリスクは絶対に避けたいから、これ以上ここで検査するのはやめておこう。そういう前提であれば、DNA鑑定およびこの状況において興味深いありとあらゆる検査に使っても余りある量だという。

「で、結果はいつ出る?」ベックストレームが尋ねた。

エノクソンによれば、来週の初めだという。ここ最近彼らの朝の会議の議題のいちばん上にあったような法的支障がないと仮定しての話だが。そんなの遅すぎる——というのがベックストレームの意見だった。ＧＭＰグループによれば連続殺人を犯す可能性が非常に高いのだし、その間じゅうこの男を張りこんでいる人材や予算などないのだ。

「論外だ」ベックストレームが言った。「その間にやつがヴェクシェー市民の半分を殺したらどうする？」

「わたしにできることをやってみるよ」エノクソンがため息をついた。「技術的な話をすると、仮の結果でよければ二十四時間以内に出すことができる。これから送るサンプルに問題がないと仮定してだが。それに、明日から週末だというのを忘れてはいけない」エノクソンが言った。

「ところで、ストックホルムに戻るんじゃなかったのか？」

「週末だと？　エノク、ここでは週末の話などしない。ここでは殺人犯逮捕の話しかしないんだ」ベックストレームが鼻で笑った。誰が今ストックホルムに戻るものか――。

「一時間以内に連絡するよ」エノクソンはまたため息をついた。


ベックストレームがアドルフソンの制服の上着を奪ってすぐ、フォン＝エッセンとアドルフソンは捜査対象であるベングト・モーンソンの張りこみを開始した。まずは県警の張りこみ捜査課の若い女性の同僚に、モーンソンの職場である文化芸術振興課に偽の電話をかけさせた。若い移民の女性たちの演劇プロジェクトに、少しばかり助成金をもらえませんかと尋ねたのだ。その通話の間に、二人は覆面パトカーを安全な距離かつ文化芸術振興課の正面入口がよく見える位置に駐車した。十五分後には女性の同僚がフォン＝エッセンの携帯に電話をかけてきて、報告を行った。モーンソンは職場のデスクにいただけでなく、声が「すごくやりたそう」だったし、プロジェクトにも「すごく興味津々」だったという。モーンソンは、その件を二人きりで相談するために早急に会わないかとまで提案したという。

「どういう印象だった?」フォン＝エッセンが尋ねた。

「やる気満々」女性の同僚が答えた。「すごくね。声と同じくらいわたしが魅力的かどうかチェックしたいようだったわ。また何か手伝えることがあったらぜひ声をかけてね」彼女はなぜかそこでくすくす笑った。

そういうことか──フォン＝エッセンは思った。

「カイサはなんて?」同僚が電話を切ると、すぐにアドルフソンが訊いた。

「モーンソンをずいぶん気に入ったようだ」

「あの子は誰にだってそうだろう」アドルフソンは急になぜか不機嫌になった。

「誰にでもじゃないだろう」フォン＝エッセンは無邪気な表情で反論した。数カ月前にアドルフソンと同じ職場のパーティーに出席していたのだ。

再度説得し、残業代と残業消化休暇の両方を確約してやっと、すでに金曜の午後にもかかわらず、若い部下を車に座らせてリンショーピンまで片道二百キロの距離だというのに宅配便を届けに行かせることに成功した。こうしてやっとアドルフソンの制服の上着がSKLに向かったとき、エノクソンは三度深呼吸をしてからベックストレームの番号にかけた。これでやっと、あのチビでデブの男とおさらばできる——そう思いながら。普段は冷静沈着な男だという評判なのに。

「日曜の午前中だと？」ベックストレームがうめいた。「あそこではいったい何をやってるんだ。この組織内で働いてるのはおれだけなのか？」

「最短で日曜の午前だ」エノクソンが指摘した。

「おれは耳が聞こえないわけじゃない」ベックストレームはそう言い、電話の中から聞こえてくる音からして、すでに受話器を置いたようだった。

ありがとうの一言くらい言えないのか？　エノクソンは何が起きているかを知らせるためにオルソンに電話をかけた。なんといってもオルソンが捜査責任者なのだから。だが今までにも何度もあったように、今回も留守電にメッセージを残すはめになった。

「ええと、オルソン、もしもし？　こちら同僚のエノクソンだが。いや、とりたててどうというわけではないんだが、いつもの番号にかけてもらえるとありがたい。まあとにかくよい週末を」エノクソンはそう言って通話を切った。正直言って、アドルフソンの制服の上着のことを、ベックストレームのその他の推理以上に信じているわけではなかったし、何よりも最愛の妻とスモーランドの平和な田舎に早く向かいたいと願っていた。

76

アドルフソンとフォン＝エッセンは金曜終日をモーンソンの張りこみに費やし、それはいつもどおり、何かが起きるのをじっと待つという作業だった。二人とも経験豊かな狩人だったので、それは当たりまえのことだった。狩りというのは基本的に、根気よく待てるかどうかにかかっている。モーンソンが三週間ほど前に自分たちに会っているという事実についても、とりたてて心配はしていなかった。相手に姿を見られないように張りこむ予定で、自分たちが気づく前に向こうがこちらに気づくというリスクは皆無だった。まあそんなことはヴェクシェーのような小さな町ではあまり関係がないのだが。基本的にはひっきりなしに知人と出くわすのだから。

午後四時になると、モーンソンはコンサートホールのすぐ裏手にあるヴェステル通りの市役所から姿を現した。服装や見た目、態度からして、おそらく同僚と思われる数人が一緒だった。アドルフソンは安全な距離からこっそり写真を撮影し、捜査ログのノートに時間と場所を書き入れた。標的はついに動き始めたが、ベックストレームが警戒令を発した連続殺人犯だとはとても思えなかった。

モーンソンと同僚たちはまず、職場から数ブロックのところにある大通りのテラス席に座を占めた。そこでビールを飲み、チキンウイングを食べて、おしゃべりをした。それから解散して、別々の方向へと別れた。おそらく各自、自宅へ帰るのだろう。モーンソンは十二使徒の馬に乗って――つまり徒歩で――ここから東にあるフレー通りの自宅の方向へ向かった。たったの二キロの距離なので歩いて帰るつもりのようで、アドルフソンとフォン＝エッセンは二手に分かれた。フォン＝エッセンが徒歩であとをつけ、アドルフソンは車に残った。

モーンソンは自宅までまっすぐに歩いて帰った。一カ月半前にリンダを殺した場所から二キロほど離れた場所に住んでいる。そこに住んでくれているのは非常に都合が良かった。通りを隔てた向かい側に、県警の交通部で働く同僚が暮らしているのだ。モーンソンは四階に住んでいて、同僚は向かいのマンションの五階だったから、ベングト・モーンソンが自宅で何をしているのかを見たければ、それより好都合な場所はなかった。同僚のマンションの部屋の鍵は警察署を出る前に受け取っていた。モーンソンが出没する各住所のリストをトリエンからもらった時点で手配したのだ。

同僚はこの週末エーランド島での大規模な作戦に参加することになっており、二人から事情を聞いて、マンションを貸し出すことになんの異論もなかった。いや、たいした事件じゃないんだ。週末に麻薬捜査課の同僚たちを手伝うことになっただけで――とフォン＝エッセンは説明した。なるほど、じゃあしっかりヤク中どもの世話をしてきてくれ――同僚はそう言って鍵を手渡した。きみもアドルフソンも自宅のようにくつろいでくれたまえ。何もかもあるべき場所にあるから。クロノベリィ県警の交通部で働く三十九歳の独身男性の家ならどこでもそうなっているように。


モーンソンが自宅マンションの正面玄関をくぐったとき、アドルフソンはすでに向かいのマンションの部屋の中にいて、モーンソンの足が玄関の敷居をまたぐのが見えたあたりで、フォン＝エッセンも加わった。

「やつもカーテンは使っていないようだな」フォン＝エッセンが満足気に言った。

「ああいう芸術系親父はカーテンは使わないんだ」アドルフソンはそう説明して、私物である倍率二十倍のツァイス製双眼鏡でモーンソンの姿を追った。


こうしてフォン＝エッセンとアドルフソンが新しい巣箱に落ち着いた頃、ベックストレームが電話をかけてきて、様子はどうかと尋ねた。標的は自分のマンションに独りです、テレビで七時半のニュースを観始めたところです――とアドルフソンは説明した。

「何か怪しいことはしていないのか?」ベックストレームが尋ねた。

「ニュース番組『ラポート』を観ているだけです」アドルフソンが答えた。

「何かあったらすぐに連絡しろ」

「もちろんです、ボス」


「いったい何を企んでるんだろうか」ベックストレームはそう言って、たった今二人の空のビールグラスに対処したばかりのローゲションを見つめた。

「今、何をやってるんだって?」ローゲションが訊いた。

「テレビを観ているらしい。こんな時間にテレビを観るやつなんているのか?」

「他にすることがないんだろ」

「あいつは絶対にやばいことを企んでいるに決まってる」


アドルフソンとフォン＝エッセンの捜査ログによれば、モーンソンは金曜の夜を次のように過ごした。

九時三十分ごろまではテレビの前に座っていて、時間が経つにつれ、頻繁にチャンネルを変え始めた。他の多くの人と同じように、彼のテレビにも二十ほどのチャンネルが備わっている。九時半過ぎに電話で数分間話した。それからキッチンに入り、キッチンの調理台の上の棚から小さな皿をいくつも出すと、冷蔵庫からも色々な食べ物を出し、バゲットをスライスした。すべてをひとつの盆に載せてリビングに運び、ソファの前のテーブルに据える。それからまたキッチンに戻っていった。

「さあいよいよだぞ」アドルフソンが、ソファに寝そべったまま交通部の同僚のテレビで映画を観ているフォン＝エッセンに話しかけた。

「ランプシェードから滑車でも吊るしているのか？」フォン＝エッセンはそう言いながら、ニュースを聞き逃さないようにチャンネルをＴＶ４に変えた。

「ワインの栓を抜いたぞ。それからグラスを二個取り出した」

「おやおやおや。アドルフ、おれを信じろ。これはご婦人が現れるぞ」


十時五分に三十歳くらいの金髪の女性が小型のルノーを前の道に駐車し、モーンソンのマンションの入口をくぐった。大きめのバッグを肩にかけ、左手には国営酒屋のビニール袋が握られ、その形状からして巨大なボックスワインが入っているようだった。その二分後、モーンソンの部屋へとたどりつき、十時十分にはすでにリビングのソファでお互いの服を脱がせ始めた。さらに五分後には同ソファの上で愛を交わし始めた。アドルフソンは文字による描写に加えて、鮮明な写真を無数に撮影し、さらには女性の訪問者の車のナンバーと車種をメモする余裕まであった。

ソファの上での活動は、短時間の飲食を挟みながらちょうど真夜中過ぎまで続いた。始まって一時間した頃にベックストレームが電話をかけてきて、どうなっているのかと聞いたので、アドルフソンは簡潔に状況を報告した。

「女が来てます。ソファでやってる最中で、今は休憩を取ってちょっと食べ物をつまんでいるところです」アドルフソンが説明した。

「女はもう縛ったのか？」ベックストレームの声には期待がこもっていた。

「いえ、ごく普通のパフォーマンスです」

「なんだと、普通だと？」ベックストレームは怪訝《けげん》な声を出した。「ネクタイは？　ナイフは？」

「普通のスタンダードなやつですよ。ここまでのところ、自分がやったことのないようなことはやっていません」アドルフソンが説明を補足した。「ですがモーンソンは、年齢を考えるとかなり精力的ですね」モーンソンより十歳近く年下のアドルフソンが請け合った。


十二時十五分に、状況は和やかな段階へと移行した。モーンソンとゲストは皿を空にし、ワインのデキャンタの中身もすべて飲み干した。するとゲストがキッチンに走り、白ワインの三リットルボックスを手に戻ってきて、その間にホストは数ある映画チャンネルの中から映画を選んだ。とりたててどうということもない映画、普通の恋愛コメディだ——アドルフソンはタブロイド紙のテレビ欄で素早く確認した。二時半になると二人はリビングを去り、建物の反対側に面したベッドルームの方向へ向かった。

アドルフソンは、交通部の同僚のベッドで丸くなって眠っているフォン＝エッセンを起こした。フォン＝エッセンはベッドから起きだし、こっそり窓から覗き、ベッドルームに戻ってきて、標的はベッドに入ったようだと報告し、あとは自分が引き継ぐからと言った。アドルフソンのほうは同じベッドに飛びこむと、瞬時に眠ってしまった。何もかもが詳細に記録され、前の道に停めた車の所有者の名前と国民識別番号は、見た目からしてモーンソン宅の女性宿泊客と一致するようだった。彼女の身元をどうしても確認しなければいけなくなっても、すでに無数の写真に写っているのだから問題ない。

ベックストレームも今夜ばかりはなかなか寝つけなかった。まずはローゲションと二人で部屋で宴会を催した。自分に依存してばかりの同僚をやっと追い返したときには、時刻はすでに夜中の二時だった。その三時間後には起きだし、まずはちょっとした寝覚めの一杯をやり、それでやっと心が落ち着き、二度寝することができた。しかし七時にはまた起きだし、他に何も思いつかなかったので、食堂へ下り、長く苦しい夜を過ごしたあとに必要な栄養を摂取することにした。

まずはいつものようにアスピリンとアンチョビとスクランブルエッグとプリンスソーセージを皿に大盛にし、手始めにごくごくと何口かオレンジジュースを飲むと、やっと普通の人間のように頭がはっきりしてきて、迅速にプリンスソーセージへとかぶりついた。おまけにレヴィンに向かって、朝の挨拶代わりに豚の鳴き声のような音を出してみせた。レヴィンのほうは礼儀正しくうなずき、さらには読んでいた新聞をわずかに下げたほどだったが、スヴァンストレーム嬢はといえば理由は不明ながら激しい笑いの発作に襲われ、それがますますひどくなった。目を真っ赤にして涙を流し、結局、口にナプキンを当てたまま婦人用化粧室の方向に走っていった。

いったいなんなんだ、あの女は——。ベックストレームは不審に思いつつも、短いソーセージをもう一本口に入れた。

「おい、いったいなんなんだ」ベックストレームは怪訝な顔でレヴィンに尋ねたが、レヴィンのほうは感情的な女がトイレに立ったことにも気づいていないような表情を作った。

「わたしにはまったくわからないよ」レヴィンはそう嘘をついた。この署内で、ベックストレームに対する告発状を読んでいないのは当の本人だけだと気づいたからだ。それでも朝から同僚の一日をぶち壊しにするつもりはなかった。たとえその同僚の人格に問題があり、人間として至らぬ部分が多々あったとしても。

「いや、さっぱりわからないよ」レヴィンはそう付け加えると自分もテーブルから立ち上がり、その日は一日じゅうエヴァ・スヴァンストレームをベックストレームに一定の距離以上近寄らせないように目を配っていた。

77

モーンソンとそのゲストのほうはといえば、睡眠にはなんの問題もないようだった。フォン＝エッセンが捜査ログのノートを手に取る理由ができたのは、朝の十時ごろになってやっとだったからだ。まずは裸のモーンソンが廊下に姿を現し、そのままバスルームへ消えていった。その数分後には同じくらい真っ裸のゲストがあとに続き、明らかに二人とも衛生には非常に気を使うたちのようで、一時間経ってからやっとモーンソンが腰にバスタオルを巻き、女のほうはバスローブを着て、朝食を食べるためにキッチンへとやってきた。

この時間にもなるとアドルフソンも起きだし、シャワーを浴び、コーヒーを淹れたり卵を茹でたり、ジュースをグラスに注いだり、パンにバターを塗ったりと大忙しだった。そのときにベックストレームが状況確認のためにまた電話をかけてきた。

「どうだ？　女は生きてるのか？」ベックストレームは珍しいくらいそっけない口調だった。

「これ以上望めないくらい健やかですよ」フォン＝エッセンが請け合った。「今は女もそのホストも朝食を摂っています。カフェラテ、大麦のシリアルの入ったヨーグルトに、それぞれたっぷり野菜と薄いチーズを載せたクネッケブレッド」

「なんだって」ベックストレームの声に嫌悪感が露《あら》わになった。「そいつら、頭は大丈夫なのか？　やつが相手の首に手をかけたらすぐに電話するんだぞ」

フォン＝エッセンは即座に連絡すると約束し、それからアドルフソンに写真撮影と記録を任せて自分も素早くシャワーを浴びた。向かいのマンション内の動きから察するに、彼らの標的はこのあとどこかに出かける様子だったからだ。

レヴィンと彼を手伝う同僚たちは一日半かけて、ベングト・モーンソンとリンダもしくはその母親との接点をみつけようとした。しかしうまくいかなかった。あるかぎりのデータベースを余すことなく使い、長年の間に身につけた周到さと秩序、それに豊かな想像力を駆使して調べても、何もみつからなかったのだ。

もっとも可能性の高い結論は、意気消沈するような内容だった。どうしても、リンダと母親の親類、仕事、子供時代、学校もしくは住居などに関連する接点はみつからない。彼らをつなげる共通のネットワークや関心事、一般的な趣味や友人知人なども、ない。となると残るは偶然の出会いくらいだ。唯一の心の癒しは、彼らが全員普通の感じの良いまともな人々で、ヴェクシェーは小さな町だから似たような種類の人たちは遅かれ早かれどこかで出会っているという事実くらいだった。

同時にそれは頼りない癒しだった。というのもレヴィンの心の中で不安が爪を立てるように育っていた。自分が考えついたことはどれも間違いなのではないだろうか。モーンソンみたいな男がどこでコソ泥のように車を直結させたり、ハンドルロックを破ったりすることを覚えたのだ？　クスリを買えるようなコネをどうやって作った？　そして、それらすべてが最終的に示す結果に、モーンソンのような男が関わっている可能性がどれくらいある？　自分より十五歳も若い女性を強姦し、拷問のように苦しませ、絞め殺した可能性が。ここまでのところ唯一納得がいくのは、フォン＝エッセンとアドルフソンの報告にあったように、モーンソンの性欲がかなり旺盛なことだ。とはいえ普通の性行為で鎮められる類《たぐい》の性欲のようだ。一方で、そう、その一方で――レヴィンはそう考え、不安を押し殺そうとした。

午後の五時になると、またベックストレームがアドルフソンとフォン＝エッセンに電話をかけてきて、最初の質問は「お前たちはなぜ連絡をよこさないんだ」だった。フォン＝エッセンいわく、それはボスを煩わせるほどのことは何も起きていないからだった。きっともっと大事なことでお忙しくされているのでしょうから。

「バカを言うな、エッセン」ベックストレームが遮《さえぎ》った。「さあ、もういいからあの野郎が何をしているのかを話せ」

朝食終了後、モーンソンと女性のゲストは服を身に着け、荷物をいくらかバッグに詰めた。

その中身を考えると、どうやらピクニックに出かけるようだ。どう考えても、この素晴らしい夏を謳歌《おうか》しにいくのにちがいない。しかし玄関まで出たときに、予定外のことが起きたようだ。というのも、二人ともまたお互いの服を脱がせにかかり、玄関マットの上で様々な体勢を取ったからだ。しかしながらその詳細については不明のままだった。向かいのマンションからは、彼らの足から腿までしか観察することができなかった。

予定にはなかったその行動は比較的短時間で終了し、十五分後にはモーンソンとゲストは彼女の車で出かけていった。その態度から察するに、両者ともなかなかないくらいに上機嫌だった。アドルフソンとフォン＝エッセンが安全な距離を置いて彼らのあとをつけてみると、ほんの数十キロ走ったのちヘルガ湖の北岸の遊泳場に車を停めた。彼らはそこで午後じゅうブランケットの上に寝そべり、おしゃべりをし、日光浴をして、湖で遊んだり泳いだりもした。その上、簡単なお弁当まで用意してきていた。気温は二十七度、水温二十四度で、フォン＝エッセンとアドルフソンまでもが可能な範囲で順番に水に浸かって涼んだ。標的からは安全な距離を保ち、目立たないように。

それから二人はモーンソンのマンションへと戻っていった。途中で車を停め、食料品を少し買いこんだ。そしてマンションの前で別れの挨拶をすませると、女性のゲストは車で走り去り、モーンソンは自分の部屋に戻り、まずは服を脱ぎ捨ててバスルームに姿を消し、また出てくるまでに三十分近くそこに入ったままだった。それからやっと青いバスタオルを腰に巻いて出てきた。そのあとは、ずっとリビングのソファでタブロイド紙を読んでいる。

「まずアフトンブラーデット紙、それからエクスプレッセン紙」フォン＝エッセンが無機質な声で報告した。

「一度も怪しい行動は取らなかったのか？」ベックストレームが心外だという声を出した。「湖にいたときも、アウトドア版はやらなかったのか？」

そういうことはありませんでした――というのがフォン＝エッセンの答えだった。もちろん、モーンソンがバスルームの中で何を思いついたのかは別として。

あいつはいったい何をしているんだ――ベックストレームは恨めしそうに自分の腕時計を見つめた。もう六時なのに、今日はまだピルスナーも飲んでいない。だが少なくともそれについては迅速に対処することができる。目先のきく彼は、午前中には土曜営業の国営酒屋にローゲションを派遣し、在庫を補給しておいたのだ。ヴェクシェーでの最後の、そしていちばん長い夜のために。ＳＫＬのラテックス手袋どもが自ら誓った約束を守れないなら、あと一晩余分に残ればいいだけだ。バカと使えない部下ばかりに囲まれ、ちょっとしたことにありえないくらい時間がかかる。社民党が彼の上司に任命したラップ人野郎など、太ったノルランドの尻に政党本を突っこんでおけばいい。誰にも、ベックストレームに仕事を途中で切り上げろなどと命じることはできない――そう考えると、もうかなり元気になった。

ベングト・A・モーンソン。Aはアクセルのだ。どうやら安定した習慣とルーチンの持ち主らしい。同時にパートナー選びについては基本リベラルで、多大な柔軟性ももちあわせている。土曜の夜も、前夜とまるっきり同じように始まった。まずはソファに寝そべって数時間テレビを観ていた。それから何本か電話をかけ、キッチンに行っていつもの盆をセッティングしたのが夜の九時半。パンに各種のおつまみ、小皿、ワイングラス二個、それに三リットルの白のボックスワイン。ワインは前夜のお相手が残していったものだ。経費を最小限に抑えるとは、賢明な男だ。それでは、昨日金髪女に出したワインは誰からもらったのだろう――とパトリック・アドルフソンは考えた。なにしろ生まれも育ちもスモーランドなのだから。

その半時間後、モーンソンのマンションの前の道に女が現れた。前夜の金髪とはちがってブルネットで、もっとずっと若かった。ひょっとするとそれが、彼女が自家用車ではなく徒歩でやってきた理由かもしれない。ともかくその五分後にはその家のホストとともにリビングのソファに座り、そのあとは前回と同じだった。

「何か面白いことは起きているか?」フォン＝エッセンがキッチンのテーブルでスヴェンスカ・ダーグブラーデット紙の朝刊を読みながら、張りこみを担当しているアドルフソンに尋ねた。

「ブルネット、二十歳くらい。昨日の金髪よりかなり巨乳」アドルフソンが総括した。「おまけに秘密の場所の毛を剃っているようだが、それは暑さのせいもあるのかもしれない」

「それは確認しなければ」フォン＝エッセンがテーブルから立ち上がり、それ以上あれこれ言うことなくアドルフソンの双眼鏡を奪った。「どうやら簡単な女のようだな」

「モーンソンは髭ハンバーグを食べるのに飽きたのかもしれないし」

「相棒、お前は本当に救いようのないロマンチストだな」フォン＝エッセンはため息をつき、双眼鏡を返すと、新聞の経済欄へと視線を戻した。投資している株のおかげで、両親から相続した一軒家の雨漏りの修理ができることを願って。


「どうだ」その一時間後、ベックストレームが電話をかけてきた。

「昨日と同じです」フォン＝エッセンが総括した。

「同じ女か？」ベックストレームはそう尋ねながら、そういえばその女の身元はわかったのだろうかと考えていた。レヴィンたちからは一日音沙汰が一切ない。そのご婦人の写真や背景調査を頼んでおいたのに。

「新しいご婦人です。ブルネット、二十歳くらい、どうも簡単な女のようです」フォン＝エッセンはベックストレームのような男を興奮させないよう、詳細には踏みこまずに伝えた。

「何度やった？」ベックストレームがなぜかそう尋ねた。

「二時間で三回です」フォン＝エッセンは素早くログに目を通してから答えた。「でも今またやりかけているので、四回目も期待できそうですよ」

「なんてことだ、完全に頭が病気の悪魔だな」ベックストレームが大きくうめいた。「おまけにこの暑さだというのに」

フォン＝エッセンとアドルフソンはその夜は順番に同僚のベッドで身体を休ませた。日曜だというのに朝の七時ごろには、モーンソンの最新のお相手がマンションを出ていった。元気ではつらつとしているが、気の毒なことに介護士か何かの職についているのだろう。フォン＝エッセンの中の男爵がそう考え、その間に警部補代理がログにメモを取った。モーンソンのほうは当然必要な睡眠を貪っている最中のようで、ご婦人を玄関まで送ることもしなかった。フォン＝エッセンも次第に眠くなってきて、部屋の奥から聞こえる同僚のいびきに苛立ちを感じ始めていた。そろそろ何か起きてもいい頃なのに――。大きくあくびをし、また時計を見たときに、携帯が鳴った。

「何かあったんですか?」フォン＝エッセンは訊いた。

78

その半時間前に、エノクソンの電話も鳴った。エノクソンは朝型なので、すでに朝刊を読み、朝食の準備も始めていた。彼ほど朝型ではない妻の分も。

「エノクソンだ」とエノクソンが答えた。

「今、大丈夫ですか?」SKLの鑑識官がそう切り出した瞬間に、エノクソンにも彼女が何を言おうとしているのかわかった。

「そんなことが、あっていいのか……」その二分後に鑑識官が説明を終えたとき、エノクソンはそうつぶやいた。『奇跡を信じて』のストーリーはまだ終わっていなかったのか――目の前に浮かぶのは、チビでデブの国家犯罪捜査局の同僚とはいえ。

「何かあったんですか?」フォン＝エッセンが訊いた。

「さあ、あの野郎をぎゃふんと言わせてやるぞ」ベックストレームが電話の向こうで息まいている。その瞬間にフォン＝エッセンもアドルフソンも理解した。これで待機は終わったのだ。少なくとも、今回は。

その後の半時間のうちに、ベックストレームとローゲションも張りこみに合流した。マンションの裏側に車を停め、ありとあらゆる策を尽くしての慎重な登場となった。ベックストレームは半ズボンにアロハシャツ、サングラスに靴下の上からサンダル。西インド諸島あたりを舞台にした古いスパイ映画に出てきそうないでたちだった。その一方でローゲションのほうはまったく普段どおりだったが、一分間ずらしてマンションに侵入したので、一切見とがめられることはなかった。

フォン＝エッセンが二人に現状を報告した。モーンソンはまだベッドにいるようだ。おそらく寝ているのだろう。建物の反対側のバルコニーもしくは二枚の窓のどちらかから飛び降りたのでないとすれば。残るはマンションの正面入口と地下室への出入口だけだが、どちらも建物のこちら側についている。

「では、捕らえにいくぞ」ベックストレームが高らかに宣言した。「誰か手錠を貸してくれないか。あわてていて自分のは署に置いてきてしまった」

「ボス、お言葉ですが。その方法がうまくいくとは思えません」アドルフソンが異論を唱えた。

「なんだお前は、特殊部隊でも呼ぼうってのか?」ベックストレームが訊き返した。まったくいつもこうなのだ。いちばんびびらなそうなやつが、最後の最後でびびるんだから。こいつならいくらでも上を目指せると思ったのに――。

アドルフソンは、特殊部隊に電話をしようなどとは露ほども思っていなかった。そうではなくて、突入作戦に関して現実的な提案があるだけだった。ローゲションを除いて、モーンソンはここにいる全員の顔を知っている。ベックストレームにいたっては確実に気づくだろう。同じ部屋に二時間も一緒に座っていたのだから。ローゲションは、こういう場合に都合のいい容貌ではなかった。おまけにモーンソンのドアには覗き穴がついているから、ドアを開けてくれるのを期待して呼び鈴を鳴らしたりしたら、パン切り包丁を頸動脈《けいどうみゃく》に滑らせたり、四階から飛び降りたりする時間を与えてしまう。

「実際にそういうことが起きたんですよ。その両方をやらかしたやつがいて」フォン＝エッセンも同僚を援護した。「国外退去の件だった。そいつはまず首を切って、そのあとベランダから飛び降りたんです。念入りなやつだ。悲しい話ですよ。よりによってこの町で」

「他に提案はないのか」ベックストレームが不機嫌な顔で仲間を見回した。

「あの男は控えめに言っても大の女好きなので、こうしてはどうだろうか……」アドルフソンが提案を行った。「ああいうやつには、この作戦で必ずうまくいくんですよ」

ベックストレームと仲間たちがこの捜査において唯一、真に男らしい行動を計画している間、レヴィンはこれまたいつもどおり、それ以外のやらなければいけないことを一手に引き受けていた。まずは捜査責任者に電話をかけて、留守番電話にメッセージを残した。これを聞いたらなるべく早く――できればすぐに――携帯にかけ直してほしい。それから検察官にも電話をしたが、こちらはありがたいことにすぐに電話に出てくれ、遅くとも一時間以内には駆けつけると約束してくれた。

それからレヴィンはアンナ・サンドベリィに、もう一人同僚を連れてリンダの母親の元へ向かうよう頼んだ。母親がそれ以外の方法でこのニュースを――最悪の場合メディアを通じて

——聞くことになるのを避けるために。さらに、誰か面倒を見てくれる人がそばにいるようにも取り計らってくれ。同じことがリンダの父親にも言えるが、そちらはクヌートソンに完全なる信頼を寄せて任せることにした。電話で伝えてくれればいい。それがいちばん簡単だろうし、父親から他に何か要望があれば、きっとそれにも添うことができるだろう。

レヴィンが丁寧《ていねい》な手でこれらのソフトな任務を仕分け、各部分が正しい位置にはまるよう努力している間に、ベックストレームたちのところには、県警犯罪捜査部で張りこみ捜査を担当する若い女性の同僚が合流した。彼女は「カイサと言います。カイサのカはCで、イはi・j」と自己紹介をした。モーンソンとは二日前に電話で話したところで、そのときはホウダ・カッセムと名乗った。演劇が大好きなイランからの移民の女の子で、そういう女友達がたくさんいて、少しでも助成金をもらえないかと夢見ている。しかし今日の作戦については、まったく別の役柄を提案した。どうせモーンソンはホウダがどんな顔をしているのか知らないのだから。

「いつもの市場調査員でいこうと思います。この地区に住む感想を聞いて回るやつです。彼のような男には必ずうまくいくんですよ」カイサは笑って、アドルフソンにウインクした。同時に、首から下げている〈マルクナーデン〉と書かれたマーケティング研究所の職員証をつまんでみせた。

「そろそろ起きだしたようだぞ」フォン＝エッセンがキッチンの窓ぎわの定位置から報告した。

「今はキッチンにいます。パンツ一丁で。おや、蛇口から直接水を飲んでいるな。だから白のボックスワインには気をつけたほうが……」

「よし、じゃあやるぞ」ベックストレームが威厳をもって言い放ち、同時に腹を引っこめ、胸を張ったので、アロハシャツが波打った。「それと、さっさとやつに手錠をかけるんだぞ。下の通りでオリンピックを開催するつもりはないからな」ベックストレームはそこでなぜかアドルフソンとフォン＝エッセンを睨《にら》みつけた。

カイサはまったく正しかった。モーンソンは唇に笑みまで浮かべてドアを開けた。それに続くたいして劇的でもない逮捕劇は十五秒で終了した。フォン＝エッセンが横から現れ、警察バッジを呈示したのだ。それと同時にアドルフソンが素早くモーンソンの手を背中に回し、丁寧な所作で手錠をかけた。

「いったいどういうことです？　何かの間違いですよ」モーンソンは動揺し、まったく意味がわからない様子だった。

「今、やつを連れて帰るところだ」ベックストレームが手短に伝えた。「鑑識の怠け者たちをたたき起こしておけ。まずはこいつのマンションからだ。すでにパトカーが二台停まっているから、間もなくハゲタカどもが全員ここに揃うぞ」

「鑑識はもう向かっている」レヴィンが答えた。「それ以外、問題ないか？」そう訊きながら、懸念が声に出ないよう努力しなければいけなかった。

「平気だ。すっかりしょげ返ってるよ。さっきまでの偉そうな態度とはおおちがいだ」ベックストレームが満足気に言った。

そいつが偉そうな態度だったことなんてあるのか――とレヴィンは思った。

79

レヴィンはこの午後もまた事務的な処理に当たることになった。まずは検察官に報告を行った。

「午前中にＳＫＬから連絡があったんです。それまでは漠然とした推測でしかなく、あなたを煩わせないようにこれまで連絡を入れなかったんだが……」レヴィンはまずそう詫びた。

検察官はそれに対してなんの不服もなかった。むしろ、心から胸をなでおろした。それがモーンソンのＤＮＡだという正式な報告がＳＫＬから書面で届き次第、勾留請求を行うと明言した。それまでは身柄を拘束し、勾留決定を通達するさいは、よかったら一緒に留置場に行きましょう。通達は検察官自ら行うつもりだった。ヴェクシェーは小さな町で、検察庁はどうせ同じ建物にあるんだし、おまけに彼女は犯人にちょっと興味があった。

「まだ顔も見ていないんだもの」検察官は言った。「話は変わるけど、オルソンはどこ？」

「週末は休暇を取っていたんです。我々も電話をしているが、つながらない。連絡をくれるといいんだが……」レヴィンは肩をすくめた。今さらオルソンがなんの役に立つかはさておき。

「残念ながら、そんな人間には見えませんよ」留置場の廊下に足を踏み入れたとき、レヴィンが言った。「犯行の内容を考えればという意味で」

「そういうものよ」検察官が答えた。「少なくともわたしがこれまでに会ってきた犯罪者は」


確かにモーンソンはそんなふうには見えなかった。茫然とした表情で、独房の簡易寝台に腰をかけている。人生で初めてアイデンティティーを奪われたときは皆そうなるのだ。民主主義国家において、これ以上ありえないほど生々しい方法で奪われる。まずは手錠を外され、留置場に登録される。それから私服はすべて脱ぐように指示され、代わりに留置場のトランクス、靴下、ズボン、シャツを支給される。希望すれば布のスリッパを借りることもできる。そして、自分の所持品の明細書にサインをする。

さらにしばらく待つと、二人の鑑識官が現れた。モーンソンは写真を撮影され、身長と体重を測られ、指紋と両手のひらの掌紋を採取された。それから医師がやってきて採血を行い、頭髪と体毛と陰毛を回収した。それらはすべて小さなビニール袋か瓶かプラスチックまたはガラス製の管に収められ、ラベルを張られ、封をされ、医師のサインがされた。それが終わってもモーンソン自身は留置場に残され、そのとき初めて、質問されたわけではないのに自分から口をきいた。

「いったいこれはどういうことなんでしょうか。教えてもらえませんか」

「検察官が間もなく来る」鑑識官の一人が請け合った。「もらえるだけの情報はもらえるはずだ」

「実はあまり体調がよくないんです。普段から常用している薬をもってこられなくて。まだ家にある。バスルームの棚に。喘息とかそういうのです」

「そのことは改めて相談しよう」医師が優しくうなずいた。「まずこれをすませてからだ」そう言って、二人の鑑識官のほうにうなずきかけた。


「すごくハンサムじゃないの」レヴィンとともに捜査班のフロアに戻ったとき、検察官が言った。「本当に前科は一切ないの？　だって、今回のことを考えると」

「昔の映画俳優みたいでしょう」レヴィンも同意した。「そう、前科は一切ない」

「あまり気分がすぐれないんでしょうね」検察官は独り言のように言った。「自白すると思う？」

「実はよくわかりません」レヴィンは頭を振った。「なるようになるでしょう」すでに判明していることを考えると、自白したところでなんの役に立つのかは知らないが——。

皆が興奮した雌鶏のように走り回っている間、ベックストレームは捜査班のフロアを一周し、彼という人間にふさわしい祝福の言葉を受けた。捜査班のメンバーは手のひらを返したように、一人残らず子供のように嬉々としている。あの繊維捜査担当の二人ですらも。先週まではベックストレームに対して酢のように酸っぱい表情を浮かべていたのに、それが今日は彼の顔を見たとたんに笑顔を浮かべ、おまけにくすくす笑っている。

「ベックストレーム、あなたに会えてすごく楽しかった」繊維捜査担当の一人が言った。それから、さらに嬉しそうな顔になった。「ああところで、おめでとうございます」

「もうストックホルムに帰ってしまうなんてすごく残念」もう一人も言った。「でもまた機会はあるわよね？ もっとよく知り合いたかった」

何かがおかしい——ベックストレームはそう感じたが、それがなんなのかがわからない。だから短く、男らしくうなずくだけにしておいた。

「まあきみたちなら、きっと」田舎の保安官と中年女どもめ。そろそろよく冷えたピルスナーの時間だ。

ローゲションは自分のオフィスにいて、なんだか浮かない顔をしていた。

「そろそろ本拠地に帰ろうと思う」ベックストレームが宣言した。

「じゃあおれも一緒に帰るよ。あとはファイルを全部かき集めて、ホルトとちょっと話せば終わりだから」

「ホルト？　あの苦虫女はもう到着したのか」

「さっき廊下で見かけたんだ。ホルトとあの……前に公安にいた小さな金髪の子、マッテイだったか？　ああ、リサ・マッテイだ。おふくろさんが公安警察のえらいさんなんだってな。おれに言わせれば本物の性悪女だ。二人は今、うちの検察官とぎゃあぎゃあ騒いでる最中だ。そろそろ三人でウェーブでもやりだすんじゃないか」

「じゃあ、ホテルのバーで」ベックストレームは素早く立ち上がった。「ところで、お前は飲むなよ。運転するんだから」


それからベックストレームは、ホルトと出くわさないように、いつもの目立たない出口から警察署の外に出た。被害者のおやじさんに電話して、嬉しいニュースでも聞かせてやるか――表に出たとき、ベックストレームはそう考えた。


ホテルの部屋でのんびりと、彼という人間にふさわしいよく冷えたピルスナーに舌鼓《したつづみ》を打ちながら、ベックストレームは電話をかけた。リンダの父親に。だが、すでにバカのクヌートソンが手柄を横取りしたようだった。

「あなたはストックホルムに戻られると聞きましたよ」ヘニング・ヴァッリンが言った。

「色々忙しくてね」ベックストレームは何に忙しいのかという詳細には踏みこまなかった。

「ですが娘さんを殺した犯人はわたしがちゃんと牢屋にぶちこんでおきましたから、その点についてはご安心ください。あの野郎にふさわしい目に遭わせてやる」ベックストレームが保証した。

「お会いする時間はありますかな」ヘニング・ヴァッリンが言った。「できれば、個人的にお礼をしたくて」

「少々現実的な問題がありましてね。今日はもうビールを飲んでしまったんです」

「うちの下男を迎えにやらせます」

「まあ、それなら……」ベックストレームの声はまだ少し躊躇《ちゅうちょ》していた。

「渡したいものがあるんです」

「わかりました」渡したいものとな。いったいなんだろうか。

一時間後、ベックストレームはヘニング・ヴァッリンの屋敷の巨大なリビングで、暖炉の前のソファに心地よくもたれていた。悲しみに暮れるこの家の主人に敬意を表して、アロハシャツと半ズボンは脱ぎ、充実したワードローブの中からこの状況にふさわしい服装を選んできた。その手には最高級モルトウイスキーの入ったグラスがあるわけだから、これ以上の人生があるだろうか。ヴァッリンのほうも前回会ったときよりはかなり元気そうだった。とりわけ、髭を剃るときの右手にも秩序が戻ったようだ。

「何者なんです」ヘニング・ヴァッリンが身を乗り出し、ベックストレームを見つめた。

「わたしが早い段階で興味をもった男でね」ベックストレームは考え深げにグラスから金色の液体をすすった。「指先の感覚ですよ」ベックストレームは謙虚な表情を浮かべてそう言うと、右手を差し出し、親指と人差し指をこすりあわせた。「具体的な手がかりがあったわけじゃないが、こういう仕事をして長いから、最初からおかしいとわかったんです」ベックストレームはグラスから大きく飲み干し、今言った言葉を強調した。

「名前は？」

「それは言えないことになっている。まだこの段階では」

「この部屋の中に留めておくから」

「わかりましたよ」そしてベックストレームはすべてを話し、その間にヴァッリンが彼のグラスを満たした。

「この町の全員と知り合いみたいな男でね」ベックストレームが総括した。「不運にも、あの歩く不幸のようなベングト・オルソンとも親友で、そのせいでちょっと微妙なことに……」

「おまけにわたしの元妻とも寝た」突然、ヴァッリンの顔が怒りで真っ赤になっていた。そして立ち上がった。「ひとつ渡したいものがある」

しばらくするとヘニング・ヴァッリンはこの屋敷に数多くあるアルバムのうちの一冊を手に戻ってきた。この屋敷の主人としての年月、パーティーや特別なイベントを記録してきたものだ。

「これだ」ヘニング・ヴァッリンがアルバムから一枚の写真をはがした。「探せばもっとたくさんあるだろうが。三年前の夏至祭に撮影したものだ。リンダがどうしても母親も呼びたいと言うので、呼んだんだ。すると彼女は恋人を連れてきた。長い列をなす男たちの、そのときまたまいちばん先頭にいたやつだ」

「わたしもずっと、そういうことじゃないかと疑っていましてね」

「どうぞ、差し上げますよ。あの女に罪を償わせてください。あの女と恋人がわたしの一人娘を奪ったんだ」

「ご希望には添えると思います」ベックストレームは寛大にそう答え、ホストの気が変わる前に写真を内ポケットにしまいこんだ。

「あなたしか信用できない。約束ですよ」

「問題ありません。ですがそろそろ戻らなければ」

「下男に送らせよう。これは旅のお供に」ヴァッリンはそう言って、再度ベックストレームのグラスを満たした。

ベックストレームが高価なウイスキーを飲んでいる間に、ローゲションは捜査書類をホルトに引き継いでいた。

「ベックストレームと一緒にストックホルムに戻るつもりだ。あのチビでデブの男をちゃんと家まで送り届けるよ」

「でなければ、ここに残ってもらいたかったのに」ホルトが言う。「少なくともあと数日は」

「残業上限がね」ローゲションは申し訳なさそうに肩をすくめた。

「残業なんて必要ないと思ったけど」

「なら、ちょっと風邪を引いた気がするんだ。まあ最近ずっとそうだが」

「安全運転を」


自分の下男がいるなんて、なんと便利なことだ――。玄関に立ち、リンダの父親と別れの挨拶を交わしたとき、ベックストレームは思った。

「これをあなたに」ヴァッリンがさっきベックストレームに注いだのと同じウイスキーブランドの箱を手渡した。

「本来はこういうものは受け取ってはいけないいんですが」ベックストレームはそう言いながら、箱を受け取った。

「なんのことやら」ヴァッリンが皮肉な笑いを浮かべた。「それから、これを忘れたでしょう」そう言いながら、リンダの父親は分厚い茶封筒をベックストレームの背広のポケットに突っこんだ。


この封筒の中身は絶対に写真ではないな――。黒い大きなレンジローバーの後部座席に座り、ベックストレームは背広のポケットの中の封筒に触れてみた。指先の感覚によれば、これは絶対に写真じゃない。

「途中、警察署に寄ってもらえないか」ベックストレームが運転手に声をかけた。「ちょっと上がって、忘れたものをいくつか取ってこなくちゃならん」

下男いわく、なんの問題もなかった。主人から、今夜はベックストレームのために運転しろと言われている。必要とあらば、それ以上でも。

ベックストレームは後部座席にモルトウイスキーを残し、これで最後になる警察署に入り、役立たずの同僚何人かと別れの挨拶を交わした。こんな時間にまだ職場に残って、自分の尻が前を向いているのか後ろを向いているのかも判断がつきかねているのだ。ベックストレームは自分が読んだスモーランド・ポステン紙をポケットに入れていた。今朝すでに、これをホルトに別れの贈り物としてプレゼントしようと決めていたのだ。それに前回の恩も忘れていなかった。ホルトは十五年前に、ベックストレームの殺人捜査を壊滅させかけたことがあるのだ。それをなんとか形に戻すのに、ベックストレームは規律と切れ味と指先の感覚を総動員させなければいけなかった。あの気取った雌豚め。あんなに痩せている豚というのもおかしな話だが。

まずはあのチビの腰巾着《こしぎんちゃく》から片付けることにした。簡単なウォームアップといったところか。

「やあやあ、オルソン」ベックストレームは大きな笑みを浮かべた。「聞いたかどうかわからないが、昼前にきみのために犯人を捕まえておいたよ」

「ああ、そのことなら本当に……」

「気にするな、オルソン」ベックストレームは同情のこもった声で遮《さえぎ》った。「実に残念な話だが、犯人がきみの親友だということを考えると、慎重に事を運ばなければいけなかったのはわかるだろう？　きみとの関連性という意味でだ」

「意味がよくわからないんだが」オルソンは傷ついたような表情を浮かべたが、真剣さは感じられなかった。「モーンソンの話をしているのなら、彼とはあの理事会で一緒になっただけで。それに……」

「好きなように言えばいい、オルソン」ベックストレームが遮り、さらに無邪気な笑みを浮かべた。「だがわたしがきみなら、上司に話をしにいくだろうな。上司がそのことをまず新聞で読まなくていいように」ベックストレームにしては配慮のある口調だった。


さあ次のバカ者の番だ。ベックストレームは方向をレヴィンに定めたが、レヴィンはいつものように書類の山の後ろに隠れていた。

「ご協力に感謝するよ、ヤンネ」ベックストレームは大声で言った。レヴィンがヤンネと呼ばれるのを嫌がっているのを知っているからだ。

「たいしたことじゃない」

「そうだな。たいしたことはしていない」ベックストレームが同意した。「だがきみにできることはやったわけだから、感謝するよ」

残るは最後まで取っておいたいちばん美味しい部分だった。アンナ・ホルト。まだヴェクシェーに来て数時間だというのに、あつかましくもベックストレームのポジションに居座っている。彼がすべてにカタをつけた瞬間にやってきたのだ。

「あらベックストレーム、名残惜しくて帰れないのかしら」ホルトがそう言って、皮肉な笑みを浮かべた。

「すべてやらせてもらったよ。あとはちょっと助言をしに寄っただけだ。まだいくつか残っている点があるだろう?」

「あなたはすでに任務を解かれたんだと誤解していたわ」

「ほう、そうなのかい」ベックストレームは機嫌よくうなずいた。

「もう打ち上げパーティーを始めているのかと思ったけど」ホルトは肩をすくめた。

「そんなことはどうでもいい。だがわたしなら、あのオルソンという男には充分気をつける」そう言いながら、今朝自分が読んだスモーランド・ポステン紙を差し出した。「一面を読めば、その意味がわかるかもしれない」

「そこまでひどいことはないでしょう」ホルトは新聞にちらっと目をやっただけだった。「でもありがとう。あなたの意見は伺いました」

「あと一点だけ」ベックストレームはいちばんいいところを最後に取っておいたのだ。「被害者と犯人の関係は摑めたのか？」

「レヴィンたちが今やっているところよ。だからきっと判明するでしょう」

「そうでなくとも、わたしがすでに解決してやったぞ」ベックストレームは被害者の父親からもらった写真をホルトに手渡した。さあ、これで思い知るがいい、この苦虫女め――。ホルトがそれをじっと見つめるのを眺めながら、ベックストレームは満足気に考えた。

「これはいったい何」

「真ん中がうちの被害者だ。左にいるのがそのママで、右にいるのがその犯人。なぜ三人とも元気で楽しそうにしているのかというと、この写真は三年前に被害者の父親の屋敷で行われた夏至祭のパーティーで撮影されたものだからだ。当時のモーンソンはどうやら、リンダのママの上で腹筋を鍛えていたようだな。なぜ娘の皮をはごうとしたのかはまだ不明だが、被害者の母親を連れてくれば、きっと詳細に教えてくれるだろうさ」

「この写真、リンダの父親からもらったのね」ホルトの口調は、質問というよりは決めつけだった。

「匿名の情報提供者《UL》からもらったものだ」ベックストレームは威厳をまとった表情で言った。

「もし他にも手助けが必要なら、いつでも連絡したまえ」

「どうも。何かあったら連絡します」

ホテルの部屋のドアを閉めて安全を確保すると、ベックストレームはすぐに茶色の封筒の中身を数え始めた。もらってはいない茶色の封筒のことだ。念のため二度数えたが、二度とも同じ結果になったので、正しいと考えていいだろう。まったく、あの男は金があり余っているとしか思えない――数え終わったとき、ベックストレームはそう思った。

それから荷物をまとめ、まだ残っていたよく冷えたピルスナー三本とモルトウイスキーの瓶を旅行鞄のいちばん上に詰めた。任務に疲弊した警官のための、ささやかな旅の糧《かて》だ。フロントに鍵を返すとき、このホテルのサービスについてもいくらか所見を述べておいた。

「クリーニングをもうちょっとなんとかするんだな。それに給仕係にもっときびきび働くよう言ってくれ。厨房のやつらの尻も蹴り上げておくといい」

フロント係は次回までに対処しておくと約束し、ベックストレームとローゲションによい旅を祈った。

80

八月二十五日（月曜日）、ストックホルム

ストックホルムへ戻る道すがら、ベックストレームは後部座席で横になっていた。車のハンドルを握るという簡単な仕事はローゲションが担当した。ベックストレームのほうはまだ冷たいうちにと、残っていたピルスナーを三本とも飲み干し、そのまま上質なモルトウイスキーの試飲へと移行した。その間じゅう、何度も手を背広のポケットに突っこんでは、指先を茶色の封筒に這わせた。そして目の前に浮かぶ新聞の見出しのことも夢想した。〝リンダ殺害事件を解決した男〟——ベックストレームは満足気な深いため息をついた。そしてニィシェーピンにさしかかる頃には本物の夢を見始めていて、勇士にふさわしい休息を貪った。ストックホルムのクングスホルメンにあるベックストレームのマンションの前でローゲションが車を停めるまで。これまで何度となくあったように、国家犯罪捜査局のベックストレーム警部の任務は完了し、本拠地に凱旋したのだ。

そのため翌朝のミーティングで、デスクの向こう側に座るラップ人野郎がまったく別の目的をもっていることに気づくまでにかなり時間を要した。花束もなければ、ケーキもない。時刻はまだ朝の八時だというのにコーヒーの一杯も出てこない。ベックストレームは真夜中に起きだしたというのに。シャワーを浴びて、歯を磨いて、ミントの飴を買って、長官の感動的な祝辞への返答を準備したのだ。なのに、いったいどうなってるんだ？　こんなことで、警察組織はいったいどうなってしまうんだろうか——。

ヨハンソンは捜査にはみじんも興味がなかった。リンダ・ヴァッリン殺害事件にも、ベックストレームの貢献にも。不可能だと思われたにもかかわらず、規律と切れ味、指先の感覚と努力の古き良き組み合わせにより、パズルのありとあらゆるピースをはめたのに。その代わりに謎の請求書や現金出金、ローゲションの部屋につけられていたポルノ映画の請求、残業代の請求など、天と地の間のありとあらゆることについて小言を言われたのだ。おせっかいにも周りが探り出し、誤解し、ベックストレームのせいにした諸々のことを。

「あとは経理の担当者に直接連絡するように」ヨハンソンが苦々しい顔で話し終えた。「すぐに会えるよう時間を予約してある。うちの秘書に訊けばわかる」

「長官、お言葉ですが」ベックストレームが言い返した。「自分は警官であり、金数え屋ではありません。それに皆の主張はどれも……」

「今その話をしようと思ったところだ」ヨハンソンが遮《さえぎ》り、大きなデスクの上に次のファイルを広げた。「先週入ってきた告発状のことだ」

「例の、被害者のいない告発状のことでしょうか」ベックストレームは抜け目なく言った。

「そんな告発状も出ているとは知らなかったが」ヨハンソンが冷たく言い放った。「わたしの手元にあるのは、強制わいせつの被害届で、被害者の名前はカーリン・オーグリエン。彼女自身が被害届を提出した。先週の木曜日に受理され、被害者の聴取も同日に行われている」

「それなら、なぜそのことをわたしが知らないんでしょうか」ベックストレームは心外だという口調で言った。

「単純な理由としては、時間がなかったのだろうな。だが心配する必要はないぞ、ベックストレーム。わたしがすでに彼らと話をつけておいた。だから今日じゅうには連絡が来るはずだ」

「その女性はなんと？」ベックストレームはヨハンソンの手にある書類を不機嫌に睨《にら》みつけた。

「彼女の言葉を借りれば、〝プリンスソーセージを振った〟そうじゃないか。それ以上の詳細は自分で内部調査官に訊いてくれ」

いったい何を言ってるんだ、あの女は。どのプリンスソーセージのことだ？

ヨハンソンによれば、それ以外にはとりたてて付け足すことはないという。今後ベックストレームは経理担当者と経理関係の話をし、弁護士と法律関係の話を、被害届については通常どおり処理され、直属の上司が事務処理を担当する。

残る仕事は、あることを決定するだけだった。内部調査が行われている間、有給休暇を取るか、傷病休暇を取るか、サバティカル休暇を取るか。

「傷病だって？」ベックストレームは興奮して言った。「自分はちっとも病気なんかじゃない。今ほど元気だったことはないくらいだ。どうやらこれは労働組合に連絡したほうがよさそうだな」

「勝手にやりたまえ、ベックストレーム」とヨハンソンが言った。

81 八月二十五日（月曜日）から九月十二日（金曜日）、ヴェクシェー

八月二十五日月曜日から九月十二日金曜日までの間に、警視正代理アンナ・ホルトは通算十二回、ベングト・モーンソンに対する長短の取り調べを行った。副検事長カタリーナ・ヴィーボムとリサ・マッテイ警部代理、アンナ・サンドベリィ巡査部長が交代で取調立会証人を務めた。第一回目の取り調べはその中でもいちばん短く、アンナ・ホルトが単独で行った。

「わたしは国家犯罪捜査局の警視正、アンナ・ホルトです」アンナ・ホルトは言った。歳は四十三歳です――なんてね。シングルマザーで、二十一歳になる息子のニッケがいて、基本的には自分の人生に満足してるけれど、あれこれもっと改善できる点はあると思う。今後あなたとこんな話に及ぶかどうかは、様子を見てみましょう。

「ではなぜぼくがここに入れられているのか、説明してもらえますか」

「その理由はあなたにリンダ・ヴァッリンを殺した容疑がかかっているからよ」

「それはさっきの検察官から聞きました。まったく正気とは思えない話だ。ぼくはなんの話だかさっぱりわからないのに」

「覚えていないの？」

「だって、覚えているはずでしょう、もしぼくが殺したんだったら。忘れてしまえるようなことじゃない」

「そういうことは過去にもあったわ。ねえ、その点については今は触れないでおきましょう」

「じゃあなぜぼくはここに入れられているんです」

「リンダとどういう知り合いだったか、話してちょうだい。初めて会ったときのことから」

「もちろん。それが何かの役に立つなら、もちろんリンダとどういう知り合いだったのか話しますよ。秘密でもなんでもないし」


その取り調べは、調書によれば四十三分後に終了した。その半時間後には興味津々のカタリーナ・ヴィーボムがホルトのオフィスへとやってきた。

「どうだった?」

「計画どおりにいったし、思ったとおりだったわ。事件自体については何も記憶がなく、起きたことを考えると、それ以外の答えだったらむしろ驚く。どうやってリンダの母親やリンダと知り合ったのかを話してくれた。ちゃんとわたしと会話してくれるのよ。おまけに感じもよくて、状況のわりには協力的。普段の取り調べよりずっとましよ」ホルトは嬉しそうな笑顔を浮かべた。「それに、彼がなんて言ったかも知りたいでしょう?」

「時間があるならぜひ」検察官が答えた。

モーンソンが初めてリンダの母親に会ったのは、約三年前の五月に行われたカンファレンスだった。それは市が主催した、社会文化系プロジェクトのカンファレンスで、主に移民の若者を対象にしていた。ロッタ・エリクソンは移民の生徒が多く通う高校の教師として参加し、モーンソンは文化芸術振興課のプロジェクト担当者だった。最初のコーヒー休憩でもうお互いに好意をもち、その数日後にはレストランでディナーを食べ、初めてのデートはフレー通りのモーンソンのマンションのベッドで終わった。そのあとはよくあるような感じで進み、リンダに初めて会ったのはその一カ月後、ヴェクシェー郊外にある父親の屋敷で行われた夏至祭のパーティーだった。

「それから?」検察官が好奇心を隠せない様子で尋ねた。

「よくわからない。今日のところはここまでにして、続きは明日にしましょうと提案した。彼のほうもとりたてて異論はなかったから、そうなったわ」

「まあ大胆ね」

「そうでもないわよ。なかなか捕まえられない女に弱いという印象を受けたから、無関心を装ったの」

「まさかあなたの気を引こうとしたの?」

「とりあえず、自分を売りこもうとはしていたわ。わたしたちの関係がどうなるかは未来だけが知っている——」アンナ・ホルトは肩をすくめた。

「やだ、どきどきするじゃない」検察官は嬉しそうに身体をくねらせた。
「まあちょっとはね」アンナ・ホルトも同意した。

アンナ・ホルトがモーンソンの取り調べを開始した日、記者会見が行われた。それはヴェクシェー警察始まって以来の大入り満員となった。現在の捜査責任者で副検事長のカタリーナ・ヴィーボムが中央に立ち、その両脇にベングト・オルソン警部とヴェクシェー警察の広報の女性がいる。いちばん左に嫌々ながらレヴィンもいて、結局一度も質問は受けなかったが、それでも全身から放つ雰囲気のせいでテレビに映ってしまった。テレビのニュース番組『ラポート』では二度ばかり画面に映りこんだ。レヴィンの首をすくめるような不思議な動作には、強い嫌悪感が見て取れた。オルソン警部が記者からの単刀直入な質問に答えたとき、なぜかその様子がカメラに映し出されてしまったのだ。

記者会見ではまず、容疑者に関する質問が雪崩《なだれ》のように襲いかかり、検察官がその大半に対応した。広報の女性はジャーナリストたちの交通整理に徹し、口々に大声を張り上げる記者たちがなるべく均等に発言できるよう取り計らった。検察官は詳細に触れることなく、翌日――遅くとも水曜には、高度の蓋然性がある容疑で勾留請求を行うと説明した。現時点ではまだいくつか科学捜査の分析結果を待っているところで、それ以外にとりたててコメントはありません。ましてや現在低度の蓋然性がある容疑で身柄を拘束している男の詳細については。

容疑者とその人物像についてのお決まりの質問が終わったところで、記者たちはわりとすぐに攻撃の手を緩めた。どうもこの部屋の中で、まだ容疑者の名前、住所、職業を知らない記者は一人もいないのだ。写真、本名、住所はすでにネット上で公開されているし、翌日には全国朝刊紙ダーゲンス・ニィヒエテルやタブロイド紙大手四紙もそれに続くだろう。容疑者の親戚、友人知人、同僚、近所の人——嘘でも本当でもいいから、内容もなんでもいいから、何かしら記事に貢献できそうな人間の囲いこみが全力で行われていた。

検察官は解放され、質問の対象は警察へと移り、話が巻き戻された。ベングト・オルソン警部は捜査に関してコメントを求められたが、不明な理由によりまったく別のことを答えた。その質問というのは、法務監察長官と議会オンブズマンからも勧告を受けているとおり、千人に及ぶ無実のヴェクシェー市民からDNAを集めたことについてだった。オルソンの答えはこうだった。つい最近捜査班は三十名から約十二名に縮小されたため、その話はもはや過去のことであり、現在捜査はまったく別の段階に入っている。

容疑者を発見できたのはその大規模なDNA採取のおかげなのですか——と『ラポート』の記者が尋ねた。その点についても言及はできないが、オルソンにもひとつ言えるのは、最終段階ではDNA鑑定が決定的な役割を果たした。その答えとどう関係があるのかは不明だが、そのときにレヴィンの華奢な首がテレビに映し出されたのだった。

記者会見が終わるとすぐにレヴィンは自分のオフィスに戻り、終わったことは忘れようと努力した。それから、現在まだ成果の出ていない高級紳士セーター捜索に取りかかることにした。水色の繊維の出どころだと思われるのは機長。その機長に尋ねてみようというサンドベリィの発案は悪くなかった。

機長の話では、何年も前にそんなセーターを香港の空港で購入したという。特別セールのさらに特価で、おまけに世界じゅうのどこでもなく香港という場所は、最高級品をほぼ無料《ただ》みたいな値段で手に入れられる場所なのだ。

「記憶に間違いがなければ、九百九十ドルが九十九ドルまで値引きされていましたよ」機長は満足気に答えた。

それから何種類ものセーターの写真を見せられ、機長はすぐにそのうちの一枚にくいついた。水色のVネックの長袖のセーターだった。

「まさにこういうのでしたよ、品質が素晴らしくてね。夏は涼しく、冬は暖かく、季節を問わずわたしのお気に入りでした」

そのセーターは今どこに?――ある日突然なくなってしまい、そのままなんです。

それを下の娘の当時の同棲相手にあげたという可能性はありませんか——とアンナ・サンドベリィが訊いた。機長によれば、それは絶対にありえない。あの男にやってもよかったのは、尻への蹴り一発くらいだ。こんなことになると知っていたら、しっかり蹴っておくべきだった——。機長はさらに言った。ベングト・モーンソンのその他の所業については娘に訊いてくれ、だがショックが落ち着くまであと数日はそっとしておいてやってほしい。機長自身は当時、モーンソンとは非礼にならない程度の付き合いに留めていた。そして機長にとって何よりも謎なのは、どれほど有能で美しく魅力のある女性でも——例えば彼の下の娘のように——ある種の男を見分ける目がまったくないことだった。

「モーンソンがそのセーターをあなたから借りたとか……ひょっとすると盗んだりした可能性はありませんか」アンナ・サンドベリィはそう尋ねながらすでに、機長の娘とゆっくり語り合える日を心待ちにしていた。とりわけ男を見る目について。どうやら自分たちは同類のようだから。

「当然考えられる」機長は鼻を鳴らした。「あの男なら、なんでもやりかねないと思っていたんだ」

「どういう意味です？」

もちろん、殺人でもという意味ではないが——。昨晩遅くに事実を知らされたとき、機長とその家族は衝撃を受け、今もまだショック冷めやらぬ状態だった。間もなく孫が小学校への入学を控えていることを度外視してもだ。機長自身はかなり早い段階からモーンソンがどういう男かわかっていたつもりだった。

「例えばどういうことでしょう」サンドベリィが尋ねた。

最初に気づいたのは、娘がモーンソンと一緒に暮らしていた妊娠七カ月のときだった。孫ができるのを楽しみにしていた彼だが、昔の同僚とヴェクシェーのレストランで食事をしたときに、ベングト・モーンソンが他の女と一緒にいるところに出くわしてしまったのだ。おまけにモーンソンはあつかましくも彼らのところへやってきて、女性を同僚だと紹介した。

「あの男の頭の中には、浮気をするときにカルマルやイェンシェーピンまで行くという良識すらなかったんだ」と機長は憤った。

まったく信用のおけない、悪名名高い漁色家。天と地の間のありとあらゆることに関して嘘をつき、金にいい加減で、自分の金と他人の金の区別もつかない。自分の子供の世話もできないし、しようというそぶりもなかった。子供など、機長の古いサーブを使う口実にすぎなかったのだ。そして何よりも謎なのはやはり機長自身の娘で、彼が第一日目から疑っていた事実に彼女が気づくまで二年という月日を要したことだった。

「もちろんわたしのセーターは盗んだんだろうよ。これまでもずっと疑っていたんだ。こんなこと、あの男が思いつく中でいちばん小さな悪事だがね」

ベングト・モーンソンのマンションの家宅捜索では、セーターは発見されなかった。かつてあったとしても、今はもうない。それ以外にも、手がかりになるようなものは何もみつからなかった。モーンソンのマンションは信じられないくらいきれいに掃除されていたのだ。マンションの住民は、モーンソンがここに住み始めて以来、次々と若い女性が訪れてきていたと口を揃えて証言した。しかしそのわりには、女性たちの痕跡は驚くほどわずかしか残っていない。もっとも興味深いのは、そこにないものなのだ。例えば一カ月半前にモーンソンはパソコンのハードディスクを廃棄し、新しいものに替えている。

「大方セーターは捨てたんだろうよ」エノクソンがレヴィンと話しているときに言った。「あえて言えば、車を処分したのと同じタイミングでね」

その会話のあと、レヴィンは付箋にあることを書いた。リンダが殺された早朝にモーンソンが電話をかけたプリペイド式携帯のことだ。〝最後の通話を誰にかけたのか〟レヴィンはその付箋を、パソコンに貼りつけた。

82

「リンダに二度目に会ったときのことを教えてちょうだい」

翌日、ホルトはモーンソンへの二度目の取り調べを行った。その質問を投げかけながら、ホルトは身を乗り出し、テーブルにひじをつき、関心のこもった笑顔を浮かべ、その瞳を期待に輝かせていた。

「ええ、一度目はそのリンダの父親の家の夏至祭のパーティーで……」モーンソンは驚いた顔でホルトを見つめながら答えた。

「ええ、知ってるわ。それは昨日話してくれたわね」ホルトは相手を遮《さえぎ》り、まるでその先を待ちきれないといった様子だった。「それで、二度目は？」

モーンソンによれば、二度目はまったくの偶然だった。一カ月後のことだ。二人は町中で偶然すれ違った。ヴェクシェーのような小さな町に住んでいれば、珍しいことではない。立ち話をして、それからカフェに入り、コーヒーを飲んだ。別れる前に彼はリンダに電話番号を渡した。

「そのときは、どんな話をしたの？」ホルトが尋ねた。

前に一度しか会ったことがない相手とばったり出会ったときに話すようなこと――。リンダは明るくて感じの良い子で、面白くもあった。ちょっと独特のユーモアがあって。モーンソンの描写によれば、リンダはわざと控えめな表現《アンダーステイトメント》をしたり、一行ジョーク《ワンライナー》もよく飛び出したようだ。モーンソンはそこが気に入った。彼の経験では、女性でそういうタイプは珍しいからだ。だが彼が実際に知り合いなのは彼女の母親であって、当然それが初めて二人きりで交わした会話にも影響した。

「母親のことを話したのね」ホルトは驚いた。自分が待ち受けていた話題を、モーンソンが自分から持ち出したからだ。

モーンソンによれば、その話題を持ち出したのは意外にもリンダのほうだった。急にこう尋ねたのだ。彼はリンダがなんと言ったか、一字一句たがわず覚えていた。

「ねえ、ママとのこと教えて。まだ大恋愛中なの？」

その瞬間、モーンソンは自分も同じように正直に率直に話そうと思った。そして、一度も大恋愛ではなかったと説明した。リンダの母親は賢く美しく、もちろん大好きだが、確実に大恋愛ではなかった。彼のほうも彼女のほうも。それに二人は似た者同士でもなかった。リンダの母親のほうがかなり年上で、まったく別の、よりブルジョア的な暮らしぶりだった。ちょっと例を挙げただけでも、それだけのちがいがある。二人とも口には出さずともそれに気づいていたので、ここ最近は――リンダと出会った夏至祭以来――会うこともいっそう減り、電話でしか話さなくなった。リンダの母親がバカンスで海外旅行に行く前日には電話をかけて、楽しい旅になることを願ったが、相手はかなり冷たい反応で、二人の間に恋愛感情が存在したことがあったとしても、今は完全になくなっていた。最後に電話で話したとき、彼は確実にそういう印象を受けた。

「それに対するリンダの答えは?」アンナ・ホルトは先ほどと変わらない関心の高さで尋ねた。彼女らしい率直で気の利いた言い回し――だからこそ彼もそのセリフを一言一句まで覚えていたのだろう。

「こんなことを言ってたよ。ラッキー・ユー。あのママは本物のビッチだから。つまり英語だったんだ。小さいときに何年もアメリカに住んでいたんだろ?」

同日、レヴィンの疑問がふたつ解明された。レヴィンのような百戦錬磨の警官にとっては、近頃では粛然と祈り求めるしかない祝福のような展開だった。まずはカルマルに住む二十七歳の下級看護師がヴェクシェー警察に電話をしてきて、リンダ・ヴァッリン殺害事件について知っていることがあると話した。今朝職場でダーゲンス・ニィヒエテル紙を読み、リンダ殺害犯が誰なのかを知って初めて気づいたことだった。いつものように電話は何度も転送されたあと、最終的にトリエンがその通話に出て、電話を切った瞬間にクヌートソンとともに車に乗りこみ、その女性に事情を聴取するためにカルマルに向かったのだった。

七月四日金曜の朝、ベングト・モーンソンが彼女の携帯に電話をしてきたという。カルマルに来てるんだけど、会えないかな？　ふと思い出して電話したんだ、今夜ボリィホルムで行われるユーレネ・ティーデルのコンサートに行くつもりだから、と。彼女はまず事務的な諸々を処理し——例えば別のデートをキャンセルしたりとか——その後モーンソンが彼女のマンションに現れた。それから十分もしないうちに二人はセックスを始めていて、基本的に午後じゅうずっとそれを続けていた。彼女がこれまでモーンソンと会った三回とまったく同じように。

一度目は五月の半ばで、彼女が同僚と一緒にヴェクシェーに芝居を観にいったときのことだった。モーンソンは案内人としてそこにいた。芝居が終わると彼女は同僚たちからこっそり離脱し、モーンソンと一緒に彼のマンションのドアをくぐったとたんにセックスを始めた。時間の節約のために、彼の家に向かうタクシーの中ですでに前戯を開始していた。

しかし今回一緒に過ごした時間はそこまで楽しくなかった。午後、セックスとセックスの合間に、モーンソンが着ているセーターを洗いたいから洗濯機を貸してほしいと頼んできたのだ。高級な水色のセーターなのに、前日に錆《さび》の汚れをつけてしまった。近所の人の車の修理を手伝って車の下に潜ったときに、腹部をすりむいてしまったようなんだ。しかし彼女がその傷に気づいたとき、モーンソンは手を振ってごまかした。ただのすり傷さ。

このセーターは手洗いするもの、それもなるべく冷たい水で——と彼女は説明した。血がついたのならなおさら。どちらにしても洗濯機など論外で、そんなこと女なら誰でも知っているが、男は知らなすぎる。彼女はモーンソンのためにセーターを手洗いし、ハンガーに干し、それからセーターの持ち主と一緒にやっていた行為へと戻った。夜にはコンサートにも一緒に行った。そのときセーターはまだハンガーにかかったままだったが、モーンソンはきれいな服が少し入ったスポーツバッグを持参していたからなんの問題もなかった。おまけに外は夜じゅう二十度近くあったのだ。

コンサートのあと彼女は、ヴェステルヴィーク出身の昔の知人とばったり出くわし、彼らと話している間に、モーンソンは急に姿をくらましてしまった。かなりの人出で相当混み合ってはいたが、それでもまるで地面に飲みこまれたみたいだった。彼女は半時間も捜し回ったが、最後に女友達でこの間ヴェクシェーに一緒に芝居を観にいった同僚にも出くわした。その子の話によれば、モーンソンが十五分前にここ市民公園から別の若い女と一緒に出ていくのを見たということだった。その女とは、今彼女の目の前に立ってモーンソンを見なかったかと訊いて回っている女とはまったくの別人だった。

「それはあまり嬉しくないニュースだっただろうね」トリエン巡査部長は心から同情のこもった口調で言った。

嬉しいというのはまず頭に浮かんだ単語ではないが、彼女が激怒した理由はそこではなかった。モーンソンは結婚相手に選びたいような男ではないが、運命の人が現れるまでの待ち時間に人生に存在させておくのにちょうどよく、彼女の目的を完璧に果たしてもいた。彼のほうも同じ目的だったことに疑いの余地はない。そういう意味ではどちらも文句を言う筋合いはないのだが、彼女がいちばん腹がたったのは――ねえ、わたしが本当にありえないと思うのは――彼女に自分のセーターを手洗いさせたことだった。

だから夜家に帰ってまずやったのは、セーターをハンガーから外し、彼が残していったバッグに入れてまとめてゴミに出すことだった。その後の日々、彼女はモーンソンから電話がかかってくるのを待っていた。そうすれば少なくとも捨てたと言ってやれる。しかしかかってはこなかったし、自分からかけるつもりは一切なかった。

「じゃあ、全部ゴミに出してしまったんですね」トリエンが言った。

セーターに使用ずみのトランクス、他にも少し忘れていったものがあったんだろうけど。あとは服が入っていたスポーツバッグ。すべてマンションのゴミ捨て場行きになり、彼女の住むマンションは週に一度ゴミの回収があることを考えると、今からそれをみつけられる可能性は皆無だった。

「あなたの話で充分ですよ」クヌートソンが請け合い、目撃証言という単語はなるべく最後まで出さないようにした。

「彼と一緒にいたとき、腹部をすりむいていることに気がついたんですか？」トリエンがその話題を持ち出した。「その傷について、もっと詳しく覚えてはいませんか？」

参考人によれば、大騒ぎするような傷ではなかった。ただのすり傷。へその上十センチあたりに。

深さは？　炎症を起こしていましたか？　化膿していそうでしたか？　長さは？　いつ頃ついたものでしょうか。

たいした深さじゃありませんでした。きれいに治りそうな傷で、十、十五センチくらい。すりむいてから一日ってとこかしら。彼自身がそう言っていたと思う。

とがった縁か何かですりむいたような傷。トリエンがシャツをめくってくれれば、直接その場所を指さしてあげてもいい。仕事柄、大騒ぎするようなことじゃない――と参考人は言った。

「ご提案に感謝します」トリエンが微笑んだ。「ですが、その代わりに紙にイラストを描くというのはどうでしょう。どう描けばいいのかあなたが口で説明してくれれば」

「そのとおりよ」その五分後、参考人はトリエンが描いたイラストにうなずきかけた。「あなた、警官じゃなくて画家になろうと思ったことは？」

「いや、ありませんね」トリエンは微笑んだ。「ですが絵を描くのは昔から好きでした。傷はへその十センチほど上で、幅十センチほど。胸の方向に伸びている。それで合っていますね？」

参考人によれば、確かにそのとおりだった。この部屋の中だけの話だが、なぜ確かかというと、その傷に何度かキスをしたからだった。消毒液とキス——彼女がそう提案すると、モーンソンは消毒液は断ったがキスのほうはもらっておいた。

「いやあ、珍しいくらいいい女だったな」ヴェクシェーに戻るために車に座ったとき、トリエンが言った。

「割れた腹筋を披露するチャンスだったのに、なぜ辞退したんだよ」クヌートソンは急にかなり不満そうになった。

「お前に恥をかかせないためにさ」トリエンが満足気なため息をついた。

「われらがモーンソンはかなり手広くやっていたようだな」クヌートソンは話題を変えようとして言った。

「画家アンデシュ・ソーンの時代に生きていなくてよかったなあ」警官にもかかわらず、芸術に純粋な関心をもつトリエンが言った。

「ゴミ出しというちょっとした不運に見舞われた以外は、非常に満足せざるをえない結果だな」その数時間後、目撃証言を聞いたレヴィンが同意した。「だがソーンのくだりはよく意味がわからなかった」レヴィンはそう付け加えて、トリエンを見つめた。

モーンソンの女性への関心の高さです——とトリエンが説明した。まるでスモーランドじゅうの女性と付き合ったことがあるみたいなんだから。少なくとも、そのほとんどと。そこがまるでアンデシュ・ソーンのようなんです。伝説によれば、ソーンは絵を描く合間に、認知しただけで五十五人の婚外子をもうけたという。

「それも、オシャ村とガグネフ村だけで五十五人ですよ。モーンソンは幸運だ——今の女の子たちにはピルがあるからな。だって、子供はまだ一人しか作っていないようじゃないか」とトリエンが説明を補足した。

83

「三度目に会ったのは？」アンナ・ホルトは、一時間前に取り調べを始めたときと変わらぬ優しい表情で、好奇心を露《あら》わにし、期待に胸をふくらませていた。「ねえ、教えて。どうなったの？」

モーンソンによれば、電話をしてきたのはリンダのほうだった。彼が渡した電話番号に。正直言ってとても驚いた。それはリンダの誕生日の翌日で、リンダは前の日に十八歳になり成人したばかりだった。父親がリンダのために盛大なパーティーを開き、彼女の友達を全員屋敷に招待した。そして今、自分の誕生祝いをベングト・モーンソンと水入らずで続けるつもりだった。

「あなたはどう思ったの？」ホルトが尋ねた。

「正直言って、心から驚いたよ。ぼく自身はリンダに電話をするつもりはなかったし、彼女から電話があるなんて青天の霹靂《へきれき》だった」

「リンダはなんて？」

「そこがいちばん不思議なんだが。ぼくにディナーをごちそうしたいと言ったんだよ。成人して大人になったのを祝うために」

「あなたはそれをどう思った？」

「いやあ、割り勘にしようって提案したんだが」

「そうしたらリンダは？」

「そんなこと考えなくていいって。母親とデートするんじゃないんだからと。そういうことを言う子だったんだ。あからさまにね」

「あなたは驚いたでしょう」

「ずいぶん唐突な誘いだったからね。だけど彼女の父親がお金持ちだということは知っていたし。そのことはリンダの……つまりロッタからも聞いていたから。そうでなくても、父親の家に行ったことがあるから推測はついただろうな」

そして二人は会った。ヴェクシェーのレストランでディナーを食べ、おしゃべりをした。

「結局、誰がお会計をしたの?」ホルトはいつものように好奇心を露わにした表情で訊いた。実はいよいよ核心に近づいていたのだが。

「ああ、リンダだよ」モーンソンはまだ驚いているような顔だった。「ぼくも半分払うと言ったんだが、リンダの意志は固かった。アピールしたかったんだろうな。もう自立した大人の女で、その気になればぼくのような男にレストランでごちそうできるんだってことを。おまけに、ぼくよりずっとたくさんお金を持っているとまで言ったんだ。それは本当のことだったし、ぼくも同意するしかなかった。でも、十八歳になったばかりの子だぞ?」

「それからあなたのマンションに向かい、一緒に過ごしたのね?」ホルトは仕掛けた罠から相手を逃すつもりはなかった。

「ああ。ぼくのマンションに行き、セックスしたんだ」

「そのときのこと、話してくれる?」

彼らがしたのはセックスだった。ただの普通のセックス。互いに愛を交わし合った。それからモーンソンがワインを注ぎ、二人でおしゃべりし、一緒に寝て、翌朝一緒に朝食を食べた。本当にそうだったんだ。こんなところに入れられて、こんなことをこんなふうに話さないといけないなんて、考えただけで恐ろしい気分になる。まったく理解不能な状況に置かれてしまった。リンダを傷つけたことなどないのに。傷つけようなんて、考えたこともない。

「ねえ」アンナ・ホルトが時計を見つめた。「今日はここまでにしましょう。続きは明日」

「リンダとセックスしたことは認めたのね」アンナ・ホルトと昼食を食べていた検察官が尋ねた。

「そういう意味ではバカな男じゃないから」

「あのことは？　七月四日の記憶喪失のこと。そのことを弁解しようとはしなかったの？」

「最後のほうにちょっと弁解しようとしていたけれど、うまくストップさせることができたわ」

「その点についてはまだ保留にしておくつもりなのね」

「まずはリンダのマンションに入るところまで待つつもり。リンダを殺した日のことをすべて語らせてからね」

「それでやっとね」

「それでやっとよ。そのときにはあなたにも同席してもらおうと思ってる」

「これがどういう結末になるか、想像はついている？」

「もちろんよ。どうなるかははっきりわかっている」

「教えてくれる？」

「紙に書いてあげてもいいわよ。すべてが終わるまで読まないって約束するなら」

「じゃあやめておきましょう。そんなの我慢できないから。わたしは皆が部屋から出ていった瞬間に、デスクの上の書類を全部盗み読みするタイプなんだから」

「わたしもよ。そんなこと、本物の警官なら誰でもやるわ。同じことをやる検察官とやっと知り合えて嬉しい」

84

水曜の朝、ヴェクシェーの裁判所にてベングト・モーンソンの勾留請求が認められた。リンダ・ヴァッリン殺害に高度の蓋然性がある容疑で。犯行現場で採取されたＤＮＡ型がモーンソンと一致したという確定結果は、その前日にＳＫＬから送られてきた。それにもかかわらずモーンソンは、弁護人を通じて容疑を否認した。自分は無実であり、この状況を何ひとつ理解できない、それ以外にコメントはない。アンナ・ホルトはわざと勾留質問の場には姿を見せないでおいた。これまでに築き上げた信頼を壊さないようにだ。モーンソンは不愉快な状況下で彼女の顔を見ずにすむ。ホルトは実は他の人の言うことを信じていないから、その場にいないのだ——そう思わせておけばいい。難しいことではなかった。

「実は彼、あなたはどこにいるのかと訊いたのよ」アンナ・ホルトに勾留質問の様子を報告していたとき、検察官が言った。

「それはよかった。そうなればいいと思っていたの」

昼食のあと、アンナ・ホルトは拘置所のある階に上がり、自らモーンソンを取調室に連れてきた。それから、取り調べのさいに若い女性の同僚が同席してもいいかと訊いた。

「いやならいいのよ」モーンソンの目に躊躇《ちゅうちょ》が浮かんだのを見て、ホルトはあわてて言った。

「いや、かまいません」モーンソンは頭を振った。「きみがいいと思うなら、ぼくはいいですよ」

「じゃあそうさせてもらうわ」

取り調べは三時間続いたが、その間にリサ・マッテイが発言したのは五回だけだった。取り調べの最中に、モーンソンは急に彼女に質問を向けたのだ。

「質問なんかしてごめん」モーンソンが言った。「おかしな質問に聞こえるかもしれないけど……きみは本当に警官なの？」

「ええ」リサ・マッテイはホルトよりさらに明るい笑顔を浮かべた。「でもそう訊かれたのは初めてじゃないわ」

「きみは本当に警官には見えないよ……。ぼくの言う意味がわかるかな」

「ええ。それはきっと毎日一日じゅう書類ばかり読んでいるせいでしょうね。でも時にはこうやって取り調べに同席することもあるのよ」

ベングト・モーンソンと十四歳下のリンダ・ヴァッリンとの関係。リンダは十八歳になったばかりで、モーンソンのほうは三十二歳。歳の差のことを、アンナ・ホルトは絶対に口にはしないつもりだった。今はまだ。だけど来週にはおそらく。自分の期待どおりに事が進めば。

「リンダとの交際のことを教えてちょうだい」

交際ってほどのものじゃなかった。二人の差はあまりに歴然としていたし、ただ会っていただけ。三年でそう——二十回くらい。最初のほうが頻繁で、あとになるほど回数は減った。最後に会ったのは今年の春先で、リンダのほうから電話をしてきて、彼氏と別れたことを話してくれた。でももちろん、リンダのことはとても好きだった。実はかなり。まったく正直になるなら、しばらくは恋心を抱いていたほどだった。少なくとも初めのうちは。だが格差があまりにも大きすぎて、そのことは伝えずじまいになった。

「それでも、リンダのほうもかなりあなたに惹かれていたという印象を強く受けるけれど」とホルトは言った。

疑いなくそうだと思う——とモーンソンも請け合ったが、その話題はホルトにとって新たな問題を生んだ。リンダは一度など、日記に彼のことを書いたとまで言った。モーンソンが日記という言葉を口にした瞬間、ホルトは彼の目が泳いだのを見逃さなかった。さっきリサ・マッテイを取り調べに同席させてもいいかと訊いたときのように。

「わかるわ。リンダはあなたのことがすごく好きだったのね」アンナ・ホルトは自分が何を知っているかはばらさないように、そう繰り返した。「まったく別の話だけど、考えていたことがあるの」日記帳からすぐに話をそらせようと、アンナ・ホルトは続けた。「この話は前にも持ち出したけれど、嫌だったら言ってちょうだいね。他の話をしましょう」

「ああ」モーンソンは急に警戒した表情になった。

「まあこれは秘密でもなんでもないけれど。あなたは女性経験が豊富だという印象を受ける」ホルトは肩をすくめた。「それもかなり、ね」そう言って微笑んだ。

モーンソンはアンナ・ホルトの言う意味はよくわかるが、その表現は好きじゃないと言った。〝経験が豊富〟というのは冷たくてシニカルな言葉だ。自分の語彙の中でそれにいちばん近い単語は〝苦労を重ねている〟だった。確かに自分は女性が好きだ。昔から女性と話したり、一緒に過ごしたり、一緒に何かしたりするのが楽だった。男性の親しい友人というのは今までいなかったし、ほしいとも思わなかった。でももちろん――長年の間に数多くの女性と付き合ってきた。それがきみの知りたいことなら。女性が好きだし、一緒にいると気分がいいし、女性たちは自分を幸せにしてくれる。楽しませ、安心させてくれる。単にそうなのだ。それ以上におかしなことじゃない。

「ええ、ちっともおかしなことだとは思わないわ」アンナ・ホルトが言った。「あなたの言うことはすごくよくわかる。でもわたしが知りたいのはリンダのことなの」

「彼女のほうはあまりセックスの経験が豊富じゃなかっただろうって？」

「そのとおり。わたしが知りたいのはセックスのこと。つまり、あなたとリンダがセックスしたときのこと」

モーンソンによれば、それはまったく普通のセックスだった。相手がリンダで、彼の彼女への気持ち、彼女の彼への気持ちを考えると、何もおかしなことじゃない。

「普通のソフトなセックスね？」

「ええ、そういう関係だったから。きみだって大好きで尊敬している人と一緒にいるときはそうだろう？」モーンソンが説明した。「だが、いいよ、普通のソフトなセックスだと表現したいならそれでも」

じゃあ、他の女性とは？　あなたが付き合ってきた数多くの女性。リンダ・ヴァッリンよりもずっと経験豊かな女性たち。それでもやはり普通のソフトなセックスだったの？

モーンソンによれば、いつもそうだというわけではなかったが、あくまで自由意志で、責任ある大人の双方向的な行動であるわけだから、何もおかしなことはない。二人ともがそれを求めていて、お互いを傷つけないという前提なら。

「普通の雑誌の普通のセックス相談のページを読めば、意味がわかるはずだよ」

「ええ、よくわかるわ。それに、そのせいで今ここでわたしと話しているわけでもないし」

「どういう意味だい？」

「今言ったことよ。責任ある大人の双方向的な行動。わたしもまったくそのとおりだと思うわ。でもわたしとなんの関係がある？　これはあなたのプライベートなんだから」それから時計を見てさらに続けた。「ねえ。今日はここまでにして、続きは明日にしましょう。もう三時間も経ってしまったわ」

「同席させてくれてありがとう」リサ・マッテイがベングト・モーンソンに微笑みかけた。

「すごく面白かったわ、ほんとに。あなたが言ってた〝経験豊富〟と〝苦労を重ねている〟という言葉について考えていたの。すごく素敵な意見だと思った」

「こちらこそ、ありがとう」ベングト・モーンソンが答えた。

「で、わたしのベングトのこと、どう思った？」マッテイと二人きりになったとたんにホルトが尋ねた。

「わたしのタイプではないですね。でも……」リサ・マッテイは肩をすくめた。「向こうもわたしのことなんかタイプじゃないでしょうから」

「じゃあ彼のタイプってどんなの?」

「誰でも。彼の言うことを信じるならね」

「信じないなら?」

「誰も。彼が好きなのは自分自身だけでしょ」リサ・マッテイは頭を振った。「さっきの調書をプリントアウトして、女性という単語を——そうね——例えば食べ物に置き換えれば、わたしの言う意味がわかると思いますよ。いわゆる過食ね。それがあの男よ」

「他には?」

「日記帳の存在。わたしたちみんな、リンダの父親が隠していると思っている」

「それをどうしたらいいかしら。もしそうなら」

「リンダの父親が隠したに決まってます。わたしたちは永遠に手に入れられないけれど、モーンソンはあなたがすでにそれを読んだのかもと疑っているから、手に入らないままのほうがいいのかもしれない」マッテイはそう言って、会心の笑みを浮かべた。「最悪の場合、彼の弁護人がそれを読みたがるかもしれないけど」

「じゃあ彼は何を心配しているの」

「アンナ……」リサ・マッテイはため息をついた。「彼が何を心配しているかはわかるでしょう」

「リンダの日記帳に、ソフトなセックス以外のことも書かれてるかもしれないこと?」

「ほらね。ソフトなセックスもしたことのないわたしと話してるくせに。わたしのことなんかなぜ必要なんですか？」

85

近頃では、リンダ殺害犯の正体を誰もが知っていた。そして、犯人とは個人的な知り合いだと自称する人間があまりに多かった。一般市民という名の偉大なる探偵は、全員出動・三シフト制で稼働し、モーンソンに関する情報が波のように捜査班のデスクに流れこんでいた。

まずモーンソンに麻薬を売っていた男が、県警の麻薬担当に懺悔《ざんげ》をしにやってきた。おれは普通の顧客のことをぺらぺら話すような男じゃないが、モーンソンは普通の顧客には当てはまらない。まあ、お得意様というわけでもなかったが。年に何度か買うだけで、たいていは大麻だった。おまけに金払いも悪い。ちなみにちょうど二年六カ月くらったところなので、情報を提供したお返しにちょっと大目に見てはもらえないか？

それとほぼ同時にクヌートソンが、モーンソンがどこで車の盗みかたを覚えたのかを突き止めた。ルンドでの学生時代の友人が電話をしてきて、毎夏モーンソンと一緒にスコーネ地方の少年刑務所でアルバイトをしていたことを語ったのだ。それにモーンソンは手先が器用で、車いじりにも興味があった。そんなふうに見えないし、むしろ逆のイメージだが。それ以外にモーンソンが得意だったことといえば女性を口説くこと。でもそれについてはもうご存じでしょうね。

それ以外に電話をかけてきたのは、ほとんどが女性だった。捜査官たちが望んだ以上の数の女性がモーンソンとの体験を語った。そういう女性の友人だというさらに多くの女性たちも、自分が聞いた話を語った。その中の一人がとりわけ興味深い情報提供者になった。彼女には女友達がいて、その子は今現在自分が生きていること自体がラッキーだと周りに言いふらしているという。その子が情報提供者に話した内容によれば、七月三日木曜日の夜にモーンソンと会っていたらしい。しかし何かがおかしいと察知して、すぐにその場をあとにしたと。

その二時間後、その子は参考人としてクヌートソンとサンドベリィから聴取を受けたが、これまで何度となくそうだったように、話が少々食い違っていた。それでも基本的には、警察にとっては純粋に価値のある情報だった。おまけにすでに警察が手に入れていた他の情報とも内容が一致した。

木曜の夜の十時ごろ、参考人はエステル地区のフレー通りにあるモーンソンのマンションへとやってきた。この夏の間、何度かそこに来たことがあって、この日もいつもどおりのスタートを切った。モーンソンのリビングのソファの中で。なのに彼女は急に「やめて」と言ったのだ。

「自分でもなぜだかわからない」参考人はアンナ・サンドベリィを見つめて言った。「でも急にやりたくなくなったの」

そうしたら彼は？

そのまま何事もなかったかのように続けていたわ。だけど抵抗したらやめてくれた。

暴力的になった？　殴られたりした？

「いいえ」と参考人は言った。「すごく機嫌を損ねただけ。まるで小さな子供みたいにね」

彼女のほうも同じくらい機嫌を損ねたので、Tシャツを着て、ズボンのボタンを留め、バッグを手に取ると、その場をあとにした。

「本当によかったわ。あの場に残っていたら、わたしも殺されていたでしょうから」

おそらくそれどころじゃなかった——とアンナ・サンドベリィは思った。あなたがいつもとまったく同じようにしていれば、リンダ・ヴァッリンは今でもまだ生きていたはず。それからサンドベリィは当然の質問を投げかけた。モーンソンのセックスの好みについて。参考人はアンナ・サンドベリィがすでに話を聞いた女性全員と同じように答えた。

女性の間で高い人気があり、その手から手へと渡るトロフィーのような存在。セックス中は、自分が主導権を握ることを好む。見目麗《うるわ》しく、強靭《きょうじん》で精悍《せいかん》な肉体をもつテクニシャン。ありとあらゆる四つ足の生き物の上に君臨する種馬。求められればハードにもなれる——女性のほうが望みさえすれば。たいていの選択肢や提案にはオープンな姿勢で立ち向かう。でも、暴力的ではない。傷つけることを目的にはしていないし、ましてや己のサディスティックな欲求を満たすなんてことは。

「そこのところがおかしいのよね」参考人が言った。「彼がサディストだなんてちっとも気づかなかった。わたしには一度もそんなことはなかったのよ」彼女はそう言って頭を振った。

それは、あなたがいつも彼の期待に添えていたからでしょう。だから彼もそこまで不満を募らせることはなかった——とサンドベリィは心の中でつぶやいた。

きみがそういうタイプじゃないからだよ、単に。とクヌートソンも心の中でつぶやいた。

86

リサ・マッテイが四度目のモーンソンへの取り調べにも取調立会証人として座ったのは、偶然ではなかった。ホルトはそろそろ犯人の腕をねじ上げようと思っていて、マッテイはその苦痛を和らげ、それがモーンソンの目にはっきり映らないようにするためにいた。マッテイの優しげな態度、柔和な口調、乙女のような容姿、そしてまったくモーンソンのタイプではない若い女――そこがホルトにとっては願ったり叶ったりだった。

「昨日、リンダとはソフトなセックスをしていたと教えてくれたでしょう」ホルトが口を開いた。「それからリンダがあなたたち二人のことを日記に書いていたことも」

「ああ」モーンソンの目に警戒が宿った。

「すべての法には例外がある。あなたとリンダが基本的にはソフトなセックスをしていたのはよくわかるわ。でもそうじゃなかったことは？　玩具を使ったり、実験したりしたことはなかった？　そのときの話をしてほしいの。あなたなら、とりたてて話しづらいことでもないでしょう？」

「ああ。なぜ話しづらいわけがあるんだい？　だって、たいしたことはやってないんだから。

ごくまともな人たちが何度かやったことのあるようなことばかりだよ」

しかしそこまで簡単なことでもなかった。というのも、セックス中にリンダの手を縛ったことがあると自白させるまでに二時間もかかったからだ。それに彼とリンダそれぞれの性生活の実態——彼の話を信じるとすればだが——については、話が終わるまでにも長い時間がかかった。

リンダはとりたてて性経験が豊富なほうではなかった。ベングト・モーンソンと初めてセックスをする前には四人の相手がいた。一回目は十四歳のときで、酔っぱらってもいなかった。さっさと処女を捨ててしまいたかっただけで。その四人とは、オーガズムを感じたことはなかった。一方で彼女は自慰行為をしていた。初めてしたのは十六歳で、この国でもっとも有名なセックスアドバイザーが大手タブロイド紙の日曜版の連載で指示していた内容に正確に従った。それはすべてリンダ自身がベングト・モーンソンに語ったことだった。彼女の人生初めての、本物の恋人に。

ベングト・モーンソンとは毎回オーガズムに達した。彼とだと、いつも必ず数回は。二度目にはもう、普通のセックスをしているときにそれがやってきた。それが——とりわけ最初は——いちばん難しいところなのに。そしてそのときに彼はある発見をした。

「気づいたんだ。彼女は、いきそうなときに強くつかまれるのが好きなんだって」

最初の数回はそこまでだった。それからリンダのほうから、言葉にすることなく提案してきた。そのときリンダは彼のベッドにあおむけに寝ていた。二人はすでに一度愛を交わしたあとで、彼は隣に横たわり、リンダを優しく撫でていた。そのとき突然、リンダが自分のバスローブのベルトを手に取り、彼に渡したのだ。同時に手首をくっつけた状態で差し出した。慎重にそっと、彼はベルトをリンダの手首に巻きつけ、手を頭の上にやってベッドのヘッドボードにくくりつけた。完全なる静寂の中で、完全なる相互理解の上で、リンダからの絶対的な信頼を得て、突然ベングト・モーンソンはリンダに対して両手が自由になったのだ。

「もちろんかなりのちがいがあるよ」モーンソンが証言した。「オーガズムを得たいなら、刺激がものを言うんだ。肉体的、精神的な刺激がね」

彼女を縛ったのね？　ああ。殴ったりは？　まさか。殴ることなく苦しませたことは？　そんなこと、一度もしたことがない。モーンソンによれば、虐めるような言葉すらなかった。だってリンダはそういうのが好きじゃなかった。彼女にとっては、生々しすぎたようだ。むしろ冷める。彼女が求めるのは静寂に包まれた、二人きりの秘やかな関係だった。

「責任のないセックスってことだよ、つまり」モーンソンが説明した。「自分がやりたいことをやるわけだが、それを口に出す勇気はない。そして、やっているのは自分じゃない」

「あなた、リンダのことを〝おれの可愛い売春婦〟なんて呼んだことはないの？」ホルトがなぜかそう尋ねた。

モーンソンによれば、そんなことは一度も。何度か彼女のことを〝意地悪な可愛い女の子〟とかそういう呼び方をしたことがあるが、あくまで冗談で、唇に微笑みを浮かべてのことだったし、リンダもそれは毎回ふざけているだけだと理解していた。

「そういうふりをしていただけなのね」

「そういう言い方をしたければね」モーンソンの声が急にこわばった。

「リサ、あなたどう思う？」取り調べのあとにホルトが訊いた。

「はあ……。ほぼ処女みたいなわたしになぜそんなこと訊くんです？　ごくまともな女性たちがなぜ強いオスを追い回すと思う？　そして毎回必ずモーンソンみたいな男のベッドに収まる。モーンソンは男じゃない。人間ですらないわ」

「じゃあなんなの？」

「セックス道具主義者ってとこかしら。だって……セックスの最中に肉体的、精神的な刺激が重要、だなんて知りたい？　どれだけ経験が乏しくたって、そういうことをされていたらわかるでしょう。それに気づいてしまったら、燃えると思う？」

「ちっとも楽しくはないわね」

「一方で興味深いのは――おまけにそれがわたしたちがモーンソン氏の話を聞いている唯一の理由でもあるんだけど――彼の頭の中で何が起きているかよ。今までは女の子たちが全員、常に彼の望みどおりにしてくれていたけれど、一度も経験したことのない状態に陥ったとしたら」

「それはつまりどういう状態？」

「こういう状態よ。もともとうっぷんが溜まっていた。頭の中で考えていることはひとつだけなのに。すべて出し切ってすっきりする——男性諸君がそれはそれはロマンチックに描写するやつよ。一緒にいる相手が自分の考えを見透かして、協力するのを拒んだら？　さらには彼自身が見抜かれたことに気づいて、バカみたいに取り残されたら？」

「そのときにはベングト・モーンソンは決して一緒にいて楽しい相手じゃないでしょうね」

「その状態のときにリンダ・ヴァッリンの首を絞めて殺したのよ。絶対に自白しないだろうけど」

「自分自身に対しても？」

「あなたやわたしにもです」

「何かアドバイスはある？」ホルトがしつこく訊いた。

「あの男を八つ裂きにしてください」マッテイが穏やかな微笑を浮かべた。「それで自白するわけじゃないけれど、そうしてくれたらすごく感謝するわ。わたし、あんなに自分のことばかりに夢中で、話が長くて、共感力のない殺人犯に会ったのは初めてよ」

勤勉、周到、創造性豊か――それはレヴィンだけではなく、彼の側近の同僚たちをも表す言葉だった。だからこそ彼らは、ベングト・モーンソン容疑者の経歴書を勾留されてたった五日という短期間で仕上げたのだ。

87

現在三十五歳。ある美しい五月の日曜の朝に、マルメのアルメンナ病院で生まれた。その年初めてスコーネに夏がやってきた日だった。三十歳独身だった母親の初めての子で、父親は不明。おそらくその父親が、謎だった犯人のＤＮＡ――基本的には捜査を攪乱《かくらん》しただけで、いまだにレヴィンの頭から消えてくれないあの鑑定結果――にあった人種的な見解に説明を与えてくれるのかもしれない。

母親については、それ以外はとりたてて問題なさそうだった。エンゲルホルム郊外で農業に携わる一家の出で、警察が話を聞いた親戚は皆、美しく明るく印象深く、おまけにパワフルな女性だったと評した。彼女は二十歳で最寄りの大都市マルメに出て、その十年後には女性経営者として成功していた。マルメの中心部のいちばんいい場所に美容サロンを出して、従業員の数は増える一方だった。謎の父親とは、母親の姉の話では、カナリア諸島へ旅行に行ったときに出会った相手で、それ以上の詳細は伯母も知らなかった。

一方で、聴取を担当したマルメの同僚たちに写真を見せてくれた。ベングト・モーンソンがまだとても小さくて可愛らしいベビーだった頃から、その十九年後に高校卒業の帽子をかぶったところまで。その頃には非常に美しい若者に成長していた。昔の映画俳優のような――口髭はないものの。伯母にしてみれば今回起きたことは到底理解できず、この悲惨な状況での唯一の救いは、彼女が警察も間もなく恐ろしい間違いに気づくはずだと確信していることだけだった。

ベングトが五歳のときに、彼の母親は新しい男性に出会った。彼女よりも十五歳年上の男。なかなかに成功したビジネスマンで、不思議なことにまだ独身だった。その一年後、母親は新妻になり、ベングトには異父弟ができると同時に、新しい父親の養子になった。一家はマルメの端のベルヴィに高価な美しい家を買った。母親は経営していたサロンを高値で売り、家庭の主婦におさまった。それと同時にヘアケア商品と化粧品を販売するドイツの会社のスウェーデン代理店になり、自宅で仕事をしていた。

きちんとした好感のもてる人々のようだった。尊敬に値する中流階級。警察、学校、役所、近所の人からのクレームはない。ベングト本人に対しても、家族に対しても。ベングトは小中学校では成績が良く、高校卒業時の成績は平均よりちょっと上くらいだった。特にスポーツに熱中したわけではないが、運動神経が良く、とりたてて親しい友達はいなかったものの、クラスメートの男子からも好かれていた。女子生徒はこぞって――小学校に上がったその日から――恋人にしてもらえる可能性はないかと訊きにきたものだった。

兵役には就かなくてよかった。特に大騒ぎして健康上の問題を誇示しなくても免れたのだ。高校を卒業してから一年は大学には進学せず、毎日のように同年代の友人たちとパーティーをしていたようだが、父親の事務所で警備員として働き、ささやかながらも月給をもらっていた。そのあとはルンドの大学に入って引っ越した。四年後には哲学科の中でもわりと軽めの科目で学士号をとった。映画学、演劇学、哲学、文学などだ。大学の劇団や学生会の活動などにいそしみ、ともかくルンドの大学生の人生に存在する軟らかい系の活動を堪能した。それに彼のことを一目でも見かけた女子学生は、こぞって恋をした。

大学を卒業した年の秋に母親が癌《がん》で亡くなった。その他の多くの癌患者とは一線を画し、彼女は診断を受けてから一カ月もしないうちに死んでしまった。同年のクリスマスイブの前日、彼の養父もまた、重篤な心臓発作に襲われて突然死んでしまった。ユングヒューセン・ゴルフクラブのまだ雪のない十二番と十三番ホールの間のグリーンで倒れたのだ。

ベングトと異父弟は邸宅やその他の財産を売り払った。両親を埋葬し、負債を払い、残ったものを等分した。見こんでいたよりも少なかったようだ。おそらくそれが原因で、両親の死後、兄弟は一切連絡を取っていないようだった。ベングト・モーンソンの異父弟は経済学部を卒業したとたんに、ドイツへ引っ越した。五年前からスウェーデンの林業財閥の子会社で経理部長を務めている。ドイツ人と結婚してシュトゥットガルト郊外に住んでいるが、警察が電話して兄の話を聞かせてくれと頼んでも、話すことを拒否した。つまりベングト・モーンソンの家族は、全員が死んだか絶縁したのだ。

二十五歳のとき、ベングトはマルメ市の文化芸術振興課にアドミニストレーター兼プロジェクトアシスタントの職を得た。その年、夏だけマルメのストゥループ空港で地上職員として雇われていた機長の娘と知り合った。ヴェクシェー市の文化芸術振興課のプロジェクト担当者に応募したベングトは、その職を得たとたんにヴェクシェーのマンションで地上職員と同棲生活を始めた。それは義理の父親が二人のために用意してくれたマンションだった。その一年後、娘を授かった。さらに一年後、別居した。彼はフレー通りに自分のマンションを購入し、それ以来そこに住んでいる。

七歳になる娘との面会権をもつ独身男性。娘とは最近いっそう会うことが減った。税込みの月給は二万五千クローネ。免許はあるが、車は所有していない。支払いや税金の滞納はない。社会的警察的データベースに注記はない。実際のところ、駐車違反すら犯していない。彼を一目でも見かけたことのある若い女性は、こぞって彼に夢中になった。

三十五歳と三カ月で、彼はリンダ・ヴァッリンをヴェクシェー中心部の母親のマンションで強姦し絞殺した。そのせいで警察に勾留されるまでの人生を、わかるかぎり警察に調べられ、調書にまとめられることになった。警察語では——とりわけヤン・レヴィンの年代の警官には——〝犯人の小さな伝記〟と呼ばれているものだ。

アンナ・サンドベリィは機長の娘に話を聞きにいき、ベングト・モーンソンの驚くべき性欲についての証言を得た。しかしそれは最初だけだったという。最初は起きている間じゅう基本的にずっとセックスをしていた。しかし一緒に住むようになって妊娠したとたんに、指一本触れようとしなくなった。その代わりに何人もの他の女と寝ていたのだ。それに気づいたとき、彼女は別れを決意した。

単刀直入な問いに対する答え——それはノーだった。そう、彼女に対して暴力的だったことは一度もない。頻度を別にすれば、二人は普通のノーマルなセックスをしていた。ベングト・モーンソンは〝人生で会った中でいちばんハンサムで、いちばん魅力的なダメ〟男だったし、彼が約二カ月前にやったことは彼女にはどうしても理解できなかった。なお彼女の心を悩ませているのは全然別のことで、そのほとんどは彼と彼女の間にできた七歳の娘のことだった。小学校入学についてはすでに延期を決定し、実はちょうど前日にヴェクシェーから引っ越すことも決めたところだった。

タブロイド紙はすでに彼女に謝礼や有名人になれるチャンスをもちかけ、紙面で殺人犯との人生について、そして彼のたった一人の子供——ましてやまだ七歳の少女——の母親であることへの想いを語らないかと誘った。怪物のような女殺しの幼い娘のことを。しかし最終的にヴェクシェーから引っ越そうと決めたのは、そのタブロイド紙の一面トップ狙いの男性記者ではなく、朝刊紙ダーゲンス・ニィヒエテルの家庭欄の女性記者が原因だった。彼女は大々的なルポルタージュ——道義的に当然やるべき、共感を呼ぶルポルタージュ——を企画していた。彼女と新しい夫と娘はメディアのニュース狩りの犠牲者となったのだ。娘の小学校入学が延期になったこと、本当の父親が殺人犯だと知ったことが娘の感情にどのような影響を与えたか、引っ越す予定はあるのか、苗字を変えたり素性を隠したりして暮らすことも視野に入れているのか？　そのときに彼女と夫は引っ越すことを決めたのだった。そしてインタビューは即座に断った。

金曜日に、アンナ・サンドベリィとヴェクシェーの女性警官がオースネン湖の別荘でリンダの母親に事情聴取を行った。

その聴取はわずかな収穫しかなかった。リンダの母親はショック状態にあった。リンダが殺されたときに受けたショックは、一カ月半経っていわゆる心的外傷後ストレス障害という状態にと移行していた。ちょうどそこに次のショックがやってきた。警察が彼女の娘を殺した男を捕らえ、その中で自分が演じた役割を理解したときに。現在彼女は傷病休暇中で、強い鎮静剤を飲み、毎日のように精神科に通い、親友が常時監視している状態にある。

ヴェクシェーのマンションにはもう二度と足を踏み入れるつもりはないが、マンションをどう処分するかは今は考える気力もない。簡単に売れるわけでもないだろう。全国の新聞を読む人、ラジオを聴く人、またはテレビを観る人なら皆知っている〝殺人マンション〟になったのだから。彼女がまだ住民登録されているその地区の住民は、はっきり二組に分かれた。一組は彼女の部屋の前を通るたびに窓から中を覗きこむ人たち。もう一組はそのマンションを避けて通る人たち。近所の住民からはすでに匿名の手紙が届いていた。自分のマンションの価値の下落を懸念し、彼女にその責任を負わせようとしたのだ。しかし、そんなことは彼女にとっていちばんどうでもいい悩みだった。

ベングト・モーンソンと最後に話したのは三年以上前だ。それ以来、なんの連絡も取っていない。単にもう連絡を取りたくなかったし、相手のほうも連絡を取る努力はしてこなかった。自分たちの間にはたいした共通点もないし、とりたてて彼女に興味があるわけではないと気づいた時点で会うのをやめた。それ以外はリンダの母親もモーンソンと同じ話をした。どのように出会ったのか、どのくらいの期間会っていたのか、どこで会っていたのか。アンナ・サンドベリィは二人の性的な関わりについては詳細な質問はしなかった。そんなことは思いも及ばなかった。

ベングト・モーンソンと会っていたというのは、娘本人から聞いた。モーンソンと会わなくなった一、二年後、母娘の関係がうまくいっていない時期のことで、リンダは神よろしく崇めている父親のところに引っ越したばかりだった。何度も口論するうちに、リンダがつい口走ったのだ。寝たりしたわけじゃないけど――母親はそれでも怪しんだが――会ったということを。その翌日リンダは電話をかけてきて謝った。興奮してつい言ってしまっただけ、深い意味はなかったの――とリンダは説明した。

母親のほうは当時、そのことはあえて考えないようにした。今となっては、あのときすぐにあの男の家に行って殴り殺さなかったことを深く後悔している。

「こんなことになったのはわたしのせいだわ……」母親は虚《うつ》ろな目で空を見つめ、今言ったことを確認するかのようにうなずいた。

アンナ・サンドベリィはテーブルの上に身を乗り出した。母親の腕を摑み、相手の注意を引こうとぎゅっと力をこめる。

「よく聞いてください」アンナ・サンドベリィは言った。「わたしの言うこと、聞こえてます？」

「ええ」

「よかった」アンナ・サンドベリィは相手をじっと見つめたまま言った。「あなたが今言ったことは、すごくバカなことよ。リンダが彼に殺されたのは、リンダのせいだっていうのと同じくらいにね。ねえ、ちゃんと聞こえました？」

「ええ、聞いてる。聞いてるわよ」サンドベリィの手の力が強まったので、母親はそう繰り返した。

「ベングト・モーンソンがリンダを殺したの。それ以外、誰でもない。完全に彼の責任よ。他の誰でもなくね。あなたもリンダも、被害者なのよ」

「聞いてるわよ」ロッタ・エリクソンがまた言った。

「よかった。聞くだけでなく、ちゃんと理解するようにして。本当のことなんですから。それが起きたことであり、なぜそんなことが起きたかの理由なの」


それからアンナ・サンドベリィと同僚はヴェクシェー署に戻った。二人ともとても気分がふさいでいた、別荘に残してきた女性に比べれば、彼らの人生は最高だった。

「わたし、あの男を自分の手で殺せると思う」車を地下のガレージに入れながら、アンナ・サンドベリィが言った。

「手伝いが必要だったら言って」同僚も言った。


クヌートソンとトリエンは、成果を上げられないまま、被害者の日記や被害者自身のことがわかる材料を捜し続けていた。もう一度リンダの女友達に話を聞くところから始め、そこからある程度の情報や裏付けを得た。最後にリンダの父親を訪ね、これまでに同じことを訊きにいった同僚たちと同じくらいはうまくいった。

ヘニング・ヴァッリンは日記帳の存在を知らなかった。もちろん彼もそれについてずいぶん考えたが――警察がそのことをうるさく訊いてくるのだから、考えないわけにはいかないだろう――彼にできるのは、それに対する所見を述べることだけだった。

「ええ、話していただけるのであれば」とクヌートソンが言った。

ヘニング・ヴァッリンが生きている世界では、日記帳というのはその人の人生においてもっともプライベートな類《たぐい》のものである。特に若い人、とりわけ若い女性の場合――例えば彼の娘のような――さらに大きな意味をもつことになる。もしその女性の人生に日記帳が存在したなら、それは確実に――考えたり感じたりすることのできる人間なら――自分の人生、感情、良心などについて、自分自身との永続的な対話を綴ったもののはずだ。信頼の中でもっともプライベートなことを書いたわけであり、それをした唯一の理由というのは、それが彼女自身の中に留まるはずだからに他ならない。

「ご理解いただけましたか」ヴァッリンはクヌートソンとトリエンを交互に見つめた。

「理解しました」クヌートソンが言った。

「お気持ちはよくわかりました」トリエンも言った。

「よかった。ではこれで」

「日記帳は捨てたのだろうか、それともどこかに隠したんだろうか」オックス広場ぞいの警察署に戻る車の中で、トリエンが言った。

「どちらにしても読んだだろうな」

「犯人を示唆するようなことが書かれていないかを確認するためだろう」

「おそらく何も書かれていなかったから捨てたんだ。いや、燃やしたのかもしれない」

「きっと燃やしたにちがいない。あの人は物を捨てるようなタイプじゃない。あるいはどこか安全な場所に隠したんだろう」

「なぜだ」

「だって彼は物を捨てるようなタイプじゃない」トリエンが言った。「だがもちろん……」

「……確証はないよな」クヌートソンも同意した。

88

アンナ・ホルトがベングト・モーンソンに対して行った五回目の聴取は、ほぼ一日じゅうかかった。取調立会証人はリサ・マッテイで、これまでとまったく同じように、ほとんど口を開かなかった。ただそこに座って、穏やかな微笑を浮かべ、優しい瞳で話を聴いていた。ホルトもいつもどおり、モーンソンの予測とはまったく別の話題を切り出した。ましてや昨日やっとリンダを縛ったことを自白させたところだった。別の話題を切り出した唯一の理由は、前日に話した内容に関して、ホルトのほうはまったく急いでいないからだった。むしろ逆で、彼が週末じゅう独りぼっちでリンダ・ヴァッリンとの関わりについて考えてくれれば完璧だった。

「あなた自身のことを話してちょうだい、ベングト」ホルトはそう切り出した。身を乗り出し、テーブルにひじをつき、微笑みを浮かべて、本当に興味があるのという表情でうなずいてみせた。

「ぼくのことですか?」モーンソンは驚いた。「それがどう関係あるんです」

「子供の頃のこととか」ホルトが付け加えた。

「どういう意味です?」

「最初から話してみて」ホルトが提案した。「いちばん古い記憶から」

ベングト・モーンソンによれば、子供の頃のいちばん古い記憶は小学校に入った七歳の頃だった。それより前のことは一切記憶にない。母親や親戚からはもちろん、もっとずっと幼い頃にこう言っただとかあんなことをしただとかはよく聞かされたが、彼自身の頭の中は空っぽだった。

「なぜだかわからないが、とにかくそうなんだ」モーンソンはそう証言して、肩をすくめた。

小学校に入ってからは記憶がある。でもたいした記憶じゃない。よくある普通の思い出ばかり。いいこともあったけど、たいていはどうでもいいようなこと。一部悪い思い出もあるが、それは話したくない。それに質問の意味がよくわからない。自分の子供の頃の思い出が、現在の状況にどう関係があるんだ？

　両親についても話したがらなかった。二人とももう何年も前に死んでいて、それ以前に彼と彼らの間で起きたことについて言及するつもりはなかった。一方で、ある点を明言しておきたい。彼自身は親は一人しか知らない。つまり母親だ。本当の父親が誰だかは露ほども知らないし、人生のかなり早い時期に母親に問うことは無駄だと悟った。そして彼には養父がいて、その男については話したくもないし、記憶から消し去ろうと努力してきた。

「ご両親のお墓参りにも行かないの？」ホルトが尋ねた。

「母親の墓のことですね」モーンソンが訂正した。

「ええ、あなたのお母さんのお墓」

「一度も」

　では義理のお父さんのお墓は？

「膀胱の圧力を緩めるためにかい？」モーンソンは皮肉な笑みを浮かべた。

「どういう意味？」

「墓石にションベンをひっかけるってことさ」

「なぜそんなことをしたいと思うのか、教えてちょうだい。そんなにひどいお父さんだったの?」

モーンソンはそれについて話すつもりは一切ないという。ホルトにも、他の誰にも。

「そんなこと言わないで」ホルトが言う。「あなたを助けられるかもしれないし」

どうやってきみが養父のことでぼくを助けるというんだ? もう死んでるんだし。きみのような人に、あの男をどうすることができるっていうんだ? 牢屋にぶちこめるわけでもないだろう。きみと同僚たちがその気になればあの男を破滅させられるのはよくわかっているが、もう死んでいるんだから。

アンナ・ホルトは三度試みた。方向を変えて近寄った。じっくりと時間をかけた。しかし結果は毎回同じだった。記憶がないか、話したくないかだった。

「そんなふうに言うのって、ご両親についてむしろ話したいことがあるような印象を受けるけれど。特に養父についてね。よく考えてみてくれる?」ホルトはそう言ってうなずいた。

「今日の取り調べで、あなたは何かわかった?」モーンソンを拘置所に戻してすぐ、ホルトはマッテイに尋ねた。

「他の人たちに話すつもりのストーリーを、まずはあなたで試しているんですよ」マッテイが言った。

なぜわかるの？　ホルトの最初の質問とモーンソンの最初の答えですでに、三時間後に最後の質問で彼がなんと答えるかはわかっていたから。

「あら嬉しいわね」アンナ・ホルトが言った。「今後はあなたと話すだけで充分かもしれない」

「わたしがあなたなら、光栄に思いますけどね。だってなぜ、今もうあなたにストーリーを粉砕されるリスクを負うの？　白衣を着た人たちに話すまで取っておいたほうがいいじゃない。白衣の人たちは、それが起きたときにその場にいた人々に話を聞きにいったりはしないでしょう。彼の言っていることが真実かどうかを確認するために」

「あなた、彼のことを実際より賢いと思っていない？」

「あの男はとりたてて賢くはないわ。でも女性にどう嘘をつけばいいかは完璧に把握している。懐疑的な客に自分を売りこむこともね。それが彼の得意分野よ」

「一方のわたしは頭が空っぽの女ってわけ？」ホルトは笑みを浮かべた。

「ベングト・モーンソンにとってはちがう」マッテイは金髪の頭を振った。「彼にとっては、あなたは賢い女。危険な女」

「でも彼は結局わたしの脚の間に入ろうとしてくるんでしょう？」

「そんな言いかたしちゃだめです、アンナ」マッテイはため息をついた。「あなたは純真すぎる。わたしが言いたいのは、あの男には、最後にはあなたの足元をすくえるという完全な自信があること。純粋に文字どおりにね」

「あの男はそう思っているのね」ホルトは苦々しい顔になった。

「それ以外どう思うの」


午後にはベングト・モーンソンが拘置所の職員を通じてアンナ・ホルトに連絡をしてきた。どうしてももう一度話したい。重要なことだという。その連絡を受けて十五分もしないうちに、アンナ・ホルトは彼の独房の中に座っていた。モーンソンはとても具合が悪かった。おまけに自分でもその理由がわからない。突然、強い不安を感じ、自分の頭の中で何が起きているのかよく理解できない。ホルトがやってくる直前に拘置所内のトイレに行こうとして、めまいに襲われ、床に倒れてしまった。

「医者の診察を受けられるようにするわね」ホルトが言った。

「助かるよ」モーンソンが言った。


出るときに、ホルトは拘置所の警備員に尋ねた。

「モーンソンの具合は実際のところどうなの?」

「あなた彼に何をしたんです?」警備員は大きな笑みを浮かべた。「ついさっき便所に行こうとしたときは、完全にだめになってた。あわてて支えようとしたときには、もう床に耳をつけてましたよ」

「あなたはどう思う？」

「今まで見たのよりは上手《うわて》だったな。ひどく具合が悪いほうに賭けるが、オスカーの主演男優賞ものだ」

夕方ホテルに戻るときに、アンナ・ホルトは掲示板の書類に気づいた。何はともあれ、彼女の事件には一切関係のない書類だった。

それは彼女の同僚ベックストレームを強制わいせつで訴えた女性記者の事情聴取の一ページだった。

女性記者の事情聴取を担当したヴェクシェー署の同僚は、以前もそういう件を担当したことがあるようだった。というのも、検察官と裁判所にとって〝おろそかな服装もしくは不完全な服装〟と〝性的な公然わいせつに相当する裸〟のちがいが重要であることを充分に認識していた。

「彼がタオルを外したとき、勃起しているのを見たんですか？」取り調べ責任者が尋ねた。

被害者によればそこは不明瞭だった。まじまじと見つめたりしなかったし、そんな行為はすぐさまやめるよう怒鳴りつけた。

「ですが、何かは見たでしょう？」取り調べ責任者が食い下がった。そこで明暗が分かれるのを知っているからだ。針の目を通してでも法廷にもっていきたいのなら。

「普通のプリンスソーセージみたいに見えました」被害者が答えた。「怒ったプリンスソーセージでした」

よかったわね、ベックストレーム——。アンナ・ホルトはそう思いながら、書類を握り潰すと、シュレッダー行きのゴミ箱へと投げ捨てた。

「いい気味だわ」マッテイが彼女らしい無慈悲さでくすくす笑った。アンナ・ホルトとリサ・マッテイはホテルのバーに座り、それぞれ白ワインのグラスを傾けながら、この一週間を振り返っていた。

「そうね」ホルトはため息をついた。「ときどき、自分はどこかおかしいと思うことがある。だって実はちょっと気の毒に思うのよ。信じられる、リサ? ベックストレームのことを気の毒に思うなんて」

「そういうのに対処する方法がありますよ」マッテイは厳しい顔で相手を見つめた。「それを付箋に書いて貼ってあげましょうか? 一ミリでも隙を与えると、あなたのすべてを奪われるわよ」

「でもヨハンソンはちがうんでしょう?」ホルトはなぜかそう言った。

「わたしのラーシュ・マッティンですもの」マッテイがうなずいた。

89

ヤン・レヴィンはこのところ毎晩のように夢を見た。ほとんど毎晩、五十年近く前のあの夏の夢を。初めて本物の自転車をもらった夏。パパが自転車の乗りかたを教えてくれた夏。しかし今夜の夢は自転車のことではなかった。彼の赤いクレセント・ヴァリアントのことではなく、あの夏のこと、あの日のこと。パパが急に町へ行かなくてはならなくなったときのこと。

パパはいつもみたいにバスには乗らなかった。その代わりにおじいちゃんが車でやってきて、パパを送った。パパは疲れているようだった。じゃあまたな――パパはそう言って、ヤンの髪をくしゃっとやったが、今回は何もかもがいつものようにはならなかった。

それからおじいちゃんもヤンの髪をくしゃっとやったが、そんなことは初めてだったので不思議だった。

「ではヤン、お前がパパの代わりを務めるんだ。この家の男として、パパが町に行っている間、ママを手伝うんだぞ」おじいちゃんはそう言った。

「うん、約束するよ」少年は答えた。

90

終わりがないような夏。北欧の夜空に輝く星の数ほど湖がある地方。日曜、アンナ・ホルトとリサ・マッテイはピクニックバスケットを詰めて、そのうちのひとつへと車を走らせた。来るべき週に備えて、エネルギーを充電するためだった。

アンナ・ホルトはまず、おろそかになっていたトレーニングに励んだ。着替えるとすぐにストレッチをして、湖の周りをランニングした。約十キロ、一時間弱走って戻ってくるやいなや、ジョギングシューズを脱ぎ捨て、同じ湖をクロールで往復した。それが終わると腹筋を二百回、腕立て伏せも同じ回数やった。最後にストレッチをして、頬を紅潮させながら二十五度の暑さの中でほっと息をついた。

リサ・マッテイは木陰に寝そべり、子供の頃大好きだった本を再読していた。ドイツのエーリッヒ・ケストナーの『エーミールと探偵たち』だ。その中でもお気に入りなのが、エーミール少年が科学的証拠を駆使して悪い泥棒を捕まえる章で、盗まれた六枚の札に安全ピンの穴が開いていたエピソード――それが彼女の魂に生涯にわたる印象を残し、さらにはエーミールを、より直感的な捜査を行うスウェーデンの少年名探偵トゥーレ・スヴェントンよりも優れていると評価した。エーミール少年は、宿敵であるヴィッレ・ヴェスラの尖った靴先を繰り返し観察し、そこから靴の主の性格を見抜いたこともあった。リサ・マッテイは幼い頃から、法医学寄りの思考の持ち主だった。

トレーニングを終えたあと、アンナ・ホルトも木陰に加わり、彼女もまた読み物に夢中になった。犯人はリンダ・ヴァッリンを強姦して殺した日に何をしていたのか。通話リスト、目撃証言、それに各種の科学捜査の結果を、レヴィンがタイムログにまとめたものだ。アンナ・ホルトは今後の取り調べのために、彼の行動の時刻と詳細をすべて頭に叩きこむつもりだった。

七月三日木曜日の十八時以降、モーンソンは、ヴェクシェー中心部から約一キロ離れたエステル地区フレー通りにある自宅マンションにいた。二十二時過ぎに、警察が参考人として話を聞いた女性が訪ねてきたが、セックスを途中で断られた。女性は二十二時半ごろ彼の家をあとにしたが、彼女がドアの外に出た瞬間にモーンソンは電話をかけ始めた。

二十二時半から午前零時の間に、彼は自宅の固定電話から合計十一本の電話をかけた。どれも女性の知人だった。そのうちの九人は留守で、モーンソンは留守番電話にメッセージを残す気はなかったようだ。一人は電話に出たが、彼女はすでに予定があったため彼と会うことはかなわなかった。さらにもう一人電話に出たが、誰が電話してきたのかに気づいた瞬間に電話を切った。

そしてモーンソンは町に出かけた。このあと二時間の動向は、あくまで各種の目撃証言を基にしたもので、確実で綿密な再現とは程遠かった。正式な固定電話や携帯電話の通話記録などと比べれば。午前零時過ぎ、モーンソンはこのような時間帯にもっともよく現れる目撃者と挨拶を交わしている。つまり同じマンションに住む住人が、犬の散歩を終えてマンションに戻ってきたのだ。目撃者はもちろんその日付、時刻、目にした人物に確信があった。モーンソンが徒歩で町の中心部に向かったということにも。レヴィンはため息をつき、目撃者の証言をログに、書き入れた。

そのあとはモーンソンがヴェクシェーの中心部で少なくとも一軒のパブにいたことを示唆する情報提供が二件あった。午前零時半に彼にビールをジョッキで出したバーテンダー。そのあと三十分後にもう一杯。モーンソンは以前も来ていたので顔を覚えていたが、今回については女性を同伴していなかったことが記憶に残ったし、〝動揺して、誰かに追われているような〟印象を受けたという。レヴィンは二度ため息をつき、その情報をログに書き入れた。次の目撃者はモーンソンを一軒目の近隣のバーで、午前一時から二時の間に見かけたと主張している。新聞で見てモーンソンの顔を思い出し、〝彼に間違いない〟という。レヴィンはさらにもう一度ため息をついた。

二時十五分には急に先行きが明るくなった。モーンソンがヴェクシェー中心部のどこかから携帯でロッタ・エリクソンの古い電話番号に電話したのだ。レヴィン自身がその女性に会って話を聞き、通話記録のプリントアウトも見ているので、一度もため息をつく必要はなかった。

夜中の三時過ぎ、リンダ・ヴァッリン殺害捜査班の独自の分析によれば、モーンソンはリンダの母親が住むマンションに現れた。リンダの車は外の道に停まっていたし、彼はそれがリンダの車だと知っていたはずだ。モーンソンはおそらく、それを見てリンダに会いたいという衝動に駆られたのだろう。別に大騒ぎするようなことではない。マンション正面入口のコード錠は数日前から故障中だったのだから。

そのあと彼は、間違った部屋に向かったのだろう。さっき間違った番号にかけたのと同じ理由で。最上階にあるリンダの母親が昔住んでいた部屋の呼び鈴を押し、犬たちが吠えだすとすぐに階段を駆け下りた。マンションの入口で住民の名前を再確認し、〝L.エリクソン〟という正しいイニシャルと苗字のスペルをみつけ、あわよくばと呼び鈴を鳴らし、ちょうど帰宅したばかりのリンダに家に入れてもらったのだった。

後半は言うまでもなく推測でしかないが、レヴィン自身の推測だったので、彼としてはその信頼性を疑う理由はなかった。むしろ彼はそこからさらなる結論を導いて、それをログにも記載した。モーンソンはリンダの母親が約三年前に部屋を引っ越して以来、訪ねていない。おそらくリンダの母親は引っ越しをしたことを伝えてもいない。リンダが話したとも思えないし、彼がリンダを訪ねたのはあくまで突発的な思いつきで、予定されていたわけでも、事前に決められていたわけでもない。

朝の三時十五分から五時ごろまで、モーンソンは被害者と犯行現場で過ごした。五時ごろに寝室の窓から飛び降り、ほぼ確実に徒歩で自宅へと向かった。五時半前には家に着いていただろう。

それから彼は必要なものをスポーツバッグに詰め、ヴェクシェーを離れることに決めた。彼はすでにその夜エーランド島で行われるユーレネ・ティーデルのコンサートのチケットをもっていたが、チケットを手に入れてからこちら、かなり色々なことが起きたわけだ。行き当たりばったりに逃亡しようと試みたのか？　アリバイを作ろうとしたのだろうか。それならカルマルまでバスで行かなかった理由になる。

おそらくそのときに機長の古いサーブを盗もうと思いついたのだろう――レヴィンはそう考えた。バスに乗るのはいい考えだとは思えない。一人で移動したほうがいい。

彼は徒歩でフレー通りの自宅から一キロほどの距離にあるヘーグトルプ通りの駐車場へと向かった。六時ごろに九十二歳の参考人に目撃され、車を盗んでその場を去った。自分の家から車が停まっている駐車場までは、徒歩でも素早く移動するのはまったく可能である。

六時十五分ごろに彼はカルマルに向かい、カルマルの町から約十キロほど離れたあたりで車を遺棄した。そのときには時刻は八時前になっていただろう。制限速度を守って運転したのなら――とレヴィンは考えた。

車の遺棄をさっさとすませ、時刻はこれで八時半ということになる。そこからカルマルへどうやって出たかは不明のままだ。警察の行った再現によれば、そこも徒歩で移動することは可能だった。九時過ぎに電話をかけた女性の家までは約十キロだが、時間は二時間もあったのだ。それに彼をバスで見かけたり、自分の車に乗せてヒッチハイクさせたりしたという目撃証言はなかった。

カルマルとエーランド島には金曜日じゅう、真夜中ごろまで滞在した。コンサートから一緒に姿を消したという若い女性はみつからないままだった。警察がメディアを通じて、連絡をするよう要請したにもかかわらず。

その週末の残りをモーンソンがどこで過ごしたかは不明である。どこであったとしても、月曜の朝にはヴェクシェーの職場に戻っていた。

「ヤン・レヴィンは周到な男ね」書類を読み終わったアンナ・ホルトが言った。

「わたしの好みにしては、話が長すぎますけどね」マッテイが反論した。「それに事実の提示のしかたに不安がいっぱい詰まっている。彼は自分自身の不安を鎮める手段として事実を扱っているんだと思うわ」

「自分の武勇伝と他人の失敗談ばかりしたがるヨハンソンとはちがうってわけね」ホルトはそう言って、マッテイを見つめた。

リサ・マッテイによれば、もちろんちがう。ラーシュ・マッティン・ヨハンソンとヤン・レヴィンはちっとも似ていない。同年代ではあるけれども、むしろ正反対だ。ラーシュ・マッティン・ヨハンソンの話には彼女が今までに読んだり聞いたりしたどんな話よりも学びがある。おまけに驚異的な面白さで、必ず教育的な要素もあるのだ。

「それにもちろん、すべてまったく真実なんでしょうよ」ホルトはそう言って嬉しそうに笑った。

リサ・マッテイによれば、すべてまったく真実だった。そういう意味では他に類を見ない。場合によっては真実を探す方法はひとつしかない——ラーシュ・マッティン・ヨハンソンは、それを知っているわずかな人間である。そしてその方法とは、心の中で自分自身と対話することだ。内観こそが真実の光を見出す手段である。それを科学論文レベルに昇華させた〝皆の上に君臨する〟存在なのである。真実と嘘のちがいについて言えば、我々の低俗でつまらない見解とは一線を画するものがある。

「ヨハンソンはもちろん嘘なんか絶対につかないのよね」ホルトがからかった。

「普通の嘘はね」マッテイが言う。「彼はそういうタイプじゃないの。ヨハンソンは誰にも嘘をつかない」

「じゃあどういうタイプなの？」

「嘘をつくとしたら自分自身にでしょうね」マッテイの声が急にそっけなくなった。

「なぜ彼と結婚しないの、リサ」

「だって彼はもう既婚者じゃない。それにわたしは彼のタイプじゃないと思う」マッテイはそう言ってため息をついた。

91

週明けの月曜日、アンナ・ホルトは攻撃に出ることにした。レヴィンが作成したベングト・モーンソンの行動のタイムログを手に、相手に立ち向かった。優しく耳を傾けていたリサ・マッテイはアンナ・サンドベリィに替わった。それは何よりも、彼の人生における最大かつ唯一の関心事を思い出させるためだった。

「どういうふうに進めるつもり、アンナ?」アンナ・サンドベリィが尋ねた。

「わたしが話して、あなたは聞き役。あなたに言ってほしいことがあるときは、わかるように合図するから」ホルトが説明した。

「了解です」

脅してても期待させてもいけない。急かしてもいけない。それ以外はいくらでもビッチに振る舞ってもいいから——とホルトが説明を付け加えた。

「その最後の部分は、なんの問題もないと思います」アンナ・サンドベリィが言った。

「ベングト、わたしは今までずっとあなたに正直に話してきたし、この資料もあなたに見せようと思う」アンナ・ホルトはそう切り出し、タイムログを差し出した。

「感謝します」モーンソンが礼儀正しく応じた。

「それはよかったわ」アンナ・ホルトは優しく微笑んだ。「ではゆっくり読んでちょうだい。そこに書いてあることはわたしたちのほうですでに把握していて、あなたに確認するまでもないこと。でもあなた自身がどう説明するのかにとても興味をもっているの」

五分後、ベングト・モーンソンは読み終えた。

「そうだね、書いてあることは読んだよ」モーンソンが言った。「読むと、思い出した。あの日、リンダと会ったことを……あの夜だね、つまり。最初座っておしゃべりしていて、それからセックスをした。確かソファの上で……でもそのあとは一切何も覚えていないんだ」

「一切何も覚えていない？」アンナ・ホルトがオウム返しに訊いた。

「まるで、真っ黒な穴が広がっているみたいで」

「じゃあ、次に記憶があるのはどんなこと？」


以前から知っている女性に会ったことは覚えているという。カルマルに住む彼女の家を訪ねた。昼間セックスをし、夜はコンサートに行った。ユーレネ・ティーデルのコンサート、それは覚えている。夏至祭の前にはチケットが手元にあった。職場のコネを使って手に入れたのだ。しかしそれからまた真っ黒になった。なぜかわからないまま、恐ろしい不安だけは常に感じていた。それは覚えている。だからその場から去った。女友達を残して、コンサートから。自分の家に帰った。たぶんカルマルからヴェクシェーまではバスに乗ったんだと思う。真っ黒な穴、強い不安、また自宅。何時かは不明だが、昼間のはずだ。外をたくさん人が歩いていたから。

「土曜の日中ということね。あなたは自宅に戻った」ホルトが言った。

「きみがそう言うならきっとそうなんだろう」モーンソンが肩をすくめた。「真っ黒な穴みたいなんだ」

「アンナ、あなた何か質問はある？」アンナ・ホルトが同僚のほうを振り返った。

「じゃああなたは、覚えていないということをはっきり覚えているのね」アンナ・サンドベリイが不機嫌な声で言った。

「ああ」モーンソンは初めて彼女が部屋にいることに気づいたような顔になった。

「記憶が喪失していること、それは確信があるのね？」

「ああ。真っ黒な穴みたいなんだ」

「金曜の朝の四時から午前中にかけて、ただ真っ黒な穴だけなの？」

「ああ。まさにそうなんだ。説明がつかないんだが」

「そうでしょうね」アンナ・サンドベリィがうなずいた。「そんなにはっきりした記憶喪失は聞いたことがないわ。そんなによく覚えているなんてすごく不思議。何を覚えていないかをはっきりと覚えているなんて。それに都合のいいことに、ちょうどリンダの首を絞めて強姦した時間帯よね」

「ぼくがそんな嘘をつくなんて思ってないだろう？」モーンソンが遮《さえぎ》った。

「認める勇気がないんでしょう」アンナ・サンドベリィが肩をすくめた。「あんたは意気地なしよ、ただ単に。かわいそうなのは自分だけなんでしょ」

「その黒い穴というのは？」アンナ・ホルトが割って入った。「もう少し詳しく説明してくれない？　どんな穴なの？」

ただの普通の穴だよ。理由はわからないが、それが強い不安を与えてくる。

「その穴で、ずいぶん恐ろしいことが起きたみたいね」アンナ・ホルトが言った。「そこから這い上がってくる気はない？」

「どういう意味です？」モーンソンが訊いた。

「その中で何をやっていたか話すのよ。穴の底にいたときに」

「わからない。ただ気づいたらそこにいたんだ」


その調子で一日じゅう続けたにもかかわらず、それ以上は話が進まなかった。最後のほうにはモーンソンが、話したいことがいくつかあると言い出した。重要なこと。きみたちが知っておくべきこと。まず第一に、自分はリンダを殺していない。セックスはした。完全に自由意志で。なんらかの形で彼女を傷つけたことはない。

「なぜわかるの？」アンナ・サンドベリィが遮った。「何も覚えていないんでしょう？」


何も覚えていなくてもそのくらいわかる。そんなことは一度もしたことがないし、しようと思ったこともない。

「よく考えてみてちょうだい」ホルトがそう言って、取り調べを終了した。

「やっと彼をリンダのマンションまで追いこんだわね。ソファに座らせ、リンダとセックスを始めた」アンナ・サンドベリィはまるで血に飢えた狼のような顔をしていた。これまでもずっとそういう気分だったのだ。

「そうね」アンナ・ホルトが肩をすくめた。「でも彼はわたしたちには話さないわ」

「すみません、どういう意味かよく……」

「これ以上は訊きだせない」アンナ・ホルトが残念そうに頭を振った。「彼は自分の真っ黒な穴を売りこみたいだけ」

「覚えていないことは認めましたよね」

「そこまでバカじゃないもの。エノクソンと部下たちが発見したことはすべて読んだんだろうし。それについては、彼の弁護人がきっちり仕事をしたんでしょう」

「ひとつ考えていたことがあるんです。彼はなぜもうひとつの戦略に出ないのかしら。つまり、セックスプレイ中の事故だったって」

「単純な説明としては、彼の弁護人がそうしないよう提言した、それしかないでしょうね」ホルトが軽いため息をついた。

92

ヴェクシェーでの最後から二日目の夜、ヤン・レヴィンはあの夏の夢を見た。パパが自転車の乗りかたを教えてくれた夏。初めて本物の自転車をもらった夏。赤いクレセント・ヴァリアント。パパが癌《がん》で死んだ夏。

目を覚まし、バスルームに行くと、レヴィンは耐えきれずに窓を開けて空気を吸った。外は雨が降っていた。暗い空から落ちてくる、静かな雨だった。気温も下がっていた。

わたしはここで何をしているのだろう――。もう終わったんだ。家に帰るときがきた。

93

週の真ん中に、ヤン・レヴィンとエヴァ・スヴァンストレームはヴェクシェーを離れた。自分の役目は果たしたし、もう必要とされてはいなかった。少なくともヴェクシェーでは。ストックホルムに戻る道すがら、レヴィンはエヴァに、そろそろ自分たちの関係をどうにかする潮時だと伝えたくて、勇気をかき集めていた。自分は妻と離婚し、エヴァも夫と離婚し、二人で一緒に暮らす。二人でひとつの未来を築く。潮時だ――彼にとってはなおさら。だって彼の人生は今、あっという間に短くなっている。

しかしそれは口に出されないままになった。エヴァ・スヴァンストレームの頭の中を巡っていた思いを考えれば、それでよかったのだろう。ストックホルムに戻り次第、本気で夫との関係にテコ入れをするつもりでいた。ヤン・レヴィンには、これまでの時間の礼を言って。答えがわかった今、それはあまりに長すぎる年月だったが、そのおかげで日々を耐えしのべたのも事実だ。そういうことをどう言葉で説明すればいいのだろう――とエヴァは考えていた。心臓がときめくのをやめ、胸の中にあるのは真っ暗な穴だけになったとき。その穴を覗きこむ気力もない。ましてやその中に何があるのかを相手に教えるなど――。

小学校に上がるまでは記憶がない。母親のことは話すのを拒否した。墓の下に眠る養父にいたっては、そこまで行って小便をひっかけるつもりもない。記憶にはっきりしている真っ暗な穴。リンダを傷つけていないことだけは、確固たる自信がある。そんなことをしたと想像するのも耐えられないのだから、やったはずがない。

これについてさらに六度の取り調べが行われ、最後の四回は検察官も立ち会った。一度など彼は三人の女性に取り囲まれた。副検事長カタリーナ・ヴィーボム、アンナ・ホルト、それにアンナ・サンドベリィ。

「三対一か」モーンソンのブラックコメディのような笑みは、苦労して浮かべたように見えた。

「あなたは女性と一緒にいるのが好きでしょう、ベングト」カタリーナ・ヴィーボムが言った。

「多ければ多いほどいい、そう思ったけど？」

残るはベングト・モーンソンが、科学捜査によればリンダ・ヴァッリンを強姦し、苦しませ、絞め殺したほんの一時間の間に入っていたという黒い穴のことだけだった。それとその数時間後に盗んだ車。町を離れ、すべてをあとにするために。しかしそのあたりは法的な意味ではそれほど興味は深くはなかった。

「真っ黒な穴ね」取り調べ責任者であるアンナ・ホルトが総括した。

「それにそこそこ確実な科学的証拠」カタリーナ・ヴィーボムが付け加えた。

「全否定してくれていたら……」ホルトが言う。「もしくはせめて、セックスプレイがおかしくなってしまったという戦略で攻めてきてくれれば……」だけど贅沢《ぜいたく》は言えないわね――とホルトは思った。

九月五日金曜の午後には、クヌートソンとトリエンもヴェクシェーをあとにした。他の殺人被害者たちが列をなして待っているのだ。おまけにストックホルムのデスクの上に溜まりつつある書類にも対処しなくてはならない。二人とも礼儀正しく育ちの良い男ゆえに、帰るまえにベングト・オルソンのところに挨拶に行った。

「色々と経験させてもらって感謝します」クヌートソンが言った。

「最悪の場合、また会いましょう」トリエンも言った。それから申し訳なさそうに付け加えた。

「いや、意味はわかりますよね、ベングト」

「ああ、ちゃんとわかっているよ」オルソンは微笑んだ。「きみたちなしでは解決できなかっただろうな。だがもちろん、遅かれ早かれ、DNAを使って犯人を捕まえただろうが」

「おれたちがいなきゃ、オルソンはモーンソンと同棲を始めてたんじゃないか」クヌートソンがストックホルムに戻る車の中で分析した。

「そしてずっと幸せに暮らしましたとさ」トリエンも同意した。

「ところで、ベックストレームはどうなるんだろうか」

「ベックストレームならいつだってうまく切り抜けるだろ？」

94

九月十二日金曜日、アンナ・ホルトとリサ・マッテイもヴェクシェーを離れ、ストックホルムに戻った。ホルトはまた国家犯罪捜査局の国家中央連絡室の警視正代理の職に戻ることになっていた。しかしヨハンソンは本部付警視正——長官にもっとも近い参謀という役職を新設して、彼女を釣ろうとした。ヨハンソンのおしゃべりを毎日聞かされるのは耐えられないので、ホルトは断った。はっきりと、もちろんできるだけ穏便に。するとヨハンソンは予想どおりの反応を見せた。数日間は子供のように拗ねていたが、翌週にはいつものヨハンソンに戻り、廊下で鉢合わせるとわざとらしいくらい愛想よく挨拶をしてきた。

まるで子供ね——とホルトは思った。次はいったい何を思いつくのかしら。

リサ・マッテイは、ストックホルム大学で博士号を取るためにサバティカル休暇に入ることになっていた。その休みが終わる年末には、論文を書き終えるつもりだった。同時に彼女は疑問を抱いてもいた。論文上でひとつ問題を解決するたびに、新しい問題提起が最低ふたつ発生するのだ。おまけにたった今解決したものよりも、もっとエキサイティングな問題であることが多かった。それに唯一競合できる可能性があるとしたら、アンナ・ホルトが断り、ヨハンソンがリサ・マッテイには永遠にオファーしようとは思わない役職だろう。

あれほど有能な男が、自分にとって何がいちばんいいのかに気づかないなんて不思議だわ——。

ヴェクシェーを出る前に、アンナ・ホルトは担当検察官のカタリーナ・ヴィーボムと長いミーティングを行い、何百ページという取り調べの供述調書を引き継いだ。容疑者ベングト・モーンソンへの合計十二回の取り調べ。一回以外は対話形式だった。それが今、きちんと製本され、表紙には青地に黄色のスウェーデンの小紋章とヴェクシェー警察のロゴがついている。おまけに、冒頭には検察官宛ての総括がついていた。

「これ以上はわかりませんでした。ここからはお願いします」ホルトはそう言って、二人の間のテーブルにある書類にうなずきかけた。

「心から感謝しています、アンナ」カタリーナ・ヴィーボムが言った。「これ以上は望めない、どう考えても期待以上よ」

「これからどうなるのかしら」

「おそらく殺人罪で無期刑。わたしからすれば、モーンソンと弁護人には二種類の選択肢がある」

「どういうものですか?」

ひとつは、セックスプレイがおかしくなってしまったという弁護。被害者の自由意志によるセックス、むしろ積極的に参加していたが、不幸な事故が起きた。その場合、過失致死罪で数年の禁固刑。

「それについてどう思う?」ホルトが訊いた。

「忘れて」検察官は頭を振った。「未必の故意を立証する必要すらないわ。鑑識と法医学者が言ったことだけで充分」

「その確信があるの?」

「これはヴェクシェーの裁判所の話よ」検察官が思い出させた。「彼がそう主張したとしても、裁判はそんな具合には進まない。そんなことやるだけ無駄だと教えるくらい、彼の弁護人が賢いことを祈りましょう」

「他には？　もうひとつの選択肢というのは？」

記憶の欠損——検察官はそう説明した。彼がどれほどの精神障害を負っているかを証明するための、しかるべき助走になる。子供の頃に受けた性的虐待やその他の虐待への道すじを整えるため。精神鑑定を受けることになった瞬間に、彼はその話をしだすだろう。他の人たちとはちがって人の頭の中を覗ける医者に囲まれたときに。

「その白衣の手品師たちが小さな箱に記憶障害を詰めこめば、そもそも何か覚えている悪党なんて一人も存在しなくなるわけ」検察官がため息をついた。

「一時期流行した病理学はどうなったの？　スウェーデンの誇るごく普通の酔っ払いたちは？」

ホルトもまたため息をついた。

「それは結局アル中に無期刑を与え始めたとたんに消えたわ。前の晩に自分が親友にモーラナイフを刺したことを覚えていないのは、まさに彼らなのにね。現在ではそれよりもっと複雑よ。ブレンヴィーンくらいじゃ足りないの。二十年以上脳みそを蒸留酒漬けにしていてもだめ。司法精神医学の知識は進化しているらしい。ひっきりなしにね。同じシミの上でずっと足踏みしているのは、あなたやわたしみたいな人間だけなのよ」

「あの男がうまく切り抜ける可能性は？」

「ヴェクシェーの裁判所ではありえないわ。それは忘れていい。でも高等裁判所では……そこに行きつくことは確実だから……断言する勇気はないわ」

「殺人罪。要特別釈放許可付きで閉鎖病棟に隔離ね」

「おそらく、かなり高い可能性で。この場合の唯一の癒しは、弁護士の大半が近頃の閉鎖病棟の状況に対しておかしなイメージを抱いていることね」

「天国ってわけじゃないものね」ホルトが言った。

「天国ってわけじゃないわ」検察官も言った。

95

十月の第二月曜日に報道協会がストックホルムで大きな集会を開いた。今年もっとも注目を集めたリンダ殺害事件を例に、法的安定性について議論がなされた。報道業界でとりわけ尊敬を集めている人々がパネリストになり、メディアという王冠に輝くもっとも美しい宝石は、もちろんダーゲンス・ニィヒエテル紙の編集長だった。

一方でこれが国王の晩餐会であれば、彼はとても上座にはつけなかった。というのも、その夕べの一人目の講演者は来賓の法務監察長官《ＪＫ》だったからだ。

　ＪＫはリンダ殺害事件の捜査方法および最近起きている同様の事例について強い懸念を示した。法務監察長官事務局が請求した情報によれば、ヴェクシェー警察は国家犯罪捜査局と共同で、七百人近くもの住民に自主的にＤＮＡサンプルを提出させていた。なお、そのＤＮＡはどれも事件とは無関係だということが判明している。

　おまけにＪＫの調査員が国家犯罪捜査局から入手した情報によれば、事件はタイムログ、目撃証言そして事務捜査の組み合わせという伝統的な手法で解決されたという。犯人のＤＮＡサンプルは検察側が提示したように、捜査における証拠としてもちろん重要な役割を果たしたわけだが、それでも――判決を見越すつもりはないが――ＪＫは、検察側が起訴するにあたって、昔ながらの証拠で充分だったとみている。

　ＪＫが個人的に強い懸念を示したのが、その〝自主的〟という表現を、実際には警察と検察側が法的に強制できる状況下において使用したことだった。彼の世界ではこれは受け入れ難い事態であり、それもあって彼はいわゆるＤＮＡ捜査の提議――つまりＤＮＡサンプルを収集し、鑑定し、結果を登録するために、法執行機関の権限を大きく拡大するという提議を歓迎するのだった。自主性に関する問いが間もなく過去のものとなるのを願って、いちばんいい未来は当然、国民のＤＮＡが全国的包括的に生誕時には登録されることである。何よりも、国民自身のために。

最後にメディアの活動をねぎらうことも忘れなかった。当該の問題についてメディアが注意喚起をしてくれなかったら、彼自身も見逃していた可能性を捨てきれないと謙虚な口調で述べた。

各メディアの代表者たちは、このJKの分析と結論に根本的に反論するつもりはないようだった。これは重要な問題である。民主主義の法治国家にとっては決定的な意味を持ち、ダーゲンス・ニィヒエテル紙の編集長によれば、彼の新聞がこれから取り上げるべき議題の中でもさらに上位になる可能性がある。個人的には、自分と新聞社の優秀な記者たちが国家を回し続けていることに純粋な喜びと誇りを感じていると述べた。

報道協会の理事長はこのパネルディスカッションの進行役を務めていたが、最後にスモーランド・ポステン紙の編集長に——せっかくこの場にいらっしゃるのだし、毎日会えるわけでもないから——なぜ弱小地方新聞が例の論評記事を却下したのかと尋ねた。スウェーデン最大の朝刊紙が即座に掲載し、さらには社説でも複数のニュース記事でも取り上げたのに。

スモーランド・ポステン紙の編集長はご質問ありがとうございますと答え、具体的な詳細には踏みこまずに、それがあの論評の執筆者に関する彼自身の知識と関連しているということまでは公言した。ダーゲンス・ニィヒエテル紙の同業者の方々がおそらくご存じでない事情、もしくは無視しようとしたのかもしれない――いえ、わたしに何がわかるというのです。田舎のいち記者であるわたしが、スウェーデンいち立派な新聞の決裁過程について。

それは別として、司書マリアン・グロスの投稿を却下する決断をしたのはわたし自身です。それを一瞬たりとも後悔していないし、将来同じようなことがあったら、当然同じ決断を下すでしょう。

それから金に余裕のある者はオペラ座のバーやグランドホテルのレストラン〈ヴェランダ〉もしくは近郊のバーへと流れ、まったくいつもどおりにメディアの議論は夜じゅう続き、それからやっと参加者たちは家族の待つ自宅へと帰り、どう考えても必要な数時間の睡眠を貪ったのだった。

96

十月二十日月曜にヴェクシェー裁判所でベングト・モーンソンに対する公判が始まったが、判決が言い渡されたのはそれから三カ月近く経った、翌年の一月十九日だった。これほど長い時間がかかった理由は、何よりも裁判官が、できるかぎり正確な根拠を得るために、ベングト・モーンソンに対して大規模な精神鑑定を請求したためである。

十二月二十日にはすでにルンドの司法精神医学研究所から結果報告が来ていたが、それからクリスマスと新年のお祝いとその他の祝日が続いた。おまけに裁判官たちは判決を起案するため、そしてその他一般的な諸々を検討するために時間を要したのだった。

機密事項ではない精神医学の診断結果では、モーンソンは確かに強い精神障害を患っているものの、閉鎖病棟に収容するほど重度なものではないという見解だった。判決のさい、法廷は一致して検察側の意見に倣い、ベングト・モーンソンに殺人罪で無期刑を言い渡した。


その判決は高等裁判所へ控訴され、そこでも精神鑑定を実施する決定がなされ、今回はヴェクシェーの聖シクフリード精神科病院で、このたび司法精神医学の教授に任命されたローベット・ブルンディンによって行われることになった。

ブルンディンはルンドの同僚たちとはちがった結論に達した。彼の確固とした見解では、モーンソンは非常に深刻な精神障害を負っている。そのため、高等裁判所は三月の終わりに、要特別釈放許可付きで閉鎖病棟に隔離する判決を言い渡した。

判決が出た翌週には、ブルンディン教授が国営テレビに多々ある社会番組のひとつで長いインタビューを受けた。この犯人は、精神に激しい錯乱《さくらん》をきたし重篤《じゅうとく》な精神障害を負っている。それは幼少期における深刻な心的外傷体験によるものである。

精神錯乱をきたした犯人には戦争体験をもつ者が多いが、質量的な意味では今回の後遺症もまったく同じレベルだと言える。医師としての守秘義務のため、ブルンディンはそれ以上の詳細については踏みこまなかった。それでも、これは過激な性的妄想を抱く性的サディストの話ではない。かといって、純粋に精神錯乱した人格でもない。むしろ興味深いのは、性的サディストと錯乱した人格の中間物のような存在だからである。

「つまりわたしは、やっとその二種類の基本タイプをつなぐ存在を発見したわけです」ブルンディンは非常に満足そうな声だった。それから、自分がこれから密接に関わり合うことになる新しい患者に幸運を祈った。

「いつか彼を完治させることができると思いますか？」女性のテレビレポーターが尋ねた。

彼女と彼女の番組に敬意は払うが――とブルンディンは前置きしてから、その質問は間違っていると言った。

「どういう意味です？」

「これはそもそも、来るべき世代の彼のような人間たちをどう助けられるかという問題なんです。しかしあなたが考えているのが入院期間のことなら、この患者については残念ながらもはや失われた世代に属するのです」文学にも精通するブルンディンはそう締めくくった。

ベックストレームはその番組をテレビで観ていた。警察本部近くの愛しのわが家で、彼に寄りそうのは一本のピルスナーとモルトウイスキーの小さなグラス、それに傷病休暇と、間もなく不起訴になる予定の強制わいせつの捜査がひとつ。例の茶色の封筒はまだ中身が充分に残っており、人生はこれ以上よくなりようがなかった。

あの野郎をぎゃふんと言わせてやればそれでよかったのに——。ありとあらゆる失敗と欠点にもかかわらず、国民として強い正義感を抱くベックストレームではあった。

97

十月二十四日金曜日、リンダ・ヴァッリンの母親は、ヴェクシェーの裁判所で自分の娘を殺した男との関係を証言することになっていた。前日に彼女はアンナ・サンドベリィと電話で話し、アンナが翌日の朝別荘に迎えにいくという段取りになった。それ以外はずいぶん気持ちも落ち着き、これでやっとすべてを過去に葬って、娘を失った悲しみと向かい合える日を待ち望んでいた。

翌朝アンナ・サンドベリィが別荘に来てみると、玄関のドアが大きく開いたまま、秋の風に揺れていた。落ち葉をはいた砂利道を、磨かれた海の石が縁取っている。そこに一ヶ所切れ目があるのが目に入ったとき、アンナ・サンドベリィは何が起きたのかを悟った。その日のうちにダイバーが彼女を発見した。水深四メートルのところで。彼女は湖に入る前に、大きなポケットのついた冬のジャンパーを着て、そこに石を詰めたのだ。それから胸のあたりでベルトを締め、両腕が動かないようにした。万が一最後の瞬間に後悔した場合に備えて。

胸のポケットには、約三年前にリンダの父親の屋敷で行われた夏至祭のパーティーの写真が入っていた。真ん中に笑顔のリンダが、母親と自分を殺した男に挟まれて立っている。その上、誰かがロッタ・エリクソンとベングト・モーンソンの顔にマジックで丸をつけ、その上に〝人殺し〟と書いていた。それが配達された封筒はキッチンの床に落ちており、差出人の名前はなく、水曜にヴェクシェーで投函した消印があった。

死因捜査は裁判が終わるよりずっと早くに終了し、その結論は死体が発見されたときから明白だった。リンダの母親は自ら命を絶ったのだ。娘を失った悲しみで。それ以上に強く背中を押す必要はなかった。誰が写真を送ってきたのかはわからずじまいだった。参考のためにヴェクシェー警察がリンダの父親に話を聞きにいったが、彼もそれについて何も知らなかったし、元妻を失った悲しみはとっくの昔に乗り越えていた。

彼に残されたのは、愛する一人娘との思い出を大切に生きていくことだけだった。

98

翌年の四月に、ＰＡＮ――国家犯罪捜査局の人事部は、やっとエーヴェルト・ベックストレームの案件を終了した。これほど時間がかかったのは、検察官がベックストレームに対する強制わいせつの訴えを証拠不充分で不起訴処分にしたのがその前の週だったからだ。

複雑な捜査になった。ひとつには証拠の根拠が常に不明瞭だったことだ。ベックストレームは執拗に最初のバージョンを貫《つらぬ》いた。つまり、ベックストレーム自身は下のバーで飲もうと提案したにもかかわらず、被害者が無理に彼を部屋に連れていったのだと。必要に迫られてシャワーを浴び、きれいなシャツに着替えただけ。おまけに捜査の終盤には、被害者は警察に協力することを無意味だとみなし、捜査に応じることを拒否した。そうなると検察側には選択の余地がなかった。

あとは経理面での不明事項だけだった。総計約二万クローネ。レシートのない現金出金、世にも奇妙なクリーニング請求、会議用備品という名の謎の請求書――例えば黒板消し三十一個×九十六クローネなど――それに同僚の部屋につけられたポルノ映画鑑賞の請求、その他。

しかしいちばん奇妙だったのは、経理課が指摘したその日のうちに、ベックストレームがそれらをすべて現金で清算したことだった。彼の職業を考えると、それは大きな謎として残った。

とはいえベックストレームには国家犯罪捜査局の職員のための規定やガイドラインの数々に違反した前科がつき、労働組合の担当者は最終的にベックストレームのいちばん上の上司であるＲＫＣ、ラーシュ・マッティン・ヨハンソンが譲歩できるような内容にまとめられるよう全力を尽くすはめになった。

ベックストレームはもともとの所属であるストックホルムの県警犯罪捜査部に戻されたが、当面の間、〝物品捜索課〟に配属されることになった。もしくは〝警察の落とし物倉庫〟と呼ばれている部署だ。本物の警官が――ベックストレーム本人を含めて――そう呼ぶ場所に。持ち主不明の自転車の保管所、そしてさまよえる警官魂の最終処分場でもある。

しかし警部という階級は保持できることになった。ヨハンソンはそういう意味では根に持つタイプではなかったから。しかしベックストレームのほうは、かつてコンビを組んでいた鑑識のヴィーンブラードと同じ職場になるのを避けるためなら、階級を返上してもいいくらいだった。ヴィーンブラードは現在、同じ場所でハーフタイムで働いていた。十五年前に元妻を毒殺しようとして以来。しかしそのときは残念ながら、自分自身に毒を盛るだけで終わった。それが理由で、鑑識課からストックホルム警察の『収容所群島』に左遷されたのだった。

99

例年ストックホルム郊外エルヴシェーの国際展示場で行われる〈警察の日〉のイベントで、ベングト・オルソン警部は今年のメインテーマである〝異なる警察文化における衝突〟について講演を行い、好評を得た。オルソンはリンダ殺害事件の捜査責任者として、自らの経験を語ったのだ。

ひとつはヴェクシェー警察に属する彼自身と同僚たちだった。彼らの予算及び人材には制約があるが、地元の地理と住民について深い知識があり、実地の経験も豊かだ。一方で国家犯罪捜査局のほうはひっきりなしにクローネとエーレを数える必要はなく、おそらくそのせいで、前提を設けずに間口を広げて問題解決に臨む。

当然その二種類のグループの間にはある程度の緊張が漂った。それはまったく自然なことであり、誰のせいでもない。オルソンによれば、自分たちは別の世界に生き、異なった文化的価値観や考え方の中で育てられたようなものだ。当然そこにはお互いに学ぶべきことがあり、彼自身はヴェクシェー警察が国家犯罪捜査局から受けた恩恵としてここでとりわけ述べておきたいのは、国家犯罪捜査局のＧＭＰグループから届いた貴重な犯人のプロファイリング、そして大量の捜査情報をコンピューターに登録するという多大なる貢献だった。

つまるところ、オルソンの確固たる見解によれば、犯人発見に決定的な意味をもたらしたのはやはり地元の地理と住民に関する知識だった。これは我々が将来的に覚えておくべきことであり、深刻な暴力犯罪の捜査における地方・県レベルの警察組織のリソース強化を真剣に検討すべきである。新たな組織づくりの基礎はそうやって形作られるのではないだろうか。

その講演のあと、ラーシュ・マッティン・ヨハンソンが前にやってきてオルソンに謝辞を述べた。個人的にだけでなく、皆を代表して。たった一人の同僚に対してこれだけ多くの同僚が礼を言うのは前例がない、それもこれほど短時間のこれほどバカげた内容に対して――ということをヨハンソンは自分なりに礼儀正しい言葉を選んで伝えた。そして、今後オルソンが当然得られる支援を求めるときには、ヨハンソンとその部下たちの手を煩わせる必要はまったくないことも。

五月二十八日金曜日、哲学学士リサ・マッテイはストックホルム大学実践哲学学科の博士号論文を提出した。論文のタイトルは〝被害者の思い出に？〟で、最後の疑問符こそが論文のテーマだった。女性の強姦殺人事件を報道するメディアの表現に隠された含意を、ジェンダーの見地から分析した論文で、伝統的な記号論の見地から内容と表現を分析し、ここ五十年の間に二百人近くの女性たちが自らのファーストネームを自分が殺された強姦殺人事件の接頭辞にされたという特筆すべき関係性にも言及した。全国的に知られた五十年前の事件だけでも、ビルギッタ殺害事件、イェード殺害事件、シャシュティン殺害事件、ウッラ殺害事件が挙げられる。もっと最近の二〇〇〇年以降に起きたものではカイサ殺害事件、ペトラ殺害事件、イェンヌ殺害事件……そしてリンダ殺害事件。

彼女たちは血と肉でできた人間から、メディア上の表現に変換されてしまった。記号論用語でいうところのシンボルである。さらにメディアによっては、警察が犯人を発見した場合にも再利用される。

つまり〝巡査見習いのリンダ・ヴァッリン二十歳〟が〝リンダ殺害事件〟に。そして犯人は〝リンダ犯〟と呼ばれながら、法の鎖の先へ先へと送られていく。

なんのためのシンボルだろうか。女性たちをつなぐものは何？　殺された方法、メディアでの描写のされかた、最終的には比較的簡単にスウェーデン犯罪史に埋もれ忘れられてしまうということ以外の共通点は？　確実に明白なのは、これが性別を問わない問題ではないことだ。男性の名前が殺人事件の接頭辞として使われることはありえない。犯行の動機が性的なものであれ動機不明な場合であれ。人間であるというだけでは不充分なのだ。女性でなければいけない。同時に、どんな女性でもいいというわけでもない。

ある一定の年齢の女性でなければいけない。もっとも年若い被害者は強姦され絞殺されたとき五歳だったが、十余名の売春を生業とする女性たちを除けば、誰一人として四十歳を超えていない。犯人の動機と犯行の手法が完全な説明を与えてくれるわけでもない。犯人が性的な動機によって殺した、もしくは犯人が被害者に対して取った行動に少なからず性的な動機が見られた女性の数は、同時期において約五百人にものぼるのだ。

リサ・マッテイは自分の頭で考えることのできる人間で、ましてや女性の警官であるから、当然それに続く問いを提示している。メディアが強姦殺人の被害者である女性たちの六十パーセントを除外した理由は？

除外された女性の多くは、歳を取りすぎていた。最高齢はなんと九十歳で、強姦され、斧の平らな部分で殴り殺されていた。また、劣悪な社会環境に生きることを余儀なくされていたり、酒に溺れた男性と交際していたりした。犯人が犯行直後、もしくはそれに近い時期に逮捕された。そんな彼女らの物語は、ドラマ性という意味で充分に魅力的ではなかったのだ。

一言でまとめると、メディア的価値を欠いていた。新聞が売れるかどうかという、単純に商業的な問題だ。写真写りがあまりよくない。文面があまり刺激的じゃない。低俗な事件だった。つまり、紙面を飾るにふさわしくなかったのだ。

リサ・マッテイは論文の中であえて二百人近くの女性の名前を、ファーストネームのアルファベット順に列挙した。一人目はアンナ。アンナ殺害事件のアンナだ。最後はオーサだった。オーサ殺害事件のオーサ。

でもわたし自身はリサよ。リサ・マッテイのリサ――リサ・マッテイはそう思いながら、パソコンの最後のキーを叩いた。三十二歳、女性、警部補、そして間もなく哲学博士。

訳者あとがき

『許されざる者』の邦訳刊行から、二年近くが経とうとしている。ヨハンソンたちの活躍譚をもっと読みたい！という声をたくさんいただいていたが――大変お待たせしました。ついに、次の邦訳作品をお届けできることになった。

続編というわけではない。『許されざる者』はストーリーの時系列でいうとヨハンソン登場作品最終作のような位置づけで、今後はそこから時間を遡《さかのぼ》って楽しんでもらう形になる。今回ご紹介するのは、『許されざる者』でヤスミン事件が当時未解決のままになった原因のひとつ、警察組織内でも悪名高いダメ警部ベックストレームを主人公に据えたシリーズの一作目だ。なぜ悪名高いかは、本作を読んでいただければ嫌というほどよくわかる。ミステリを読んでいるのかコメディを読んでいるのかわからなくなるほどのちゃらんぽらんな警官だ。

冒頭でマイ・シューヴァルとペール・ヴァールーに献辞を捧げた本作『見習い警官殺し』は、スウェーデンの真夏の話。と書くと、北欧ミステリ好きの方々はすでに展開が読めたかもしれない。バカンス時期につき、ストックホルム警察本部にある国家犯罪捜査局でも、まともな警官たちは皆休暇に入ってしまっているのだ。そんなさなかに地方都市ヴェクシェーで起きた見習い警官殺害事件。国家犯罪捜査局の長官ニィランデルは、休暇に入っていなかった数少ない部下の中からこともあろうにベックストレームを責任者に任命し、ヴェクシェーへと派遣する。それが不幸の始まりだった。ヴェクシェー署の警官たちも個性派ぞろいで、ベックストレームの力になっているのか、かえって足を引っ張っているのかよくわからない状況だ。どちらにしても捜査は遅々として進まず、世間からの批判は高まるばかりだった。

ベックストレームはチビでデブで無能なだけではなく、視野の狭い男である。彼が偏見をもっているのは自分とちがう人種や国籍の人々にとどまらず、女性や同性愛者など、ありとあらゆる差別対象を網羅している。まさにスウェーデン語でいうところのMansgris（ブタ男）であり、ポリティカルコレクトネスが隅々まで浸透したスウェーデンにおいて、これほど問題発言を繰り返す登場人物も珍しい。しかしこれは差別対象を笑いの種にする意図ではなく、あくまでも発言者の未熟さと心の狭さをより際立たせるための設定だ。念のために書いておくと、著者その他多くのスウェーデン人がベックストレームのような考えをもっているわけではない。ただし、ポリティカルコレクトネスで上塗りされたこぎれいな社会への風刺的要素はあると思う。実際、移民、女性、性的マイノリティーに対する差別問題は、本作がスウェーデンで刊行されて十四年経った今でもまだ課題として存在するのだから。

ヨハンソンファンの皆さんのために言っておくと、ヨハンソンもちゃんと登場するのでご安心を。わたし自身もヨハンソンファンであり、初めて本作を読んだときは、彼の登場を楽しみに読み進めたものだ。個人的な話になるが、実はそのときに少々神秘的な体験をした。場面が変わる章の冒頭には日付と場所が書かれているが、ヨハンソンが初めて登場する章はこのようになっていた。〝○月○日（○曜日）、スンツヴァル郊外アルネー島〟このスンツヴァル、わたしが住んでいる街である。この章に差しかかったそのとき、子供とその友達をそのアルネー島にある市民プールで遊ばせながら、プールサイドで本作を読んでいた。ページをめくった瞬間、自分が今いる場所が印字されていて、しかもヨハンソンもそこにいるという、なんとも奇妙な体験をしたのだった。

なお、本作はアメリカで二〇一五年にBackstromというタイトルでドラマ化され、日本では『クレイジー刑事 BACKSTORM』として放送された。このドラマでは、ベックストレームはアメリカ・ポートランドの特別犯罪捜査班を率いる自堕落な警官という設定になっており、名前もエーヴェルト・ベックストレーム（Evert Bäckström）からエヴァレット・バックストローム（Everett Backstrom）に変更されている。また、本作はイギリスのペトローナ賞という、もっとも優れた北欧ミステリに授与される賞を二〇一四年に受賞している。

『許されざる者』に引き続き、本作のエンディングも非常に独特だ。通常のエンターテーメント系ミステリとはちょっと違う、あまりにリアルなエンディング。それには著者の経歴が深く関係しているように思う。著者は犯罪学の権威であり、長年に渡り国家警察委員会のアドバイザーも務めていた。自分のキャリアの中で感じてきた司法制度の限界を、物語を紡ぐという手法を使って、読者である国民に提示しているかのようだ。

気づかれた方はいらっしゃるだろうか。『許されざる者』では著者本人が、ドキュメンタリー番組『指名手配中』でバカなことばかり言ってる国家警察委員会のおかしな教授（一九七頁）としてヤーネブリングのセリフの中でカメオ出演していた。著者はマスコミへの露出が多く、長年テレビで犯罪ドキュメンタリー番組のホストを務めていたし、何か事件が起きればタブロイド紙が彼のコメントを掲載するような存在だった。マスコミに登場する彼は、いつもボサボサの髪と髭で、無気力な表情をしている。おそらく二〇〇三年に起こした脳塞栓《のうそくせん》の影響が大きいのだろうが、それがペーションのキャラとして確立されている（『許されざる者』のヨハンソンの闘病生活の描写は著者の実体験によるところが大きい）。

著者レイフ・GW・ペーションは、ホーカン・ネッセル（『悪意』東京創元社など）と並んで、スウェーデン推理作家アカデミーの最優秀賞に三度輝いた作家だ。スウェーデンでその偉業を成し遂げたミステリ作家は今のところこの二人だけである。なお、それに追随する活躍ぶりの作家として、これまで二度最優秀賞に輝いたオーサ・ラーソン、インゲル・フリマンソン、オーケ・エドヴァルドソン、ヘニング・マンケル、カミラ・グレーベがいる。

ペーションのミステリ作品は、二〇一六年にベックストレーム・シリーズの四作目が出たのが最後だ。一方で、二〇一一年と二〇一八年に自伝小説を発表していて、御年七十四歳のレイフ・GW・ペーション、そろそろ人生の終活に入った感がある。近頃ではマスコミへの露出もめっきり減ってしまった。ファンとしては、愛すべきキャラクターたちが活躍するミステリをあと一作でも多く読みたいのが本音なのだが。

次に邦訳を紹介できるのは、ベックストレーム警部を主人公に据えたこのシリーズの続編だ。そのシリーズ第二作 *Den som dödar draken*（竜を殺す者）では、ソルナ署へと左遷されたベックストレームがふたたび難事件（?）に挑む。ソルナ署で出会うのは、これまでになく多様性に溢れる同僚たち。さすがのベックストレームもたじろぐほどだ。これまで彼にとっては差別対象であった「女」「移民」「同性愛者」が、少数派《マイノリティー》ではなく多数派《マジョリティー》になっているという現実。この事件の捜査は、自分だけはまともだと思っているベックストレームの心の成長の旅にもなる。さらには署長にあの彼女が就任し、本作に出てきたあの二人がカップルになっており……。

ヨハンソンとベックストレームをめぐる物語は実に十二作に上る。詳しくは、以下にリストを付したのでご参照いただきたい。なるべく多くの作品を日本に紹介できれば嬉しく思う。

＊若き日のヨハンソンとヤーネブリングが活躍する三部作

Grisfesten（豚の狂宴）1978

Profitörerna（暴利をむさぼる者たち）1979

Samhällsbärarna（社会を支える者たち）1982

＊ヨハンソンらがパルメ首相暗殺事件や西ドイツ大使館人質事件を捜査する〈福祉国家の失墜〉三部作

Mellan sommarens längtan och vinterns köld（夏の憧れと冬の凍えの間で）2002

En annan tid, ett annat liv（別の時代、別の人生）2003

Faller fritt som i en dröm（夢の中のように落下する） 2007

＊チビでデブで無能な捜査官ベックストレーム・シリーズ

Linda—som i Lindamordet 2005 本書

Den som dödar draken（竜を殺す者） 2008

Den sanna historien om Pinocchios näsa（ピノキオの鼻についての本当の話） 2013

Kan man dö två gånger?（人は二度死ねるのか） 2016

＊その他の作品

Den döende detektiven 2010『許されざる者』創元推理文庫

Bombmakaren och hans kvinna（爆弾職人とその女） 2015

検印
廃止

訳者紹介　1975年兵庫県生まれ。神戸女学院大学文学部英文科卒。スウェーデン在住。訳書にペーション『許されざる者』、ネッセル『悪意』、著書に『スウェーデンの保育園に待機児童はいない』など。

見習い警官殺し　下

2020年1月24日　初版

著　者　レイフ・GW・ペーション

訳　者　久《く》　山《やま》　葉《よう》　子《こ》

発行所　(株)東京創元社

代表者　渋谷健太郎

162-0814/東京都新宿区新小川町1-5

電　話　03・3268・8231-営業部

03・3268・8204-編集部

URL　http://www.tsogen.co.jp

萩原印刷・本間製本

ISBN978-4-488-19207-5　C0197